cart lef dimi-l-shadi de
YeR be orator Lom
lor besti bluci ende branousi
「なぜ、夜《よる》色《いろ》名《めい》詠《えい》でなければならなかったのか。
——君は考えたことがあるかね?」
黄昏色の詠使いⅢ
アマデウスの詩、謳え敗者の王

灰色名詠の使い手の、天を突《つ》くような嗤《わら》い声が響き渡る。
「私はただの強欲者だよ。
名詠士の資格すら持っていない、

名も無き敗者だ。
ただ、これだけはわかる。
不確定《イレギュラー》は不確定《イレギュラー》を呼び寄せる。
黎明の神鳥《フェニックス》を従える生徒に、
史上最年少の祓戈の到極者《ジルシュヴェッサー》が
この夜に集うという、異常！
実に愉快だ！」

shoon lef dini-l-shadi rienee-soar
elma les mane riena peg (is) peli kei
O la *** *sa elma dremie yeckt lastasia U Sun pheno
zetta *** U arma da lsya
Sem *** anon dence *** in mihhya lef ha *** vience b ***
jes k *** shaz lef sophie *** hyue li *** alei
Hir *** *g ilmei rei *** *d *** lir qua *elena poe lef wea *** apil
miq *** *** ev yu getie xco *** hyne
dis *** *** yshao lemem rede leya
O la *** *** *ler le yehle mihas lef veiz, jes arma, jes qiaon
Isa p *** *** *** n doremren
O la *** *** *** she cooka Loo zo via
Isa *** *** *aeno , she evoia-ol-ele pah milloe laspha

e *** *** no sis univ lef orbic cler

「――ネイト。お願いがあるの。キミに頼って良いかな」

黄昏色の詠使いⅢ

アマデウスの詩、謳え敗者の王

1339

細音　啓

富士見ファンタジア文庫

174-3

口絵・本文イラスト　竹岡美穂

Contents

登場人物に関する一資料

要観察対象に関する資料

クルーエル・ソフィネット
16歳・女性
専攻：赤色名詠
推定身長：１６９センチ
推定体重：５１キログラム
髪の色：緋色　瞳の色：紫色

外見からは、健康体と推察される。
学業成績は中の下、実技も同様。
しかし、夏期休業前の競演会において
赤色名詠唱の真精・黎明の神鳥を召喚したとの目撃証言あり。
性格は面倒見がいい、姉御肌タイプ。
級友との関係も良好。
異性からの人気も高いが、本人はそれに気がついていない。
最近は、年下の転校生・ネイトに関心を寄せている。
二人の関係は、非常に興味深い。
トレミア・アカデミーに赴いた際には、ぜひ接触を試みたい。
投与してみたい試薬：惚れ薬
恋愛に無頓着ゆえ、ここは体質改善を。

ケルベルク研究機関副所長
サリナルヴァ・エンドコートのメモより抜粋

要観察対象に関する資料

ネイト・イェレミーアス
13歳・男性
専攻：夜色名詠
推定身長：１４８センチ
推定体重：４１キログラム
髪と瞳の色：夜色

性格は優しく、争いを避けるタイプ。
そのため、多少引っ込み思案なきらいもある。
トレミア・アカデミーで、年上の同級生の少女たちから
受けは良いらしい。
転入初日に出会ったクルーエルに、特別な思慕を寄せているよう
に見える。
カインツが思い入れる『夜色名詠』を、この少年が
どう使いこなしていくのか、見届けてみたい。

投与してみたい薬：筋肉増強剤
ふふ。是非とも、筋肉で制服がはちきれんばかりに
育ってもらいたいものだ。

〈孵石〉と呼ばれる人工触媒について

トレミア・アカデミーで暴走した欠陥品。
先日発生した、人が石化する事件にも関わっている可能性が高い。
石化させる謎の灰色名詠ともども、早急の調査が必要。

そろそろクラウス・ユン・ジルシュヴェッサーが動いても良いタイミングだ。
たまには、カインツの奴が使いでくると楽しいのだが。
実験台にもできるしな。

フィデルリア支部で発生した石化事件。幸い被害は最小限ですんだ

序奏『――――』

――真実は、どこにあるのだろう。


とめどなく浮《う》かび上がる疑問《ぎもん》、謎《なぞ》、神秘《しんぴ》。手を伸《の》ばし触《ふ》れようとした途端《とたん》、それらは蜃気楼《しんきろう》のように消えてしまう。あぶくのように弾《はじ》けてしまう。

何かを探《さが》すつもりで、しかし我々《われわれ》は、その本質《ほんしつ》を決定的に見逃《みのが》していないだろうか。

海面に現《あらわ》れた氷山の一角。水面下に隠《かく》れたその大きさに気づかぬように。

美しい花に目を奪《うば》われ、しかしその下の、地中の根を見ることがないように。

だがもしそうであるならば、我々は、名詠式《めいえいしき》の本質もまた見逃していないだろうか。

名詠式の本質とは何だ。

触媒《カタリスト》か、歌か、それとも……真精《しんせい》か。

あるいは他にも、未《いま》だ触れられざる領域《りょういき》が隠されているのか。

その答えに行き着くまでは……

我々はもうしばしの間、暗い回廊《かいろう》をあてもなく彷徨《さまよ》うままなのかもしれない。

――報告《ほうこく》を続けよう。

今回の事件《じけん》において、私は非常《ひじょう》に興味深《きょうみぶか》い対象と出会った。

一人は、未知なる色の名詠を扱《あつか》う少年。既存《きそん》の五色にない、異端色《いたんいろ》。その歌は、真精は。全《すべ》てが未だ、深い夜の帳《とばり》の中。

そしてもう一人。名詠式《じょうしき》の常識を悉《ことごと》く超越《ちょうえつ》した、法則外《イリーガル》な少女。色鮮《あざ》やかな緋色《ひいろ》の髪《かみ》が特徴《とくちょう》の少女。

実に、実に興味深い。

これらの個体《こたい》が揃《そろ》って同一の学園に集《つど》ったこと。

さらには、この二人がほぼ同時期に学園に入学したこと。

そしてその二人が、まるで互《たが》いを補《おぎな》い合うよう接《せっ》していること。

これが偶然《ぐうぜん》なのか、あるいはこの現象にもまた、水面下に隠れた何らかの必然性があったのか。……今はまだ、分からない。

だからこそ――

夜色の少年と、緋色の少女。
この二人を、要観察対象として『見守る』ことにする。

回奏『私がそこで見たものは──』

そこは、人の吐息《いき》の届《とど》かぬ土地《と》だった。

地平線の彼方《かなた》までも続く、灰色《はいいろ》の荒野《こうや》。草木はなく、ただ小さな乾《かわ》いた小石が転がる地。

死者がむせび泣く声にも似《に》た、突風《とっぷう》のうなり声だけが周囲に響《ひび》く。

生命《いのち》の途絶《とだ》えた場所で。

「……なんと」

黄砂《こうさ》色のローブをまとう老人は、その小柄《こがら》な身体《からだ》で眼前《がんぜん》に存在《そんざい》する物体を見上げた。

灰色の荒野にそびえ立つ漆黒《しっこく》の巨体《きょたい》。拡《ひろ》げた翼《つばさ》によって生まれた影《かげ》が荒野にどこまでも伸《の》びている。その一部たる尾《お》ですら、到底《とうてい》人の視界《しかい》には収《おさ》まりきらない。それほどの巨体。

──それは、夜色の竜《りゅう》だった。

「これはこれは」

決して友好的とは言えぬ竜の視線を浴び、老人が声を上げた。その足下《あしもと》に、無造作《むぞうさ》に転がった灰色の〈孵石《エッグ》〉。その触媒《カタリスト》によって成された名詠は、夜色の竜によって尽《ことごと》く返り討《う》ちにあったのだ。

「……まさかこれほどとは」

しかしその状況《じょうきょう》ですら、老人の表情《ひょうじょう》には何かに満ち足りたような、にこやかとすら言えるゆとりがあった。

その視線が見つめるのは——強大な竜を従《したが》える、濡《ぬ》れ羽《ば》色の髪《かみ》の女性《じょせい》。

まだ若《わか》い、せいぜい二十代中頃《なかごろ》だろう。ただしその表情は、その年代の女性とは思えぬほど、しんと落ち着ききったものだった。さながらこの世全《すべ》ての事象を見透《みす》かすかのような、どこか幻想《げんそう》的な冷色の双眸《そうぼう》。

「もう十分でしょ？」

髪色にも似《に》た瞳《ひとみ》を、女性が老人へと向ける。

「はい」

老人が頷《うなず》く。と同時、夜色の竜が羽ばたいた。老人の眼前から飛び立ち、女性の後方に着地する。その様子を眺《なが》め、老人が愉快《ゆかい》げにその双眸を細める。

「夜色名詠。どうやら、私が要する最低限の可能性《かのうせい》は秘《ひ》めているようだ」

「……あなた、子供《こども》みたい」

どこか呆《あき》れたように女性が小さく首を振《ふ》る。

それに対し、老人は低い笑い声を洩《も》らしてみせた。

「ふむ、多少安心しました」

「なにが？」

「仕草といい、纏《まと》う空気といい——あなたの方は、まだ人間らしい趣がある」

荒野の空気が、凍《こご》え怯《おび》えるように震《ふる》えた。

「——何が言いたいの？」

無表情であったはずの女性の双眸に、微《かす》かに宿る敵意《てきい》の灯《ともしび》。が、それを意に介《かい》した様子もなく、老人が飄々《ひょうひょう》と首を横に振る。

「もっとも、それについて追及する気はありませんが」

一瞬《いっしゅん》の、静寂《せいじゃく》。

「何が言いたいの」

繰《く》り返す女性に向け、その老人はゆっくりと視線を足下へと向けた。

「そう言えば、まだ正式に名乗ってはおりませんでしたな。私の名はヨシュア——あなたを探《さが》していました」

「ラスティハイト、そう名乗っていたように思ったのだけれど？」

「……あれは私が扱《あつか》う名詠の、その真精の名です」

灰色の地に落ちた〈孵石《エッグ》〉を、老人が爪先《つまさき》で蹴《け》り飛ばす。

「これは、私が造《つく》った物でしてな」

カラカラと音を立て地を転がる触媒《カタリスト》。それは女性の足下へ。

「私がこれの試作品を精製《せいせい》したのは今から二年前になります。この触媒《カタリスト》の中身は、とある島で拾った奇妙《きみよう》な石……何か、巨大なものの鱗《うろこ》を思わせる紋様《もんよう》の、その一欠片《ひとかけら》です」

「随分《ずいぶん》と仰々《ぎようぎよう》しい玩具《おもちや》ね」

灰色の卵《たまご》を見下ろし、女性が淡泊《たんぱく》な感想を告げる。

「左様。私はいわば、玩具の作製に夢中《むちゆう》になった子供と言ったところでしょうな。……いや、違《ちが》うな。子供にはなりきれなかった。なぜなら……この玩具を造ることに、私は一握《ひとにぎ》りの喜びも感じなかった」

疲《つか》れた表情を浮かべ、老人は再度女性を見据《みす》えた。

「この玩具の中に入っている本当の触媒《カタリスト》については……未《ま》だ研究が済《す》んでおりません。なぜなら──この触媒《カタリスト》が何であるかということは、それこそどうでも良いことなのだから。そう、私が伝えるべきことは、その更《さら》なる深淵《しんえん》に棲《す》んでいる」

相槌《あいづち》を打つことなくただ耳を傾《かたむ》ける彼女に、老人は一歩だけ近づいた。

「この触媒《カタリスト》を見つけたその島で、私は、とあるモノと遭遇《そうぐう》したのです」

畏《おそ》れが混《ま》じったように、小刻《こきざ》みにふるえる老人の唇《くちびる》。

「この世ならぬ未知なる存在《そんざい》。あまりに美しく残酷《ざんこく》な存在。あの時私が見たことの全《すべ》てをあなたに託《たく》したい。あなたが……イブマリー、夜色名詠の歌い手よ。もはやあなたしかいないのです。あなたこそが、私にとっての最後の希望だ」

一呼吸《ひとこきゅう》、澱《よど》んだ肺《はい》の空気を老人が吐《は》き出す。

背後《はいご》に夜色の竜《りゅう》を従え、夜色の女性は老人の言葉を待っていた。

「私がそこで見たものは――」

序奏・第二幕『イ短調の音色』

1

眼前《がんぜん》にそびえる、鈍色《にびいろ》の塀《へい》に囲まれた巨大《きょだい》な建造物《けんぞうぶつ》。建築《けんちく》されてから数十年経《た》っているせいか、その壁《かべ》はところどころ表面が崩《くず》れ、日陰《ひかげ》となった部分には濃緑色《のうりょくしょく》の苔《こけ》が生《む》している。

世界有数の名詠式《めいえいしき》研究基点《きてん》――ケルベルク研究機関。今目の前にそびえる研究所本部を中心に、大陸各所に支部《しぶ》を持つ一大研究組織《そしき》だ。

……どうもここは、堅苦《かたくる》しくて好きになれないんだけどな。

機関の中枢《ちゅうすう》たる本部施設《しせつ》を眺《なが》め、カインツは心中うなだれた。

「まったく、先輩《せんぱい》も面倒《めんどう》な件《けん》を回してくれて」

包帯で固定した腕《うで》を一瞥《いちべつ》し、吐息《といき》。

盤《ばん》ゲームで負けた方がここに行く。そんな賭《かけ》をしたのがそもそもの間違《まちが》いだった。……まったくあの先輩、賭《か》け事になった途端《とたん》強くなるのはずるいと思うんだけど。

「……さて、当の異端《いたん》科学者はどうしてるかな」

特殊《とくしゅ》な錠《じょう》を施《ほどこ》した鞄《かばん》を右手に携《たずさ》え、カインツは研究所の敷地《しきち》内へとつま先を向けた。

警備員《けいびいん》の立つ正面扉《とびら》を越《こ》え、受付へと歩を進める。

「あ、ええと」

自分が用件を告げるその前に、受付の女性が営業《えいぎょう》用の笑顔を浮《う》かべてきた。

「カインツ様ですね、本日のご来訪《らいほう》はクラウス様から伺《うかが》っております」

「あれ、そうでしたか」

さすがは先輩。それくらいの根回しはしてくれたのか。

「ええ。『左手に包帯を巻《ま》いた、へたれな感じの優男《やさおとこ》が文句《もんく》を言いながらやってくるはずだから』と、昨夜私どもにクラウス様から連絡《れんらく》が」

……へたれ。

前言撤回《てっかい》。性悪《しょうわる》だ、あの人は。

「あ、でも私は、枯《か》れ草色のコートで分かりましたよ」

慌《あわ》てたように女性が続ける。どう答えていいか迷《まよ》った挙げ句、カインツは軽く肩《かた》をすくめてみせた。

「ところで本日のご用件は、副所長との面会ということでよろしいでしょうか」

──話が伝わっていない。いや、用件そのものは自分で言えということか。

まったく、先輩らしい意地悪な配慮《はいりょ》だな。偉大《いだい》なる祓名民《ジルシエ》の首領《しゅりょう》の顔を脳裏《のうり》に描《えが》き、カインツは悟《さと》られない程度《ていど》に嘆息《たんそく》した。

「──いえ。今回につきましては副所長としてではなく、〈イ短調〉としての彼女に用があって参りました」

自身滅多《めった》に名乗らぬ『称号《しょうごう》』を、カインツは受付の女性に告げた。

「彼女に、〈イ短調〉の第十一番が会いに来たとお伝え下さい」

‖

ケルベルク研究所本部、最上階。

その最も端《はし》の部屋は、他の職員《しょくいん》用ルームや研究室と異《こと》なり一風変わったものだった。せいぜい三メートル四方の小部屋。採光《さいこう》用の窓《まど》にはカーテンがかけられ、部屋の照明すら切れている。薄暗《うすぐら》い部屋に置かれた調度品は、部屋の広さに合わせた巨大な机《つくえ》、唯《ただ》一つ。花瓶《かびん》もなければ絨毯《じゅうたん》も、本棚《ほんだな》すら存在しないのだ。

これが──大陸に広く名を知られるケルベルク研究所本部の、副所長の部屋だった。

「……ったく、なんで私がこんなくだらない作業をしなくちゃならない」

机に山積みとなっている、数百枚《まい》という書類。

その書類に取りかかっているのは一人の若《わか》い女性だった。机の右に溜《た》まった、決裁《けっさい》用の書類。それに自分の名をサインしては、左の山に重ねていく。

「くだらんっ、実にくだらんっ。だからこんな、副所長なんぞという役職《やくしょく》につくのは嫌《いや》だったんだ！」

筆を走らせる作業は休めぬまま、その当人がぼやくように吐《は》き捨《す》てる。椅子《いす》に座《すわ》っていて分かりにくいが、女性はかなり上背《うわぜい》があった。少なく見積もっても男性の平均《へいきん》ほどはある。実際《じっさい》、研究者用の白衣も男性用の物だ。

切れ長の鋭《するど》い瞳《ひとみ》に鋭利《えいり》な顔立ち。濃緑色《のうりょくしょく》の髪は肩《かた》にかからない程度《ていど》で切り揃《そろ》えてある。総《そう》じて、研《と》ぎ澄《す》まされた刃《やいば》を思わせる印象の女性。

それがケルベルク研究所副所長——サリナルヴァ・エンドコートだった。

「……いっそこの書類全部燃《も》やして、責任《せきにん》をとるという名目で副所長を辞《や》めるというのも手だな」

怪《あや》しげな様子でうんうんと頷《うなず》く。と思いきや、彼女は真面目《まじめ》な顔つきで。

「たしか机の中にマッチがあったな。よし、善《ぜん》は急——」

「だめですよ副所長。全然、善じゃないです」

机の中を漁《あさ》る女性の目の前で、前触《まえぶ》れ無く扉《とびら》が開いた。

研究用白衣を着た小柄な女性。

「む……秘書《ひしょ》か」

「秘書というか、業務《ぎょうむ》上の名目は研究第一課主任《しゅにん》なのですが」

にこりと、上司の言葉を修正《しゅうせい》する主任。その言葉が示《しめ》すように、小柄な女性の胸元《むなもと》には
その所属《しょぞく》と位がはっきりと明示《めいじ》してある。

「はは、まあ堅《かた》いことは言うな。どのみちあまり変わらない。……して、用事はなんだ。

私はこれから、この書類を燃やすという作業を速やかに敢行《かんこう》しなければならないのだが」

「お客様です」

「……あー、どうせどこぞのつまらん研究者だろ。忙《いそが》しいと伝えてくれ」

が、その主任は表情を変えぬまま頭《かぶり》を振《ふ》ってきた。

「〈イ短調〉です」

ぴしりと、サリナルヴァの表情が一変した。今までのどこかとぼけたものから、冷たく
甘《あま》い――甘い毒を含《ふく》んだような危険《きけん》な眼差《まなざ》しへ。

「わざわざこんな味気ない場所に来るとはな。〈イ短調〉のどこの暇人《ひまじん》だ？　首領《クラウス》か？

それとも大特異点《ネシリス》か、歌后姫《シャンテ》か」

「第十一番が来たとお伝えください、とのことだそうです」

一瞬、ぽかんとした表情で——しかし次の瞬間、その瞳に悦《よろこ》びの表情が浮き上がった。

「まさか、虹色《カインツ》か！」

「嬉《うれ》しそうですね」

「うむ。〈イ短調《アレ》〉の中でわずかでも愛嬌《あいきょう》があるのは、あいつくらいだからな」

飛び跳《は》ねるように椅子から立ち上がり、服の衣嚢《ポケット》に手を入れた格好《かっこう》で歩きだす副所長。

「この書類は？　まだ半分以上残っているようですけど」

「いつも通りだ。お前が適当《てきとう》に代筆しておいてくれ」

「予算欲《ほ》しいので、第一課だけ認可《にんか》して他の部署《ぶしょ》全部却下《きゃっか》でもいいですか？」

「構《かま》わんぞ。それだけの見返りが見込める研究ならな」

「はい」

「良い返事だ。ならば好きにやれ」

にやりと口の端《は》をつり上げ、サリナルヴァ・エンドコートは一階の客間へと足先を向けた。通路に、ハイヒールの硬《かた》く乾《かわ》いた音が反響《こだま》する。

……それにしてもあの虹色《カインツ》。

子犬に蹴《け》られて左手を骨折《こっせつ》したという噂《うわさ》は、本当なのかな。

2

少々お待ち下さい。すぐ呼《よ》んで参ります——

小柄な女性研究者がそう告げ、もうどれだけ待っただろう。

「あの人のことだから実験につきっきりなのかな」

既《すで》に冷め切っているティーカップ。それに手をつけることもなく、カインツはソファーに背を預《あず》けた。

コツッ——にわかに、扉越しの通路から足音が響く。

「……噂をすれば、か」

彼女の嗜好《しこう》だ。研究者としては珍《めずら》しく、ハイヒールなどという歩きにくい靴《くつ》を好む。本人曰《いわ》く、通路を歩くときに靴音が奏《かな》でる音が心地《ここち》よいらしい。

コツ……コツ、一定のリズムで刻《きざ》まれた足音が部屋の扉の前で止まり……

「いよぉぉぉしっ、実に良いところに来たなカインツ！」

やおら、豪勢《ごうせい》な造《つく》りの扉が蹴り開けられた。

「今まさに新薬の実験台が欲しかったところだ。暇人のお前——」

「いやです」

相手が言い終わる前に、カインツはあっさりと言い切った。

「給料は、はずむぞ？」

「結構《けっこう》です」

「……なんと三食・介護《かいご》付き」

「介護付きとか言ってる時点で、やはりお断《ことわ》りします。命の方が大事です」

なんだ、つまらん。

ぶつぶつ言いながら、その女性が対面のソファーに腰《こし》を下ろした。

「お久《ひさ》しぶりです。元気そうで」

「うむ、まだ十六時間しか動いてないからな。あと三十時間は軽い」

本気か冗談《じょうだん》かと問われれば、間違《まちが》いなく彼女は本気なのだろう。

サリナルヴァ・エンドコート――ケルベルク研究所本部の副所長にして、ケルベルク研究機関の理事を務《つと》める若《わか》き科学者。

狂気《きょうき》とも言える研究欲《よく》を誇《ほこ》り、同業の研究者からも変人という称号《レッテル》を貼《は》られた女性だ。

自身の研究に打ち込むあまり水すら飲まず、気づけば脱水症状《だっすいしょうじょう》だったなどは日常茶飯事。

真夜中の三時であろうと四時であろうと、新たな実験手法を思いつけば片《かた》っ端《ぱし》から助手を

叩《たた》き起こして回る迷惑《めいわく》人という一面もある。

　気分屋かつ、誰《だれ》にも自分の本心を知らさないことから、集団《しゅうだん》での研究には本来馴染《なじ》まない。だがそれを踏《ふ》まえてなお研究所の副所長を任《まか》されているのは、純粋《じゅんすい》に、彼女が並外れて優秀《ゆうしゅう》だということの裏付《うらづ》けでもある。

「研究もいいですが、身体《からだ》も気遣《きづか》ってくださいね」

「心配いらん。毎日一回は食事も摂《と》るよう心がけてるさ」

　言って、研究服の胸ポケットから栄養剤《ざい》を取り出す彼女。おそらくはそれが、彼女の一番まともな「一回分の食事」なのだろう。

「それにしても、まさかお前が来るとは思わなかったぞ。〈イ短調〉の会合で一番出席率の悪いお前がな」

　にやにやと、からかい混《ま》じりの視線《しせん》で告げてくるサリナルヴァ。

「たまには働けと、先輩《せんぱい》にどやされまして」

　苦笑《くしょう》の面持《おもも》ちのまま、カインツはソファーの背から身を起こした。

〈イ短調〉、場合によっては〈イ短調十一旋律《せんりつ》〉。

　わずか十一人から成る会合。会合の存在自体が滅多《めった》に表舞台《ぶたい》に出ないため、それを知る者は少ない。しかしその十一人の誰もが皆《みな》、特定の分野における希代の専門家《スペシャリスト》であり、一人一人の発言が、一つの巨大機関と同等以上の影響力《えいきょうりょく》を有している。

稀薄《きはく》とも言える知名度と対照的に、その道の名詠士《めいえいし》や学者たちからは例外なく畏《おそ》れられる、至高《しこう》とも言うべき超越《ちょうえつ》者の会だ。

最初は、誰もがそんな集団の形成は実現不可能だと考えていた。その名簿《リスト》に名の挙がった人員はその多くが、優秀すぎるが故《ゆえ》に組織《そしき》という縛《しば》りを嫌っていたからだ。

その空言《そらごと》を実現したのが祓名民《ジルシエ》の首領《しゅりょう》たるクラウス・ユン・ジルシュヴェッサー。

もともとその会合に名前は無い。だがそれを知る側の者からは、異端者の長《ちょう》――転じ、音楽の調性の一つである〈イ短調〉と称《しょう》される。あまりにその通り名が有名になったため、自分たちもその非公式《ひこうしき》な呼び名を使うようになったのだ。

「……ボクも本当は気がすすまなかったのですが。理由が二つありまして」

「ほう？」

「名目上の方から言いますね。会合に一番出席率《りつ》の悪いボクが誘《さそ》いに来たなら、二番目に出席率の悪いあなたも重い腰《こし》を上げざるを得ないだろうと」

〈イ短調〉第九番――サリナルヴァ・エンドコート。

名詠式の触媒《カタリスト》における新理論《りろん》、論文を続けざまに発表し、そのどれもが斬新《ざんしん》かつ理論的。その実力を評価《ひょうか》したクラウスによって、一年半前に〈イ短調〉の一員となった。

「ははっ、違いない。クラウスらしい発想だな」

ひとしきり笑い声を上げたものの、彼女の笑顔は一瞬だけだった。

「だがまあ、そんなことはどうでもいい。早いところ本題を聞かせてもらおうか」

「……これですよ」

自分と彼女を挟《はさ》むように置かれたテーブルへと、カインツは鞄《かばん》を持ち上げた。黒い獣皮《じゅうひ》を加工した、頑丈《がんじょう》な容器《ようき》。その口の部分には金属《きんぞく》製の錠《じょう》が取りつけてある。

「随分《ずいぶん》とまた物々しいな。中身は何だ」

「ケルベルクの支部《しぶ》が極秘裏《ごくひり》に造《つく》った、とある人工触媒《カタリスト》。と言ったら？」

すっ、と彼女の目つきが鋭《するど》さを増《ま》した。

「——話は聞いている。〈孵石《エッグ》〉などという、問答無用の欠陥品《けっかんひん》だとな」

「ええ。しかしどうも、話はそれほど単純《たんじゅん》というわけでもないようです」

目線で示《しめ》し、鞄を開ける。

赤・青・黄・緑・白。全部で五つ。輝《かがや》く宝石《ほうせき》にも似《に》た、楕円形《だえんけい》をした触媒《カタリスト》。

「触《さわ》っても平気か」

「ええ、既《すで》に一度作動済《ず》みですし」

無造作《むぞうさ》に、手元にあった白の〈孵石《エッグ》〉を掴《つか》む彼女。

カラン、乾《かわ》いた音が客間に響《ひび》いた。

「……中に、更《さら》に何かが入っているようだな」

「ええ。どうやらそっちの方が本当の触媒《カタリスト》のようですね。外殻《がいかく》はあくまで、その触媒《カタリスト》の反応促進《はんのうそくしん》のためと思われます。単刀直入に言いますと、これを細部まで分析《ぶんせき》して欲《ほ》しいんです」

「興味《きょうみ》もあるからな。分かった、これについては私の方で預《あず》かろう。調査《ちょうさ》結果が出次第《しだい》、各機関に報告《ほうこく》する」

〈孵石《エッグ》〉を睨《にら》みつけたまま彼女が頷《うなず》く。

「お願いします。しかし問題はもう一つ」

むしろ、今回の件《けん》はこちらが本論《ほんろん》だ。

「人を石化させる謎《なぞ》の名詠について、だろう」

「ご存《ぞん》じでしたか？」

思わず、カインツは片眉《かたまゆ》をつり上げた。自分もつい数日前、とある情報筋《じょうほうすじ》からその報《しら》せを受けて愕然《がくぜん》としたばかりだった。

「うちの支部《しぶ》が丸々襲《おそ》われたということだからさすがにな。トレミア・アカデミーの教師《きょうし》、それに数人の学生でひとまずの鎮圧《ちんあつ》に成功したらしいが。……まったく、こうも立て続けに問題が起きるとはな」

「そしてその謎の名詠にもまた、灰色《はいいろ》の〈孵石《エッグ》〉が使われていたという話です」

「ああ。今はそれも、トレミア・アカデミーが管理しているらしい」

「——本題に入りましょう」

気持ち一つ、カインツは声の音量を低く抑《おさ》えた。

視線《しせん》を机上《きじょう》の触媒《カタリスト》から彼女へと。

「その支部での事件を解決した者の中に、先輩《せんぱい》の一人娘《ひとりむすめ》がいたそうです」

「ああ、面識《めんしき》はある。父親に似《に》た、負けん気の強い娘だ」

エイダ・ユン・ジルシュヴェッサー。

その少女が告げた事実は、虹色《にじいろ》名詠士たるカインツ、祓名民《ジルシエ》の首領たるクラウスをして驚愕《きょうがく》に値《あたい》する内容《ないよう》だった。

人を一瞬に石化させるという、異常《いじょう》な灰色の名詠生物。それを詠《よ》び出す奇怪《きかい》な〈讃来歌《オラトリオ》〉。そして、今までに報告された種とまるで類を異にする、銀色の刃《やいば》を翳《かざ》す真精《しんせい》。

「研究所一つを丸々落としてみせる凶悪《きょうあく》な名詠。攻撃《こうげき》的な名詠生物に、その真精。その犯《はん》人《にん》は未《いま》だ捕《つか》まらず、その目的すら謎。なにぶん謎が多いこの事件、調査委員会を設立《せつりつ》したはいいものの八方塞《ふさ》がり。そこで、その委員から先輩に依頼《いらい》がありまして」

〈孵石《エッグ》〉の製造者《せいぞうしゃ》の行方《ゆくえ》、謎の名詠の正体とその歌い手。これらの調査・捕縛《ほばく》協力。

そして、クラウスはその依頼を受けた。

「……普段《ふだん》ならなおざりにするんだが、今回ばかりはそうもいかないか」

「集まる日時は十日後。場所は先輩の邸《やしき》を使うとのことです」

「委細承知《いさいしょうち》した。その間に、私もひとまず自分の責務《せきむ》を果たす」

ゆるりと、反動をつけて彼女が椅子《いす》から立ち上がる。

「と、言いますと」

「トレミア・アカデミーへ向かう。支部で目撃された灰色の〈孵石《エッグ》〉は先方で管理しているんだろう？　現物をまずこの目で見なければ話にならん。それに五色の〈孵石《エッグ》〉の方も、そろそろ事後報告書がトレミア側で作成されている頃《ころ》だ。それについても目を通しておく」

「珍《めずら》しく協力的ですね」

「研究者としても興味のある事例だからな。お前も来るか？」

「……そうですね」

トレミア・アカデミー。自分にとっては少なからぬ因縁《いんねん》のある場所だ。あの日あの時、自分の中で大切な約束が一つ果たされた。けれど、全《すべ》てが決着したわけではない。あの夜色の少年とも、今一度話したいことがある。

だが――内心の葛藤《かっとう》を抑え、カインツは首を横にふった。

「是非《ぜひ》、と言いたいところなんですが。ボクも事前に調べておきたいものがありますので」

まだあの少年と会う時期ではない。

いずれ、また自然と巡《めぐ》り会う時が来る。

「それにこの怪我《けが》では、遠出は少々こたえますしね」

これ見よがしに、包帯の巻《ま》かれた腕《うで》を持ち上げる。

「ああ、何だっけ。子犬に蹴《け》られて骨《ほね》を折ったと聞いたが」

……子犬。

「どれだけへたれなんですか、ボクは」

「あれ、私は歌后姫《シャンテ》からそう聞いたぞ？」

〈イ短調〉、第六番〝歌后姫《オペラセリア》〟――シャンテ・イ・ソーマ。

最も高貴《こうき》なる『声』を持つ名詠士。

「……まったく、誇張《こちょう》好きな歌姫もいるんだな」

「ま、あいつが噂《うわさ》好きの誇張好きなのは私も同感だがな」

くくっ、と低い笑い声をサリナルヴァが洩《も》らす。

「だが喜べカインッ、朗報《ろうほう》だ。なんとつい数日前だ、私はとうとう骨折《こっせつ》を一日で治す薬の精製《せいせい》に成功したぞ！」

ばさりと研究服をなびかせ、高らかに宣言《せんげん》する変人。

「……なんですか、そのあからさまに怪《あや》しい秘薬《ひやく》」

「はっはっは。しかも、塗《ぬ》り薬じゃなく飲み薬」

飲み薬で、どうやって骨折を治すと。

「そこまでいくと、もはや何がどう危険《きけん》か指摘《してき》する気もなくなりますね」

「……そうか。まあそれなら無理にとは言わんさ」

気を悪くした様子もなく、あっさりと彼女は身を引いた。

おや、珍しく素直だな。――などと思ったら、この研究者相手にはやっていけない。

「ところでカインッ、紅茶《こうちゃ》飲まないのか。せっかくお前の好きなレモンティーを用意させたのに」

テーブルに置かれたカップを目線で促《うなが》す彼女。

それを、カインッは丁重《ていちょう》に断《ことわ》った。

「ええ。以前誰かさんお手製のクッキーに、『一日でクラウスを越《こ》えられる筋肉増強剤《きんにくぞうきょうざい》』

なる物が混入《こんにゅう》していたことがありまして」

「ほう、よく覚えているじゃないか」

「あの後、全身の寒気とふるえで三日ほど寝込《ねこ》みましたからね。今回も例の『一日で骨折が治る薬』とやらが混入してないかと思って」

するとーー
「見事……見事だカインッ、よくぞそこまで見破《みやぶ》った」

腕組みし、なぜか満足げに頷く狂《きょう》科学者。

……ほぅら、やっぱり。

「ボク、もう帰っていいですか。身の危険を感じるので」

呆《あき》れ半分に椅子《いす》から立ち上がる。が、それを押《お》しとどめるように。

「ーー身の危険、か」

にわかに、女性の声音《こわね》に硬《かた》さが戻《もど》った。

「なあカインッ。現在調査中ではあるが」

コツ、小さな靴音《くつおと》を伴《ともな》って彼女が部屋の窓《まど》へと向かう。自分に背《せ》を向け、彼女は部屋の外に広がる空をじっと見つめていた。

そのまま、数秒の沈黙《ちんもく》を隔《へだ》て。

背を向けたまま——

「灰色名詠とやら、有効《ゆうこう》なのは『*Arzus*《白》』による反唱という報告を受けている」

口早に、彼女はそう告げてきた。

「お前の実力は知っているが……ゆめゆめ油断《ゆだん》するなよ」

背を向けたまま手を振ってくる女性研究者。彼女に向かい、カインツは小さく一礼した。

「お気《き》遣《づか》い感謝《かんしゃ》します。それでは、十日後」

「ああ。お互《たが》い、気をつけるとしよう」

一奏『知られざる歌の鼓動《こどう》』

1

大陸辺境《へんきょう》の一専門《せんもん》学校でありながら、生徒数千五百人を数える巨大《きょだい》校――トレミア・アカデミー。それが有する巨大な敷地《しきち》の一角、女子寮《りょう》の一室で。

「クルル、こっち終わったよー」

居間《いま》の方から、底抜《そこぬ》けに明るい声が響《ひび》いてくる。

「あれ、もう終わったの？」

台所の流し台を磨《みが》く手を休め、クルーエル・ソフィネットは声の方向へと振り返った。

「えへへ、余《よ》裕《ゆう》余裕」

ひょっこりと、幼《おさな》い感じの少女が居間《リビング》から顔を覗《のぞ》かせた。ウェーブがかかった金髪《きんぱつ》に、実年齢《ねんれい》より二、三歳《さい》は幼く見える童顔の友人、ミオ・レンティアだ。

「よし、そっちも手伝うよ！」

水浸《みずびた》しの雑巾《ぞうきん》を持ったまま、勢《いきお》いよくミオが駆《か》けてくる。

「あ、だめ。雑巾振り回さないの！」

「え、あっ！」

慌《あわ》てて急停止するミオだが、時既《すで》に遅《おそ》し。

……あーあ。せっかく綺麗《きれい》にしたはずの部屋内に、雑巾の水滴《すいてき》ばらまいちゃった。

「クルル、ごめんね」

「いえいえ、気にしない気にしない」

しょんぼりとした様子で肩《かた》を落とすミオ。その姿《すがた》に、クルーエルはにこやかに手を振ってみせた。

夏休みもあと一日。明後日《あさって》から新学期が始まるので、今はそれを控《ひか》えての大掃除《そうじ》だ。クラスの子と夏期休暇《きゅうか》の課題を見せあう約束をしていたミオと学内で出会い、約束の時間までということで手伝ってもらっていたわけだ。

「それより少し休んでて。ずっと部屋の掃除手伝ってもらっちゃってたから」

玄関《げんかん》を入ってすぐに台所《キッチン》と洗面所《せんめんじょ》兼バスルーム、その奥《おく》に小さな居間《リビング》と小さな寝室《しんしつ》。二人いれば息苦しささえ感じるほど狭《せま》い一人部屋とはいえ、やはり一人で掃除するには時間がかかる。こうしてミオがいてくれなければ一日がかりになっていただろう。

「……ん〜、じゃあさ」

雑巾を手放し、ミオが数秒宙《ちゅう》を見つめる。何かを考えているらしい。

「クルル、あたし学校の購買《こうばい》でジュースとお菓子《かし》買ってこようか？」

「あ、それはお願いしよっかな」

午前中から掃除を始め、昼食を挟《はさ》んでずっと動きっぱなし。そろそろ一休みしてもいい頃だ。

「わかった。じゃ、ちょっと行ってくるねー」

財布《さいふ》を片手《かたて》に、ミオが小走りに玄関へと駆けていく。その姿を見送り――

……ふぅ。わたしも、ミオが戻《もど》るまで少し休んじゃお。

額《ひたい》の汗《あせ》を拭《ぬぐ》い、クルーエルは居間のテーブルに腰掛《こしか》けた。窓《まど》から入る微風《びふう》がカーテンを揺《ゆ》らし、汗《あせ》ばんだ身体《からだ》に心地《ここち》よい。

――もう、夏休み終わりなんだ。

「……名詠式《めいえいしき》か」

この学園に通う生徒は皆《みな》、名詠式と呼ばれる技術《ぎじゅつ》を習得することを目指している。自らが望むものを心に描《えが》き、招《まね》き寄せる転送術。その術式の過程《かてい》で詠《よ》び出す対象の名前を賛美《さんび》する形をとることから名を詠《うた》う――つまり名詠式という名がついたとされる。

「なんか、ふしぎ」

自分の思い描くものを詠び招く、一見華《はな》やかな技術に見える名詠式。だけど、学園生活の全《すべ》てが薔薇色《ばらいろ》というわけでは決してなかった。

夏休み直前にあった競演会《コンクール》での惨事《さんじ》。そこで負った怪我《けが》が治ったと思ったら、夏期合宿では謎《なぞ》の名詠生物が巣《す》くう研究所の騒動《そうどう》に巻き込《こ》まれた。

その事態《じたい》がひとまず収拾《しゅうしゅう》した後、夏休み中に帰郷することも考えたのだ。しかし男子寮に一人で住んでいる夜色の少年がついつい気になり、結局田舎《いなか》には帰らずじまい。おかげで、今年の夏は彼と一緒《いっしょ》に名詠式の練習漬《づ》けの毎日だった。と言っても、自分はもっぱら日陰《ひかげ》でそれを見ているだけだったけれど。

「……でも、決して嫌《いや》じゃなかったよね？」

自分に問いかけるように言葉を紡《つむ》ぐ。

つい一月ほど前までは、名詠学校という進路にすらあれほど迷《まよ》っていたのに――

自分の中で大きかったのは、何だろう。

競演会《コンクール》。

夏期合宿での事件。

ううん、その前に……やっぱりキミと出会ったことが大きいのかな。

恥《は》ずかしがり屋で照れ屋の、夜色の少年。ただ、そんなことを目の前で言えば、当人は顔を真っ赤にして否《ひ》定《てい》してくるだろう。

「キミは、面白《おもしろ》いくらい冗談《じょうだん》が通じないからね」

はにかむようにそっぽを向く姿《すがた》を思い浮《う》かべ、クルーエルは小さく笑った。

全部が全部、良い思い出ばかりというわけじゃない。けれど、そういった望まぬものも通じて少しずつ、自分と名詠式における関係が深まっていっている気がする。

——わたし、名詠式が好きになってきたのかな?

両の掌《てのひら》をぼんやりと見つめる。

ううん、好きなだけじゃない。最近、名詠の調子が怖《こわ》いくらいに良い。そのことに気づいたのは、夏休みの合宿に向かうほんの少し前だっただろうか。どんなに眠《ねむ》くても体調が悪くても、一度名詠の想像構築《そうぞうこうちく》に入ってしまえばそれすら気にならない。悠然《ゆうぜん》たる時の流れからすら抜け出したかのような、超創造《そうぞう》的感覚。名詠の時は、自分が別の世界にいるような感覚なのだ。

でも、他の人たちはどうなんだろう。

そんなことを訊《たず》ねるのも恥ずかしく、つい今まで訊《き》きそびれてしまっていた。勇気を出して、今度ネイトにでも訊いてみようかな。

「……まあ、それはともかく。問題はこっちよね」

テーブルに積まれたノートの山。

夏期休暇《きゅうか》中に出された課題。ちなみに、九割ほど未着手だったりする。こう見えて一応《いちおう》の努力はしたのだ。……したのだけれど、やっぱり無理なものは無理だった。

「やっぱり、わたしもミオ先生の力を借りるしかないかな」

＝＝＝

値《ね》の張《は》る真紅《しんく》の絨毯《じゅうたん》に、天然革《かわ》でできた豪奢《ごうしゃ》なソファー。壁際《かべぎわ》に設置《せっち》された木製《もくせい》の棚《たな》には、生徒がこれまで獲得《かくとく》した賞状《しょうじょう》がずらりと並《なら》べられている。

トレミア・アカデミー、学園長室。

「そろそろ時刻《じこく》ですね」

部屋の隅《すみ》に置かれた柱時計を一瞥《いちべつ》し、ジェシカ教師長《きょうしちょう》が口を開ける。

「ま、楽しみではあるな」

相槌《あいづち》と共に腕組《うでぐ》みし、ゼア・ロードフィル学園長は机上の生徒資料《しりょう》を見やった。

それとほぼ同時、トンというノックの音が響き。

「失礼します」

威勢《いせい》の良い声と共に、眼鏡《めがね》をかけた制服姿《せいふくすがた》の男子生徒が入ってきた。襟元《えりもと》に引かれた三本の青の線《ブルーライン》。これはつまり、『*Ruguz*《青》』を専攻《せんこう》とする三年生の証《あかし》だ。

『*Keinez*《赤》』・『*Ruguz*《青》』・『*Surisuz*《黄》』・『*Beorc*《緑》』・『*Arzus*《白》』。

名詠式の特徴《とくちょう》の一つがこの『色分け』だ。可視《かし》光線の基礎《きそ》となる七色の中から四色、そしてそれに白を加えた五色。生徒はこの五色のいずれかを自分の専攻色とし、その色と同じ物体を詠び出すことを目標としている。

「フェルナンド君、突然《とつぜん》呼び出してすまんね」

「いえ。特に問題ありません」

生真面目《きまじめ》そうな面持《おもも》ちで首を振る生徒。生真面目というよりは、緊張《きんちょう》しているといった方が適切《てきせつ》か。

「せっかくの夏休みだ、用件だけ手短にまとめよう」

机の上に置かれた書類。それを、彼にも見えるよう持ち上げてみせる。

――それは教師からの推薦状《すいせんじょう》だった。

「競演会《コンクール》における君の名詠は見させてもらった。氷塊《ひょうかい》に彫《ほ》られた騎士《きし》の巨像《きょぞう》という、見た目にも技術的にも高度な名詠。三年生ながらその卓越《たくえつ》した腕、および紙上試験《ペーパーテスト》における成《せい》績《せき》。担任《たんにん》の教師はもちろん、最上級生の『*Ruguz*《青》』を担当するミラー教師からも君を高く評価《ひょうか》する声がある」

フェルナンド・レイバ——担当教師から預《あず》かった生徒資料では、常《つね》に沈着《ちんちゃく》冷静を良しとする模範《もはん》生徒とのことだった。紙上試験《ペーパーテスト》においても、ここ数回は最上級生に混《ま》じりベスト二十にも名前を連ねている。

「そうですか、ありがとうございます」

緊張がとけたのか、年相応のやわらかい表情をにじませる男子学生。

「そこでだ、明後日の始業式。君に三年生代表で抱負《ほうふ》を述《の》べてもらいたい。突然《とつぜん》で済まないが、こちらもギリギリまで生徒の選定に時間をかけての結果でな」

「……自分がですか」

「どうかね？」

「いえ、せっかくですのでやらせてください」

表情を引き締《し》め、生徒が姿勢《しせい》を正す。

「ちなみに、今のあなたの抱負って、何か定まってるかしら？」

訊《たず》ねるジェシカ教師長に対し、やや迷《まよ》ったような沈黙《ちんもく》を挟《はさ》みつつも——

「今は、第二音階名詠《ノーブルアリア》がこなせるようになりたいです」

具体的には、各色の小型精命《せいめい》がそれに属《ぞく》する。名詠学校を卒業するまでにそこまで習得できれば、卒業後は各方面から多くのスカウトを受けることになるだろう。

「結構。ではその方向で頼《たの》むとしよう」

「はい、それでは」

退室《たいしつ》しかけようとする生徒。

「あ、そうそう。フェルナンド君、まだ多少時間はあるかな」

彼の足が止まるのを確認《かくにん》。今まで組んでいた腕を外し、部屋の脇《わき》に飾《かざ》ってある絵画に向けてゼアは指さした。一面真っ青な塗料《とりょう》で塗《ぬ》りたくられた、芸術とはほど遠い域《いき》にある絵。

「一つ、君の名詠を見せてもらいたい。触媒《カタリスト》はその絵を使ってもらって構わんよ。『*Ruguz*《青》』を専攻とする君ならお手のものだろう。詠《よ》び出すのは……そうだな、小さな青い花程度《ていど》で構《かま》わん」

触媒《カタリスト》とは名詠を行うために必須の道具だ。青い花・緑の葉など、人が目で捉《とら》える『色』の正体は可視《かし》光線の波。名詠式はこの同波長の可視光線を共通項《触媒》として利用し、心に描《えが》いたものを手元へと招き寄せる技術である。

「え……青い花って。あの、そんなのでいいんですか」

肩《かた》すかしを食ったのか、彼があからさまに表情を落胆《らくたん》させる。彼にしてみれば、せっかくの機会。学園長たる自分に実力をアピールする絶好《ぜっこう》の機会と思っていたのだろうが。

「まあ、まずはやってみたまえ」

「……分かりました」

言われるまま彼がその絵に触《ふ》れる。目を閉《と》じ、想像構築《そうぞうこうちく》の段階《だんかい》へ。

さらに十数秒の時を経《へ》て、彼は小さく呟《つぶや》いた。

――『Ruguz《青の歌》』――

名詠完結の言葉。だがその言葉からは何も生まれなかった。

「……これは」

「気づいたかね」

問いかける老人に、生徒が苦笑《くしょう》気味に振り向いた。

「いや、完全にその可能性《かのうせい》を失念してました。この絵、後罪《クライム》ですね」

名詠式に必要不可欠となる過程が、詠び招くものと同じ色の触媒《カタリスト》を利用し名詠門《チャネル》を開かせるという作業。しかし、そこには一つ落とし穴《あな》が存在《そんざい》する。

一度開いた名詠門《チャネル》はそれが閉《と》じる時、最初に開くよりも頑丈《がんじょう》に閉《と》ざされてしまうのだ。

たとえば赤の画用紙で赤い花を名詠した後、同じ画用紙でまた花を詠び出そうとすれば、その難易度《なんいど》は一気に跳《は》ね上がる。熟練者《じゅくれんしゃ》であろうと、名詠門《チャネル》をこじ開けるには〈讃来歌《オラトリオ》〉が必須。それでもなお第三音階名詠《プライムアリア》が限度《げんど》とされる。

ならば触媒《カタリスト》は次から次へと新しい物に切り替《か》えた方が確実《かくじつ》で、かつ早い。手慣《てな》れた名詠士が常日頃《つねひごろ》大量に触媒《カタリスト》を、かつ自分で調合した物を持ち歩くのはそのためだ。自分で調合した触媒《カタリスト》ならば、誰《だれ》かに先に使われていることもないわけだから。

需要者《クライム》の後罪——自分がその触媒《カタリスト》を見つけるのが後手だったという意味だ。ゼアが示《しめ》したその絵もかつて何度となく名詠がなされ、既《すで》に名詠門《チャネル》が凶悪《きょうあく》なほど堅《かた》く閉ざされてしまっている代物《しろもの》だった。

「〈讃来歌《オラトリオ》〉を詠《うた》って、もう一度挑戦《ちょうせん》してみるかね」

断《ことわ》ってくれても構《かま》わんよ。暗にそう示したのだが、青色の絵に手をかざし、生徒は気丈にも告げてきた。

「……あと一度だけ挑戦させてください」

部屋に流れる〈讃来歌《オラトリオ》〉。

それから、優《ゆう》に数分——

「これが……限界でした」

疲労《ひろう》しきった表情で彼が手渡してきたのは、一欠片《ひとかけら》の蒼《あお》く輝《かがや》く氷だった。

小型、無生物、それも不完全な状態《じょうたい》。これだけを見るならば、ミドルスクールの生徒にも陰《かげ》で笑われてしまうかもしれない。

　だがそれでも彼の名詠は、十二分に称賛《しょうさん》に足るものだった。

「フェルナンド君、率直《そっちょく》に言おう。ワシが思っていた以上に、君は優秀《ゆうしゅう》な生徒だった」

　その言葉に嘘《うそ》はない。ゼア自身、この絵を触媒《カタリスト》にして名詠を成功させた生徒を久々《ひさびさ》に目にしたほどだ。

「……はい」

　よほど集中しきったのか、彼の声に力がない。

「いや、本当にすばらしい。君の今後の活躍《かつやく》に期待しているよ」

「ありがとうございます。では、失礼します」

　一礼し、生徒が部屋を去っていく。通路に響《ひび》くその足音が聞こえなくなるのを待って。

「……で、どうだったかな」

　自分の背後《はいご》に向けて、ゼアは訊《たず》ねた。

　学園長室に連なった小さな書庫。その扉《とびら》が開き、数名の教師《きょうし》が姿《すがた》を見せた。

「最上級生の『*Ruguz*《青》』を担《にな》う教師として、あの生徒は十分に有望な一株《ひとかぶ》です。来年度の発表会では、本当に第二音階の名詠が見られることにも期待してよろしいかと」

　青い研究服を羽織《はお》った生真面目《きまじめ》そうな教師が、慣れた仕草で鼻先の眼鏡《めがね》を浮《う》かせる。

　その隣《となり》、暖色《だんしょく》の派手《はで》なシャツ姿の大柄《おおがら》な教師が、気楽な様子で頭を掻《か》いた。

「ええと、フェルナンド君でしたっけ。いや、ミラーの言うとおり優秀だと思いますよ。三年生であのレベルなら大したもんだ。なあエンネ？」

「……ゼッセル、服装《ふくそう》どうにかしなさい。ミラーも、最近その服ばっかりでしょ」

その両者の服装を、呆《あき》れた表情で指摘《してき》する女性教師。ほっそりとした顔立ちの彼女は、ドレスに似《に》た皺《しわ》一つない白地のワンピース姿だ。

『む……』

揃《そろ》って互《たが》いの服を眺《なが》めあう両者。ややあって――

『俺《おれ》はこれが気に入ってるんだ』

異口同音。示し合わせたかのように、男性教師二人組は口々に言ってきた。

「……こういう時だけ息ぴったりなのよね」

一方、溜息《ためいき》混じりで首を振《ふ》るエンネ。

「あなたたち見てると退屈《たいくつ》しないわ」

くすりと、呆れ混じりの笑いをもらすジェシカ教師長。

「ふむ。ともあれあの三年生が将来《しょうらい》有望な生徒だという点については、皆の意見が一致《いっち》しているようだ。しかし――」

ゆっくりと、ゼアは視線をずらした。三人組の教師から一歩分離れた場所に立つ、若葉《わかば》色のスーツを着用した女性《じょせい》。

「ケイト君、君の話、信じて良いのだね？」

「……ええと、その……まだ私自身確証《かくしょう》はないのです。なにぶん、私はその時気を失っていたので」

おずおずと、頼《たよ》りなげに応《こた》える一年生の担任教師。彼女がうつむくのにあわせ、陽《ひ》に輝《かがや》く金髪《きんぱつ》が静かに揺れる。

——そう。今回、自分の机《つくえ》に置かれた生徒資料《しりょう》は二名分だった。

一人は三年生の筆頭生徒。名詠《めいえい》の技術も紙上試験《ペーパーテスト》もトップクラスの優等生《ゆうとうせい》。

もう一人、それはとある一年生の女子生徒だった。記録によれば、競演会《コンクール》における名詠の技術は平均《へいきん》が良いところ。紙上試験《ペーパーテスト》に至《いた》っては、一年生の中でも下から数えた方が早いかもしれないという少女だ。

にもかかわらず。

〝学園長、あの子の名詠を見たらきっと腰抜かしますよ〟

〝あの名詠生物……ちょっと信じられません〟

ゼッセル、そしてエンネ両教師は口々に言ってきた。

夏休みの臨海《りんかい》学校でのことだ。一部の者しか知らぬ、とある研究所の事件《じけん》。その時、まだハイスクールに入って半年の少女が詠《よ》び出した名詠は——

「にわかには信じられんが、もしその話が本当ならば……」

言葉を半ばで濁《にご》し、机上の生徒写真を見据《みす》える。それは生徒の入学写真だった。やや緊張した面持《おもも》ちで席につく、緋《ひ》色《いろ》の髪《かみ》の少女。

——この少女は、我《わ》が学園のあらゆる生徒を凌駕《りょうが》していることになるではないか。

「ケイト君、その女子生徒は学生寮《りょう》に住んでいるとのことだったな」

「はい」

さて、その子は今も寮にいるだろうか。

夏期休暇《きゅうか》も終わりが近い。帰省《きせい》していた生徒たちが寮に戻ってくるのも丁度《ちょうど》この時期だ。ならば、その女子生徒も寮の方にいる可能性が高い。

「ジェシカ、ひとまず一年生の担任教師を呼べるだけここに集合させてくれ。ケイト君は、君の生徒が女子寮にいるかどうか、今から調べてもらえるかな」

2

トレミア・アカデミー正門から、二百メートルほど直進した先に広がる、広大な芝生《しばふ》。休憩《きゅうけい》用のベンチに、小さいながらも緑に映《は》える白地の噴水《ふんすい》。昼休みに休日に。時期を問わず学生から人気のある場所だ。

その緑の絨毯《じゅうたん》に、微風《そよかぜ》に金髪をゆらせるミオがぽてっと座《すわ》り込《こ》む。

彼女と、そして彼女を取り巻《ま》く複数《ふくすう》人の生徒。そのやりとりの様子を、ぼんやりとクルーエルは眺《なが》めていた。

「はい、これが『言語分析学《ぶんせきがく》』、課題のセラフェノ音語講読《こうどく》は二十頁《ページ》からね。で、ええとこっちが『触媒認識論《カタリストにんしきろん》』ね、課題の演繹《えんえき》的考察は最後の方だよ〜」

鞄《かばん》から取り出した分厚《ぶあつ》いノートを次々と芝生に置いていくミオ。

『おおっー、助かった！　ミオありがとーっ！』

飛びつくようにノートへ手を伸《の》ばすのは、黒髪長身の少女と日焼けしたボーイッシュな少女だ。

「いやはや、ミオ様々だね。ウチら、ミオがいなかったら単位全滅《ぜんめつ》してるところだわ……てか、このノート見ても半分くらいしか分かんないもん」

ノートを小難《こむずか》しげな表情で見つめ、日焼けした少女——エイダが開き直ったように胸《むね》を張《は》る。

「いやー危《あぶ》なかった。お礼に食堂で何か奢《おご》るからさ」

エイダの呟《つぶや》きに頷《うなず》きつつ、黒髪長身の少女が豪快《ごうかい》にミオの肩《かた》を叩《たた》く。こちらはサージェス。『Arzus《白》』専攻《せんこう》のエイダに『Surisuz《黄》』専攻のサージェス、共にクルーエルと同じ教室で学ぶ学友だ。

「ホント？　あたしパフェがいいな！」

にこりと表情を明るくする当人。

「……あ、あのぉミオさん」

その様子をじっと見つめていた幼《おさな》い少年が、ぼそぼそと口を開けた。夜色の髪と夜色の双眸《そうぼう》の少年――ネイト・イェレミーアス。十六歳《さい》からとなるこの学園に十三歳で転入してきた、夜色名詠という異端《いたん》の名詠色を学ぶ少年だ。

全体的な印象は幼いながらも、名詠式に対する彼の姿勢は純白《じゅんぱく》と言えるほど真《ま》っ直《す》ぐで、それがクルーエルには眩《まぶ》しく思える時がある。

「これ、見てもらえませんか」

自分のノートを抱《だ》きしめ、懇願《こんがん》するような眼差《まなざ》しで彼が目の前の少女をじっと見つめる。

「ああ、ネイト君は歴史学のレポートがあったよね。いいよ、見てあげるからちょっとそのノート貸《か》してみて」

「は、はい。ありがとうございます。僕《ぼく》、レポートって初めてなもので」

「いいよいいよ。それよりほら、ネイト君もお菓子《かし》食べな～、たくさん買いすぎちゃっ

自身そう言いながら、広場の上に広げたお菓子を頬張《ほおば》るミオ。

……ミオ、あなたって子は。

一連の様子を眺め、クルーエルはこっそり驚愕《きょうがく》の汗《あせ》を拭《ぬぐ》った。

ミオ、なんて恐《おそ》ろしい子なんだろう。

自身の選択講義《せんたくこうぎ》のみならず、片手間《かたてま》に他の講義課題を仕上げてしまうとは。自身の専攻色である『Beorc《緑》』はもちろんのこと、名詠式総論系《そうろんけい》の分野まで完璧《パーフェクト》。勉強と読書が趣味《しゅみ》と臆《おく》せず言うだけあって、理論面での彼女の知識《ちしき》は半端《はんぱ》ではない。

ネイトのレポートにしてもそう。お菓子を食べる手を休めぬまま、その眼《まなこ》だけがもの凄《すご》い勢《いきお》いで文字の列を追っている。しかも、表情《ひょうじょう》はあくまでのほほんとした笑顔のまま。

「ネイト君、ここの表現ちょっと直した方がいいかもよ～」

「え……あ、ほんとだ！　そうですね、書き直します」

――なんかもう、凄いを通り越して変人だ。

自分が生暖かい目でそのやりとりを眺めていると。

「ところでさ、クルーエル？」

エイダが指先でこちらの肩をつんつんと突いてきた。

「ん、どうしたの」

「いや。クルーエルは夏休み、みんなが実家とか帰った後どうしたのかなって」

……ぎくり。

自分同様、目の前にいるネイトの動きが一瞬《いっしゅん》止まる。

「わたし？　わたしも実家に戻ってたわよ」

彼の動きを横目で捉《とら》えつつ、クルーエルは可及的《かきゅうてき》落ち着いた表情《ひょうじょう》を心がけた。

「でもどうして？」

すると、エイダは呑気《のんき》な声で笑い声を上げながら。

「あはは、そっかぁ。いやクルーエルのことだからさ、夏休みずっとちび君に付き添《そ》ってたんじゃないかってサージェスと賭《かけ》してたさ。あたしはそっちに賭《か》けてたの」

「えっ……あ、あの――」

夜色の少年が慌《あわ》てて何か言おうとする前に。

「まさか。わたしだって、さすがに夏休みくらい用事の一つ二つあるわよ」

苦笑と手振り混じりに、クルーエルは首を振ってみせた。

何か言いたげなネイトの視線《しせん》に気づき、こっそりとウインク。

――実は、そのまさかだったのだ。

フィデルリアでの夏期補習授業《ほしゅうじゅぎょう》が終わり、エイダや他の友人たちが実家に帰った後。

ぽつりと残された自分は、親元に帰ることもできないネイトと寮《りょう》に残り、ずっと名詠の練習に付き合っていた。

〃あ、でも夏休みのこれは秘密《ひみつ》ね。ミオとかエイダにもだよ〃

〃……は、はい〃

クラスの友人にばれでもしたら、きっと要《い》らぬ噂《うわさ》も流れるに違《ちが》いない。教師《きょうし》に知られたら風紀問題云々《うんぬん》で職員室《しょくいんしつ》に呼ばれるかもしれない。そんな思惑《おもわく》もあり、「クルーエルは田舎《いなか》に帰っていた」ということで、ネイトと二人して口裏《くちうら》を合わせることにしていたのだ。

「エイダこそ、また随分《ずいぶん》日焼けしたわね。海でも行ってた？」

「……んにゃ。親父《おやじ》と一日中鎗《やり》の訓練。もはや彼氏を作る暇《ひま》も無いっての」

げんなりした様子で、ぱたぱたと手を振るエイダ。

「あの親父、年甲斐《としがい》もなく妙《みょう》にハッスルしちゃってさ。鎗の持ち方が悪いだの、そもそも鎗の手入れが悪いだの、ことあるごとにお説教されたし」

心底疲《つか》れ切ったように、彼女ががっくりと項垂《うなだ》れる。

と同時。校舎脇《こうしゃわき》の拡声機《スピーカー》から、聞き覚えのある声が流れてきた。

――これより、生徒の呼《よ》び出しを行います。該当者《がいとうしゃ》は至急《しきゅう》、学園長室まで――

……あれ、こんな夏休みの間に生徒の呼び出し？

突如《とつじょ》響《ひび》いた校内放送に、クルーエルは内心首を傾《かし》げた。

「ていうかこれ、ウチらの担任《たんにん》のケイト先生だよね」

こちらは変わらず、どこかぼんやりした表情のミオ。

――一年、『Keinez《赤》』専攻《せんこう》、クルーエル・ソフィネット――

――名を呼ばれた生徒は、至急《しきゅう》、学園長室まで来てください。繰《く》り返します――

……え？　わたし？

聞き間違いではないか、思わず我《わ》が耳を疑《うたが》った。

「今呼ばれたのって、クルーエルさんでしたか？」

ぽかんと、ネイトがこちらを見上げてくる。ということはやはり、自分の聞き間違いでもないらしい。

「一年生で『Keinez《赤》』専攻、おまけにケイト先生からの呼び出しとなると……うーん、さすがにクルルぽいね」

のほほんと首を傾げるミオ。

「でもわたし、学園長室に呼ばれるような覚えないわよ」

「クルル、なんか悪いことでもした？」

……ミオ。人聞きの悪いことを。

遅刻《ちこく》数《すう》クラス一？　いや馬鹿《ばか》な。その程度《ていど》で学園長室に呼ばれるなんて聞いたことない。

「……あきらめな、クルーエル」

ぽん、と肩《かた》に手をのせられる。

振り返ったそこに、サージェスがやたらわざとらしく、目に涙《なみだ》を浮《う》かべていた。

「あんたがどんな悪事をしでかしたか知らないけど、安心して。たとえどんなに悪の道に染《そ》まったって、ウチらはあんたの友達だよ。だから――」

「……だから？」

「だから、ここは腹《はら》をくって大人しく退学《たいがく》に」

「縁起《えんぎ》でもないこと言わないの！」

「あいたっ！」

こつんと、握《にぎ》り拳《こぶし》を彼女の頭にくれてやる。

まったくもう。悪いことなんて……せいぜいさっきの、遅刻数がクラスで一番くらいだったはずだよね。まあ、控《ひか》えめに言っても期末試験の成績《せいせき》はあまり良くなかったけど。だけど後は知らないぞ。わたしは何もやってないんだから！

「……あーあ、気は進まないけど行ってくるね」

「はい。骨《ほね》は拾ってあげますね」

……ネイト、いつ誰《だれ》に教わった言葉か知らないけど、それなんか違うよ。

かと思えば、その一方で彼の台詞《せりふ》をにやにやしながら見つめる問題児が二名。

「サージェス、エイダ。ネイトに変な言葉吹《ふ》き込んだでしょ」

『え。う、ウチら何もしてないよ？　ねえ？』

やたら動揺《どうよう》する二人。案の定、やっぱりこの二人だったか。

――なんでまた、この二人が呼ばれなくてわたしが呼ばれるんだろう。

溜息混《ためいきま》じりに、クルーエルは学園長室に向けて歩きだした。

3

さて、校内放送、きちんとあの子に届《とど》いているかしら。

学園長室にずらりと並《なら》んだ教師の姿を眺め、ケイトは背中の壁《かべ》に寄《よ》りかかった。

外出はしておらず女子寮《りょう》に滞在中《たいざい》。それは寮の生徒在籍名簿《ざいせきめいぼ》で確認済《かくにんず》みだった。よほど何らかの事情《じじょう》が無い限《かぎ》り、あとは彼女がやってくるのを待てばいい。

……それにしても、学園長も意地悪な課題を用意したわね。

教師《きょうし》の中央に座《ざ》す老人が目をつけたのは、この部屋に敷《し》かれた真紅《しんく》の絨毯《じゅうたん》。まさか、先の三年生と同じ課題を一年生に与《あた》えようとするとは。

通路に響《ひび》く小さな足音。

ギィッと錆《さ》びついた音を立て、学園長室の扉《とびら》が開く。現《あらわ》れたのは、緋《ひ》色《いろ》の髪《かみ》をなびかせる長身の少女だった。その髪色同様、制服《せいふく》の襟《えり》も『*Keinez*《赤》』に色づけられている。

「……あ」

ずらりと並んだ教師たち。それを見るなり、少女の顔色に動揺《どうよう》が走る。

「すいません！　わたし、来る場所間違え――」

「いいえ、あってるわよクルーエル」

逃《に》げるように退室しようとする彼女に、慌《あわ》ててケイトは声をかけた。

「夏休み中なのに、わざわざごめんなさいね」

「……やっぱり、校内放送の通りだったんですか」

大勢の教師に囲まれ、居心地《いごこち》悪そうに身体《からだ》を小さくする生徒。これだけの視線《しせん》を受ければ萎縮《いしゅく》するのも当然か。

「あの、用件《ようけん》て何でしょう。わたし特に悪いことしてな――」

「クルーエル」

すっと、ケイトは他の教師たちより一歩分、自分の生徒に向かって歩み寄った。

「あなたもしかして……」

――既《すで》に、第一音階名詠《ハイ・ノーブル・アリア》が使えるの？

ぴくりと、少女が怯《おび》えたように強張《こわば》る。傍《そば》にいて、その姿があまりに容易《ようい》に見て取れた。

「……何の話ですか。あんまり突然過《とつぜんす》ぎて」

言葉を濁《にご》す少女。

「ああ、別にそんな身構《みがま》えなくていい。ただ確認したいだけなんだ」

片手《かたて》を呑気《のんき》に振《ふ》り、教師らしからぬ軽装《けいそう》のゼッセル教師が苦笑いを浮《う》かべる。

「簡単《かんたん》に言ってしまえば、こと名詠の実技に関する君の急成長ぶりが、ちょっと職員室でも話題になってると言えばいいのかな」

「急成長ですか？」

「ついこの前の、フィデルリアへの臨海学校。君を含《ふく》む『Keinez《赤》』専攻生《せんこうせい》の講義を受けもっていた教師として、一年生の中で君だけやたら突出しているように思えたわけだ」

この場にいる教師は既に、その時の記録をゼッセル教師から聞いていた。

『身近にある物を触媒《カタリスト》とし、三十分以内に赤い小動物を詠《よ》び出すこと』——その課題に多くの生徒が必死に〈讃来歌《オラトリオ》〉を詠《うた》う中、この少女だけはただ一人、触媒《カタリスト》の絵の具を握《にぎ》りしめて沈黙《ちんもく》していたというのだ。

「どうかしたのかなって思って近づいてみれば、君の両肩には既《すで》に、赤い羽根をした鳥が一羽ずつ留《と》まっていた」

〈讃来歌《オラトリオ》〉すら詠わず、ゼッセル教師が目を離《はな》した十数秒の間に名詠《めいえい》を終えていたことになる。

「……でも、それくらいなら別にそこまで」

「それはどうかな」

言い終えるのすら待たず、その教師が言葉を続けた。

「俺《おれ》の講義が終わった後、君は一人だけ中庭に残って名詠の練習をしていたはずだ。……いや違《ちが》うな。練習なんかじゃなく、君の表情はあくまで『確認』の眼差《まなざ》しだった」

自分の実力の、再認識《さいにんしき》。

エンネ教師も見たという、巨大《きょだい》な炎《ほのお》。

「中庭で燃《も》え上がった巨大な炎。あれだけのものとなると、生徒の気まぐれな偶然《ぐうぜん》で詠び出せるようなものじゃない」

「でも——」

躊躇《ためら》いがちに、少女が周囲の教師を見回した。

「それでも、わざわざ学園長室に呼ばれるほどじゃないと思うんです。鳥だって炎だって、難易度《なんいど》自体はそこまで高くないはずですから」

そうだ、確《たし》かにそれだけならまだ、「どの名詠学校にもいる将来《しょうらい》有望な生徒」という説明で済《す》ませられるかもしれない。だが、決定的なのはこの次だった。

「あのね、クルーエル」

さらに一歩、ケイトは自分の担任《たんにん》する生徒に向かって歩み寄った。

「研究所でわたしが倒《たお》れていた時、助けに来てくれたのはあなただって聞いてるの」

「いえ、あれはエイダが——」

「もちろんそれも知ってるわ。だけど教えて欲《ほ》しいの。あなたが詠んだ真精《しんせい》に助けられたというのも、事実なのでしょう」

そう。治療《ちりよう》を終えた自分がその話をゼッセル教師から聞いた時、あまりのことに耳を疑《うたが》った。普通《ふつう》の女子生徒だと思っていた彼女が、既に真精を詠べるなどという報告《ほうこく》——それも、真精の中でも非常《ひじよう》に希有《けう》な黎明の神鳥《フェニックス》を引き連れているなどと。

「……わたし、分かりません」

弱々しく首を振るクルーエル。

けれど、それはあまりに拙《まず》い嘘《うそ》だった。フィデルリアの合宿所にて。生徒に、教師《きょうし》に。黎明の神鳥《フェニックス》を詠《よ》び出す少女の目撃《もくげき》例は既《すで》に多数上っていたのだから。

〝……クルーエル、ここを離れます〟

崩壊《ほうかい》しかかった研究所から脱出《だっしゅつ》する間際《まぎわ》。黎明の神鳥《フェニックス》がクルーエルに向かって話しかけていたという事実も、ゼッセル、エンネ両教師が証言《しょうげん》している。

この緋色《ひいろ》の髪《かみ》の少女が真精を詠んだという事実は、もはや疑いようがなかった。

「クルーエル、あなたを責《せ》めたりする気はないの。むしろ逆《ぎゃく》で――」

「真精を詠び出せるレベルとなると、飛び級ができるどころか、本格《ほんかく》的に名詠士の資格試《しかくし》験《けん》にも挑戦《ちょうせん》できる」

そう言葉を続けたのは、一年生の『Keinez《赤》』を担当する教師だった。

「名詠士の資格をとれば、正式な活動資金《しきん》という形で幾《いく》ばくかの援助《えんじょ》を受けられる。飛び級にしろ、学費を負担する親からすれば願ってもない話であるはずだ」

「同様に、飛び級の生徒ということで、教師《われわれ》からも相応《そうおう》の協力をする用意がある。君にその気があるなら、学園公認《こうにん》として著名《ちょめい》な名詠士に紹介《しょうかい》する制度もある。これは君にとって大きなチャンスだ」

間を置かず、次々とはやし立てる教師たち。

そう、生徒にとっては願ってもない機会のはず。優遇処置《ゆうぐうしょち》のはず。

なのに――なぜ？

この少女の表情は、はっきりそれと分かるほど憂愁《ゆうしゅう》を帯びていた。


……そんな。何を、こんな突然《とつぜん》に――

頭の中が真っ白になりそう。困惑《こんわく》で立ち眩《くら》みがおきそうになるのを、唇《くちびる》を噛《か》みしめ、クルーエルはかろうじて堪《こら》えていた。

名詠学校に入ってまだ半年じゃないか。ようやく友達ができて、勉強にも学校生活にも慣《な》れてきた。なのに、飛び級？　名詠士への資格試験？

あんまり唐突《とうとつ》過《す》ぎて、その実感すら湧《わ》いてこない。

……わたし、そんなのゴメンだ。

いつもあどけなくにこやかな、金髪《きんぱつ》童顔の女友達。

一緒《いっしょ》にいてあげることを誓《ちか》った、夜色の少年。

それだけじゃない。他のクラスの子だってそうだ。今は、みんなと一緒に同じ時間を過ごしていたい。わたしはそっちこそが、本当に大切にしたいものだから。

「ありがとうございます。でも、わたしは――」

眼前《がんぜん》の教師をひたりと見据《みす》え、クルーエルは首を横に振った。

「わたしは、今のままで良いです」

ざわりと、教師たちの間にざわめきが生まれる。

「それはどういうことだね」

腕組《うでぐ》みし、名も知らぬ教師が押《お》し殺した声で訊《き》いてくる。

「わたし、一緒に名詠を勉強したい子がいますから」

その相手に向け、クルーエルはにこりと微笑《ほほえ》んでみせた。

「しかし……」

「いいんです、わたし本当に今のままで十分ですから」

再度《さいど》何か教師が言いかける、その前に。

「分かりましたクルーエル。この休みが終わってからも、あなたは私の生徒です」

自分のすぐ隣《となり》に、ケイト先生がいた。

あなたが決めたことなら私もそれを支持《しじ》するわ――こっそりと、耳打ちされた。

「……はい」

良かった……ケイト先生は怒《おこ》ってないんだ。

「ふむ、こちらとしても生徒の意見を最大限尊重《そんちょう》しよう。ケイト君という優秀《ゆうしゅう》な教師もついていることだしな」

机上《きじょう》の用紙を片《かた》づけ、学園長が立ち上がる。

「ところでだ。クルーエル君、ものは相談なのだが——」

今までの荘厳《そうごん》な面持《おもも》ちから一転、目の前の老人は、妙《みょう》に和《なご》やかな表情を浮《う》かべてきた。

学園を束ねる者としての威厳《いげん》は消え、どこか親しみやすい表情を。

「実はワシ、いやここにいる教師も含《ふく》めて、今まで赤の真精は数多く見てきたが黎明《フェニック》の神鳥《ス》だけは見たことがなくてな」

「……そうなんですか？」

黎明《フェニックス》の神鳥は、自分にとってはひどく身近なイメージしかない。

教師、学園長。それぞれ年季の入った名詠の専門家《せんもんか》だ。ここにいる人たちが、一人としてそれを目にしたことがないというのは自分にとって信じがたいのだけれど。

「報告例そのものが歴史上いくつあったか。研究内でも幻《まぼろし》とされている、数ある真精の中で最も幻性度《げんせいど》の高い一体。少なくとも、現在《げんざい》においてそれを名詠できる名詠士は確認されていない。それほどまでに、君の真精は希少《きしょう》なんだ」

青い研究服をまとう、眼鏡《めがね》をかけた教師《きょうし》が肩《かた》をすくめてみせる。

……知らなかった。そんなにまで、わたしの真精は。

「でだ、これは単に興味《きょうみ》の問題で、もし良ければ是非《ぜひ》とも拝《おが》んでみたいのだが」

老人の言葉に嘘《うそ》は無いのだろう。言ってくるその眼差しは、子供《こども》のように純粋《じゅんすい》な好奇心《こうきしん》に満ちていた。それは他の教師も同じ。それはきっと、そもそも名詠を目指す者自体が、そういった好奇心に溢《あふ》れた人間だからなのかもしれない。

「……あの、ごめんなさい」

だがそれと悟《さと》ってなお、クルーエルは目を伏《ふ》せた。

「名詠で、わたしにできることであればしたい気持ちはあるんです。だけど……」

一度言葉を区切り、クルーエルは言葉を探した。

自分の気持ちを最も素直《すなお》に、正しく、表現するための言葉。

「単に見てみたい。その理由だけだと、わたしの真精は来てくれないと思うんです。本当に大切な時、大切な人のために詠ぶ。わたしが心の中でそう誓《ちか》ってるから」

名詠を嗜《たしな》む者の大半は、救助・救援《きゅうえん》的な職で活躍《かつやく》する者が大半だ。

有翼馬《ペガサス》など空を飛翔《ひしょう》するものを名詠して人を運ぶ。あるいは——水場の無い場所で火事が起きた時には、消火のための水の名詠。凍《こご》える地では火を名詠し熱の確保《かくほ》を。

目の前にいる教師や研究者になる者は一握《ひとにぎ》り。その中で、自分がどの道を選ぶかはまだ決めてない。いや、名詠士になりたいかどうかも未定。

だけど——名詠をただの見せ物にだけはしたくなかった。

それは、夜色名詠をあれだけ真剣《しんけん》に頑張《がんば》っている彼に対しての侮辱《ぶじょく》に思えてしまうから。

「そうか」

深く吐息《といき》をこぼす小柄《こがら》な老人。

「……本当にすいません」

他ならぬ学園長の頼《たの》み。それを無下《むげ》に断《ことわ》ってしまうことになった。

「いや、確かに君の言うとおりだ。なるほど、少しだけ分かった気がする。君のような純粋《じゅんすい》な心の持ち主にこそ、相応《そうおう》の真精が宿るのかもしれんな」

気を悪くした風もなく老人が笑う。

「ま、クルーエル君もそこまで萎縮《いしゅく》しないでくれ」

「あ、あの……お詫《わ》びに何かできませんでしょうか。わたし、名詠で花くらいなら」

学園長室に生ける花くらいなら、自分でもきっと何とかなる。

「気遣《きづか》いはありがたいのだが、今ここには花瓶《かびん》も何もないからな」

あたりを見回し——ふと、老人の視線《しせん》が自分たちの足下《あしもと》で止まった。

「いや、待て。……ではやはり一つだけ頼みたい。何でも構《かま》わないから、君の好きなものを詠び出してくれ。触媒《カタリスト》は、君の足下にある真紅《しんく》の絨毯《じゅうたん》を使ってくれて構わない」

「……え、これ使っていいんですか？」

「無論《むろん》だ」

言われるまま、そっと絨毯に触《ふ》れてみる。

瞬間《しゅんかん》。微《かす》かな違和《いわ》感——これは。

「ただし、若干《じゃっかん》触媒《カタリスト》としては使いづらいかも分からんよ」

「これ、あれですよね。既に六回、名詠で使われてます」

名前は何といったか。この前テストで出たのに。

ええと、たしか……クラ——なんとかだった気がするけど。

「あれ、どうかしましたか？」

周囲のざわめきに気づき、クルーエルは顔を持ち上げた。

見れば、老人が驚《おどろ》いたように刮目《かつもく》。他の教師たちも、こそこそと何か言い合っていた。

「なんと、気づいていたのかな」

「……いえ、何となくです。触《さわ》ってみたら『ああ、そうなのかなぁ』って」

「だが、回数はどういうことだね」

「それも何となくです。……でも、多分それで合ってると思います」

鳥の声を聴《き》いてそれと分かるように、触れれば分かる。ただそれだけ。触れた途端《とたん》、この触媒《カタリスト》の名詠門《チャネル》が脳裏《のうり》にはっきりと想像《そうぞう》できたのだ。普段《ふだん》よりちょっとだけ頑固《がんこ》に口を閉《と》じている門。

――だけど、なぜだろう。名詠ができない気が、しないのだ。

どれだけ意固地になってる門でも、拗《す》ねてしまっている門でも、今のわたしなら優《やさ》しく諭《さと》すことができる気がする。いいえ、その確信がある。それこそ、母親が愛《いと》しき我《わ》が子を諭すかのように。

生けるものが無意識《むいしき》のうちに呼吸《こきゅう》を繰《く》り返すように、もはや当然の摂理《せつり》の如《ごと》く、絶対《ぜったい》の予感を以《もっ》て――名詠式という法則《システム》の全《すべ》てを感じ取れる。そんな感覚すらあった。

奇妙なほどに澄《す》んだ意識。覚醒《かくせい》した想《おも》い。

〈讃来歌《オラトリオ》〉すら必要としない。

ただ自分の想いを以て、ただ一言話しかけてやればいい。

――*Isa sia clue-l-sophie pheno*《さあ起きて　緋色の子供たち》――

足下の絨毯が赤く輝《かがや》きだす。煌《きら》めく光の粒子《りゅうし》が舞《ま》い上がり、粉雪のような涼《すず》しさを伴《ともな》って学園長室を照らす。

「まさか、後罪《クライム》の触媒《カタリスト》を〈讃来歌《オラトリオ》〉無しで？」

教師《きょうし》たちの狼狽《ろうばい》した声が次々と上がる。

……なんでだろう。何を驚いているんだろう。

ただ普通《ふつう》に、この触媒《カタリスト》を使って名詠門《チャネル》を開かせただけなのに。

そう言えば、何を詠《よ》ぼう。

自分の一番好きな花でいいかな。

どんな宝石《ほうせき》より素敵《すてき》な、わたしの大好きな緋《ひ》色《いろ》の花。

――『Keinez《赤》』――

そして、少女の口ずさんだその後に――


「あ、じゃあわたしは失礼します。友達が待ってるので」

何の感慨《かんがい》も驕《おご》りもなく、さも当然とばかりに慌《あわ》てて通路を走っていく女子生徒。

彼女が去った学園長室には、部屋を埋《う》め尽《つ》くさんまでに、何百輪という緋色の花が残されていた。緋色の花――アマリリス。

ややあって。

「……あの子、一体何者だ。名詠士とかそんな簡単《かんたん》な言葉で括《くく》れるもんじゃないぞ」

一年生の『Keinez《赤》』を教える教師が、真っ青な面持《おもも》ちで汗《あせ》を拭《ぬぐ》う。

後罪《クライム》の触媒《カタリスト》を〈讃来歌《オラトリオ》〉抜《ぬ》きで名詠に再《さい》利用。それができた名詠士は、現在まで公《おおやけ》の記録に存在《そんざい》しない。もし仮《かり》に触媒《カタリスト》の無限回《むげんかい》利用が可能《かのう》だとして、もはやそれは、人間が行使できる名詠の域《いき》を超《こ》えていると言って過言《かごん》でない。

しかもまだあの少女は、力の底を見せているとは思えなかった。

しんと静まりかえる学園長室で――

「――異端《いたん》の夜色名詠者。そしてそのすぐ近くに、怪物《かいぶつ》じみた赤の……いや、怪物じみた名詠式の才覚者か。あの才能、本人が無自覚なのが怖《こわ》いな」

ゼッセルは、天井《てんじょう》を見上げたまま独《ひと》り言のように呟《つぶや》いた。

「〈孵石《エッグ》〉、それに灰色《はいいろ》名詠もそうだな。全《すべ》てが同時期だ。……だけどこれは、本当に偶然《ぐうぜん》で済《す》ませられる出来事なのか？」

偶然？　否《いいえ》、それは違《ちが》う
あの子の周りに起きたこと、そして今から起きることの全《すべ》てが
予定運命の旋律《せんりつ》上に、既《すで》に音色として刻《きざ》み込まれているのだから
全ては、あの子の為《ため》に在《あ》る
全てが、わたしとあの子の為に在る
もうすぐ理解《りかい》する時が来る。理解して——そして、それと知りなさい
彼方《かなた》に咲《さ》く緋色の子の名こそが、真ナル*Selahphenosia*《約束の名（セラフエノスイア）》であることを
今はまだ、届《とど》かない。けれど——
クルーエル、わたしはあなたをいつも見守ろう
わたしは、こんなにも貴女《あなた》を愛しているのだから

誰《だれ》にも届くことのない秘《ひそ》やかな囁《ささや》き。
幽《かす》かに響《ひび》いたその声は、誰にも悟《さと》られることなく何処《いずこ》かへと消えていった。

敗者《はいじゃ》の詩章・一　『*Deus*《なぜ》, *Arma?*《牙を剝く》』

砂混《すなま》じりの風に混じり――

初めて、女性《じょせい》が言葉らしき言葉を紡《つむ》いだ。

「わたしに、その『何かがいる』という話を伝えるためにここまで来たの？」

「はい」

女性の問いかけに、老人がゆっくりと頷《うなず》いてみせる。

「なぜ、わたしなの？」

「年を重ねていくと、ごく稀《まれ》に、物事の本質《ほんしつ》が透《す》けて見えることがある」

足下《あしもと》の地表を、次に頭上の空を眺《なが》め、老人は愛《いと》おしそうに目を細めた。

「いわばこの世界に連なる流れ……ただ、悲しいかな。人は老いることで流れを見ることを可能《かのう》としながらも、老いることで、その流れのまま流されることを良しと思いこむようになる」

運命、定め。

そう自らを納得《なっとく》させることで、自らの求めた約束を目の当《ま》たりにしながら、その地に足を踏《ふ》み入れることを諦《あきら》めてしまう。

「私の老いた目でもはっきりと分かる。しかしあなただけは、その流れの中で自分を失っていない。そう……流れに反する者。──誠《まこと》に羨《うらや》ましい。なぜあなたは、その流れに牙《きば》を剝《む》くことができるのか」

「どうかしらね」

そっけなく答える女性に、老人はにこやかな表情のまま。

「まあ、年老いた者の遺言《ゆいごん》と思ってお聞き下さい」

「そんな重いもの、押しつけられても困《こま》るわ」

「はは、違いない」

低い声で、しばし老人は笑い続けていた。

笑い続け──いつしか、その笑い声は泣き声と区別がつかなくなっていた。

「……そうだな。思えば私がアレと遭遇《そうぐう》したのもまた、そういった意味では必然だったのかもしれませんな」

その声は笑い声でも泣き声でもない。

何かに怯《おび》えた、掠《かす》れ声だった。

二奏『もしあたしが戻《もど》らなかったら――』

1

それは、いつもと変わらぬ夜だった。

夏の暑さの残る、湿気《しっけ》を含《ふく》んだ風。頭上では月影《つきかげ》が雲の隙間《すきま》から覗《のぞ》いている。寮内《りょうない》の草地では、夏が終わる前の虫の音が最後の彩《いろど》りを奏《かな》でていた。

そう、普段《ふだん》と何も変わらない。


ただ一つ。虫の音が、突如《とつじょ》止んだことを除《のぞ》いては。


学園内にいる警備員《けいびいん》も、宿担《しゅくたん》で学園に泊《と》まり込《こ》んでいる教師《きょうし》たちも。そして寮内にいる大勢《おおぜい》の生徒も、そんな些細《ささい》な変化に気づくことなく、その夜は過《す》ぎていっていた。

言うなれば、名詠士《めいえいし》は誰一人として気づかなかった。

その中で――

なんだ……この感覚……？

名詠を学びながらも名詠士にあらざる者――祓名民《ジルシエ》たるエイダ・ユン・ジルシュヴェッサーだけは、その奇妙《きみよう》な夜に目を覚ましていた。

何かが違《ちが》う。何かが――

「サージェス、起きて」

手《て》荒《あら》に揺《ゆ》すり、相部屋の友人を揺り起こす。

「……ん、なに？……三時？どうしたのよこんな時間に」

「何か変だ」

口早に告げ、ベッドの脇《わき》に立てかけてあった祓戈《ジル》を手に取る。

窓《まど》から様子を窺《うかが》う。外の風は特に臭《にお》わない。

となれば……今あたしが感じている気配は、既《すで》に寮の中？

「サージェス」

ひたと、友人を見つめる。

「もしあたしが一時間経《た》って戻《もど》らなかったら、管理人の部屋に直通で連絡《れんらく》。その後で迷《まよ》わず寮中の警報器《けいほうき》を鳴らして」

「え？」

「鍵《かぎ》は閉《し》めておいて。誰が来ても入れないように」

「ちょ、ちょっと――」

返事を待たず、エイダは寮の通路に出た。前方、後方を順に睨《にら》みつける。

怪《あや》しい影も、足音もない。

……なのに、なぜこうも息苦しい？

かつて灰色《はいいろ》名詠の真精《しんせい》と戦った時は、真精の放つ殺気に肌《はだ》が痛《いた》んだ。だけど今回のは、それとはまた違う悪寒《おかん》がある。ぬめりとした、肌にまとわりつく濁《にご》った悪寒。

祓戈《ジル》を握《にぎ》りしめ、通路を進む。切っ先の修復《しゅうふく》は終わっている。が、修復後の祓戈《ジル》の長さと重さを完全に把握《はあく》するまでには至《いた》ってない。一抹《いちまつ》の不安が残る。

悪寒に近い気配は、背後《はいご》ではなく前方が濃い。

――一体、何がいるんだ？

つっ、と一筋《ひとすじ》の汗《あせ》が背中《せなか》を伝っていく。自身、通路を伝う足音はほぼ完全に殺しているという自信はある。床《ゆか》の埃《ほこり》すら舞《ま》わぬほど。

にもかかわらず冷や汗が止まらないのは、それでもなお正体不明の相手に、自分の追跡《ついせき》がばれているのではという不安があったからだ。

気配との距離《きょり》が、縮《ちぢ》まらない。

自分が近づいている分、相手もまた自分から離《はな》れていっているのだ。

……馬鹿《ばか》げてる。一名詠学校の女子寮だぞ。こんなとこに何が侵入《しんにゅう》してるっていうんだ。

通路を進み、階段を下りる。

一階、玄関口《げんかんぐち》。通路から、わずかに広がりをみせる空間がそこに展開《てんかい》している。

その空間に繋《つな》がる曲がり角でエイダは足を止めた。

ぬめりとした気配がそこで止まっていたからだ。間違いなく、相手もまたこちらの動向を凝視《ぎょうし》している。

……この場所。誘《さそ》われたのはあたしの方だってことか。

下唇《したくちびる》を噛《か》む。どうする、この角から様子を窺《うかが》うのは無意味。相手もまた、間違いなくこちら側が姿《すがた》を見せるのを待っている。

逡巡《しゅんじゅん》は一呼吸《ひとこきゅう》にも満たないわずかな間だった。

ゆらりと、エイダは曲がり角からその身をさらけ出した。

「こんな場所、こんな時間に何の――――………」

言葉は半ばで消失した。

その続きが、エイダにはどうしても言えなかった。

目の前、奇妙な気配が留《とど》まっているはずの場所には何もいなかったからだ。

──何もいない？　そんな──ッ！

ぞっとする光景に背中が粟立《あわだ》つ。

そして、呆然《ぼうぜん》と佇立《ちょりつ》することより先に身体《からだ》が動いた。

「ッ！」

ほぼ動物的な直感のみで、エイダは祓戈《ジル》を、何も無い空間に向け薙《な》ぎ払《はら》った。

ギィン──硬《かた》い交叉音《こうさ》を立て、金属製《きんぞくせい》の鎗《やり》がその空間で弾《はじ》かれる。

刹那《せつな》。風鳴りと共に、何かが自分目がけて振《ふ》り下ろされる。それを先と同じく、やはり空虚《くうきょ》な空間に向けてエイダは祓戈《ジル》を振り上げた。

ざくりと、今度は確《たし》かに、切っ先が何かを抉《えぐ》った。

と同時。何かの生き物の悲鳴がロビーに小さく響《ひび》き渡《わた》る。

やっぱりそうか！

背後に跳躍《ちょうやく》し、その気配との距離を置く。ようやく眼前《がんぜん》の相手の正体が摑《つか》めてきた。

不可視《ふかし》の、敵《てき》。それは姿の見えない奇妙な生物だった。周囲の夜にとけ込むように、角度によっては完全に不可視とも言える透明《とうめい》な身体。

……こいつ、何なんだ。

鎗を合わせてみて、相手の膂力《りょりょく》がそこまでとは思わない。だが相手の間合いと完全な位置がまるで摑めない。

たかだか数十秒で、通常《つうじょう》では考えられないほどに呼吸が乱れる。気配と、肌《はだ》に触《ふ》れる空気の流れ、風鳴り。それだけで応戦《おうせん》することがここまで気をすり減《へ》らすとは。

鎗で薙ぎ払い、直後に退《ひ》く——一撃離脱《ヒットアンドアウェイ》。タイミングを損《そこ》ねれば、相手に即座《そくざ》に反撃を喰《く》らう戦法。細心の警戒《けいかい》を以《もっ》て、十回、二十回とそれを重ねる。

気の遠くなるような鬩《せめ》ぎ合いの中。

——トン——

じりじりと後退《こうたい》する相手の背が壁《かべ》に触れる音が、確かに聞こえた。

これで終わりにする！

一歩、エイダは相手に向けて踏《ふ》み込んだ。

自分にとっても間違いなく最速、最高の一撃。躱《かわ》すことは不可能。確信にも近い自信を携《たずさ》え、祓戈《ジル》を斜《なな》め上から突《つ》き降《お》ろす。

切っ先が壁を穿《うが》つ音。

手応《てごた》えは……なかった。

「——なっ？」

思わず、驚愕《きょうがく》の吐息《といき》が洩《も》れた。と同時に、エイダは自身の感覚を生涯《しょうがい》で初めて疑《うたが》った。

確かに、つい一瞬《いっしゅん》前まで目の前に何かがいた。

なのに、その不可視の相手を追い詰《つ》めたその瞬間——気配は、亡霊《ぼうれい》のように突如《とつじょ》として消えてしまったのだ。

……今まで霞《かすみ》でも相手にしてたっていうのか？

いや、違《ちが》う。

肩先《かたさき》、肘《ひじ》。衣服が裂《さ》け、褐色《かっしょく》をした自分の肌《はだ》が所々露出《ろしゅつ》しているのだから。

間違いなく、自分は何かと戦っていた。幻《まぼろし》とかそういうものじゃない。

なのに、突然消える？　一体どんな理屈《りくつ》で？

今まで祓名民《ジルシェ》の訓練・実戦の中で数多くの名詠生物と相対してきた。だがその経歴によって培《つちか》われたあらゆるデータの中にさえ、あんな類《たぐい》のものはいなかった。

いやそもそも、あれが名詠生物かどうかも不明。

「——洒落《しゃれ》にならないってね」

先の戦闘《せんとう》、そして追跡《ついせき》を思い出し、エイダは身体をふるわせた。

2

始業式、当日。

学園領の端《はし》にある男子寮《りょう》から一年生校舎《こうしゃ》までは、ネイトの足で十分ほどの距離《きょり》がある。

男子寮から学園まで連なった石畳《いしだたみ》。途中《とちゅう》でいくつもの分岐《ぶんき》があり、女子寮、散歩道などへも繋《つな》がる公道である。

「……あれ？」

その道の半ば、ネイトはふと歩みを止めた。校舎が建ち並《なら》ぶそのすぐ手前、芝生《しばふ》のある広場を通りかかった時だ。

青々と茂《しげ》る芝生の上。目を凝《こ》らして見ると、まるで誰《だれ》かが倒《たお》れているような黒影《シルエット》。

「あ、あの……大丈夫《だいじょうぶ》ですか」

横向きに倒れている人間を慌《あわ》てて揺《ゆ》する。ややあって。

「ん……」

小さく吐《と》息《いき》をつく相手。男物と思《おぼ》しき白衣を羽織《はお》っているせいで分かりづらかったが、足下《あしもと》のハイヒールや顔立ちからして、どうも女性《じょせい》らしい。

「どこか悪いんですか？　それなら今すぐお医者さんを――」

途端《とたん》。揺する手をギュッと掴《つか》まれた。

あ、あれ。

「――お前、誰だ」

目を擦《こす》りながら訊《たず》ねてくる女性。

「え……ぼ、僕《ぼく》ネイトって……じゃなくて、それは僕が聞きたいです。いきなり芝生で倒れてるなんて、どうしたのかなって」

「倒れてる？　いや、寝《ね》ていただけだが」

目頭《めがしら》を指で押《お》さえつつ、その女性が起き上がる。ハイヒールを履《は》いているせいか、彼女は随分《ずいぶん》と上背《うわぜい》があるように思えた。

ね、寝てた？

「到着《とうちゃく》したのが昨日の夜でな。宿を探《さが》したものの、ここら一帯は学園の所有地。めぼしい場所が見つからなく、こうして野宿になったわけだ」

「で……でもこんな何もない場所で。ああ、ほら背中《せなか》に草がこんなに」

「む。済《す》まない」

衣服についた草を払《はら》い落とすのを手伝う。その作業が終わるのを待って、彼女は自分に向けて意味ありげな視線《しせん》を送ってきた。

「なあ少年。ところで、変わった色の線だな」

何のことだろう。相手の視線をなぞっていき、それが自分の制服《せいふく》の襟元《えりもと》を指していることに気づいた。

「私が見た限《かぎ》り、どうもここの生徒は制服の線の色で名詠《めいえい》の色を識別《しきべつ》することになっているかと思っていたのだが……ふむ、黒い線とは中々に興味深《きょうみ》深い」

トレミア・アカデミーでは生徒の学年と専攻《せんこう》色を、襟と袖《そで》の線で区別する。本来夜色の線というのは用意されてなかったのだが、ネイトの場合はその色をした生地《きじ》を襟に縫《ぬ》い込《こ》んでいた。

「僕、別の色の名詠を勉強してる最中なので」

「ほう？　というと、まさか黒色名詠とでも言うつもりかな」

白色名詠に対して黒色。確《たし》かに、多くの者がまず最初に考える対称色彩《コントラスト》だろう。話を手っ取り早く済ませるにはそれで頷《うなず》くのが一番なのだろうが、ネイトは極力それを控《ひか》えることにしていた。

「い、いえ。夜色です。夜色名詠式って言って」

「——夜色名詠。ああっ！」

途端、目の前の彼女は何かを思い出したように手を打った。

「虹色《カインツ》から話は聞いている。公認《こうにん》されていないが、確かに存在《そんざい》する名詠色だとな」

彼女が告げた名は、自分が知る伝説的な名詠士と同じ名だった。名詠士か否《いな》かを問わず、広く世界中にまで聞こえた虹色《にじいろ》名詠士。

「カインツさんとお知り合いなんですか」

「一応《いちおう》、同じ釜《かま》の飯を食う仲だな」

……それってどういう意味なのかな。彼女の意図するところが分からず首を傾《かし》げる。しかしそれに気づいた様子もなく、彼女の目線は自分の襟元を見据《みす》えるばかりだった。

「ところで、なぜ夜色なんだ」

「え。なぜって？」

「ひどく単純《たんじゅん》な疑問《ぎもん》だよ。名詠式の常道《じょうどう》に添《そ》うならば、既存《きそん》の白に対し黒が妥当《だとう》。なのに、なぜ黒ではなく夜色という名を冠《かん》しているんだ——という意味だ」

「え、ええと……なにぶん母が作った名詠式なので」

似《に》た問いは、極稀《ごくまれ》にだが過去《かこ》にもあった。しかしそれは、ネイト自身ですら禁忌《きんき》としていた疑問でもあった。

——自分も知らないから、だ。

一度、母の機嫌《きげん》を見計らって訊《き》いたことがある。その時、母はたった一言だけ告げてきた。

〝アーマに訊きなさい〟

しかしそれを訊ねても、当の名詠生物は決して教えてくれはしなかった。

〝なぜお前の母が我《われ》に訊けと答えたのか、その理由を見出《みいだ》せば自ずと分かる〟――と。

そして、それは最後まで分からなかった。その段階《だんかい》以前に、今の自分には母親の名詠式を習得することだけで必死、その名の由来など考える余裕《よゆう》すらなかったからだ。

だからこそネイトは、今までこの手の問いには「異端《いたん》だから」「変わり者の色だから」、と言葉を濁《にご》していた。そして、多くの人間はそれで引き下がってくれた。

けれど、この女性《じょせい》研究者は違《ちが》った。

「名詠式というのは非常《ひじょう》に理論《りろん》的な仕組みを持っている。お前の母親が黒ではなく夜と名づけたからには、それ相応の理由があるとは思うのだが、どうかな。それこそ、決して黒であってはいけないという程《ほど》の。夜色という名を冠さなければならない理由が」

……単に、母さんの嗜好《しこう》という理由じゃいけないの？

黒ではいけない理由、夜色名詠式という名を冠さなければならない理由？

「あ……あの……ごめんなさい。僕も……」

知らないんです、そう言い終える前にぽんと肩《かた》を叩《たた》かれた。

「ま、気にするな少年。疑問に思ったことをすぐ口にするのが私の癖《くせ》でな。もしかしたら、単に語呂《ごろ》の問題なのかもしれん。よしんばお前の母親に何らかの思惑《おもわく》があったとしても、今この場で捻《ひね》り出せるほど浅い理由でもないだろう」

小さな微笑《びしょう》を唇《くちびる》に浮《う》かべ、彼女が愉快《ゆかい》そうに腕《うで》を組む。

「は、はい」

頷いた拍子《ひょうし》、ネイトは自分の立場を思い出した。どうしよう……もうすぐ始業式が始まる時間だよね。早く教室に行かないと。

「あ、あの。僕そろそろ——」

「む。そうだ」

鞄《かばん》を持ち直して別れの挨拶《あいさつ》。と思っていた矢先、その彼女が制服の裾《すそ》を摑《つか》んできた。

「あ……あのこれは……どういうことでしょう」

「少年、ついでだ。学園長室まで案内してくれ」

「えっと、学園長室なら総務《そうむ》棟《とう》の——」

「ん、ああ違う違う。それくらいは私も知っている。ただこの馬鹿《ばか》でかい敷地《しきち》を、阿呆《あほ》みたくうろついて時間を消費するのは勿体《もったい》ない。生徒の君が、最短距離《きょり》かつ最速で誘導《エスコート》してくれると非常に助かるわけだ」

「……あの。僕、今すぐ教室に行かないとですね」

やんわりと抵抗《ていこう》を試みるも、相手は揚々《ようよう》と裾を握《にぎ》ったまま手を放そうとしない。

「ほう。なら余計に急がんとな。さあ、学園長室向けて出発！」

……誰か助けて。

がっくりと、ネイトはその場でうなだれた。


「――ああ、遅刻《ちこく》！」

息せき切って、ネイトは階段を駆《か》け上がった。既《すで》に他《ほか》の生徒の姿《すがた》はない。全員、とうに自分の教室で席についている時間だからだ。

一年生校舎《こうしゃ》の二階、端《はし》の教室が自分のクラス。扉《とびら》の窓《まど》からそっと覗《のぞ》く。思ったとおり、既に全員がしっかり着席して、その視線《しせん》はケイト教師《きょうし》へ。

「……あ、あのぉ」

おそるおそる扉を開く。が、立てつけの悪い扉のせいでがらがらと盛大《せいだい》に音が鳴ってしまった。案の定、クラス全員の視線がこちらに。

「ご、ごめんなさい。来る途中、ふしぎな人に呼び止められたせいで――」

懸命《けんめい》に自己弁護《じこべんご》を試みる。が。

「ネイト君、待ってたの。さ、早く席に座《すわ》ってちょうだい」

怒《おこ》るどころか、ケイト教師はむしろほっとしたように穏《おだ》やかな声音《こわね》で言ってきた。

「……え？」

「ほらネイト、さっさと座りなさい！　みんな揃《そろ》わないと先生が話せないんだから」

教室の前方に座るクルーエルが手招《てまね》き。

「は、はい！」

だけど僕を待っていたって？　クラス全員が揃わないと話せないことって一体？

それに今日は始業式。今頃《いまごろ》は、始業式の会場に向かう準備《じゅんび》をしてないといけないのに。

「……ひとまず全員揃ったようね」

生徒をくるりと眺《なが》め、ケイト教師が教壇《きょうだん》に立つ。

「今日の本来の予定は、朝すぐ始業式のはずでした。それはみんなも分かっていたと思うけど……突然《とつぜん》ごめんなさい、始業式は取りやめになりました」

――中止？

ざわざわと騒《さわ》ぎだすクラスメイト。それを鎮《しず》める様子もなく、教師は一度大きく息を吐《は》き出した。

「順を追って説明します。実は現在《げんざい》、大陸の複数箇所《ふくすうかしょ》で、不審《ふしん》な現象が立て続けに起こっ

ている という情報《じょうほう》が入ってきました」

語気を強め、教師はゆっくりと言葉を続けた。

「どのような現象かは、調査段階《ちょうさだんかい》ということもあって今ここで詳《くわ》しく述《の》べることはできません。……ただ、皆《みな》さんも我《わ》が校で起きた触媒事件《カタリストじけん》は記憶《きおく》に新しいかと思います。現時点での報告から不審現象とは、どうもそれに関係性《せい》があるという見方が強いです」

我が校で起きた触媒《カタリスト》事件――つまり、あの〈孵石《エッグ》〉暴走《ぼうそう》事件。

そして夏期休暇《きゅうか》中に遭遇《そうぐう》した、あの研究所襲撃《しゅうげき》事件。何者かに襲《おそ》われ石化した研究者たち。研究所はひとまず調査班《はん》の手によって完全に落ち着いたらしいが、その犯人《はんにん》は未《いま》だ捕《つか》まっていない。

……灰色名詠《はいいろめいえい》。

ネイト自身、その名詠の恐《おそ》ろしさは身を以《もっ》て知ることになった。まさか、不審現象とはつまり――あの研究所のように、他にも襲われた場所があったということ？

一瞬《いっしゅん》ケイト教師と目があった。何かを伝えるような眼差《まなざ》しをこちらに向け、だがすぐに、教師の方が目を逸《そ》らす。

「その結果、我が校でも対策《たいさく》を講《こう》じることになりました」

言葉を区切《くぎ》り、壇上《だんじょう》、教師が姿勢《しせい》を正した。

「既《すで》に、一連の不審事件への調査委員会が立ち上がっています。その取り決めにより、各地の名詠学校もその調査拠点《きょてん》として協力することになりました。調査班の制定《せいてい》、調査委員の役員受け入れなど。そのための用意として、ここトレミア・アカデミーでも学園長はじめ主要役員が、本日の午前一杯《いっぱい》は臨時《りんじ》会議に出席中です」

‖

……ここは、読書には不向きな場所だな。

燦々《さんさん》と照らすシャンデリアの過剰《かじょう》な灯《あか》りに、ミラーは目を細めた。

トレミア・アカデミー総務棟《そうむとう》二階、大会議室——濃紫《こむらさき》色の絨毯《じゅうたん》が敷《し》かれた、長方形状《じょう》の大部屋だ。百席以上の席が、現在埋《う》まっているのは三分の一ほどか。臨時の集合にしてはよく集まった方だろう。

「さて、まだ集《つど》わぬ者もいるようだが、定刻となったので始めるとしよう」

がたりと音を立て、ゼア・ロードフィル学園長が立ち上がる。

対灰色名詠のための、有識者《ゆうしきしゃ》合同会議——

参加者はこの学園の理事数名を筆頭に、トレミア・アカデミーの運営《うんえい》委員数名、各学年の教師。それに情報処理《しょり》部門から自分を含《ふく》め数名。ミラーの場合は教師が本分だが、情報処理部門からはそれ専門《せんもん》の職員《しょくいん》もこの会議に顔を見せている。

「概略《がいりゃく》は事前に配布《はいふ》した資料《しりょう》の通り。これは調査委員会が極秘裏《ごくひり》に作成したもので、内部情報として取り扱《あつか》って頂《いただ》きたい。ここ近日、大陸の各所にて——例の灰色名詠らしき不審な事件が多発。被害《ひがい》は各研究機関及《およ》び学校。いずれも触媒《カタリスト》の貯蔵庫《ちょぞうこ》が荒《あ》らされていることから、犯人は同一人物だと思われる」

……灰色名詠か。

資料を手元に伏《ふ》せ、ミラーは鼻先の眼鏡《めがね》を持ち上げた。

灰色の生物群《ぐん》と銀色の真精《しんせい》。概要は、ケルベルク研究所フィデルリア支部《しぶ》でそれを目《ま》の当たりにしたゼッセル、エンネから直接《ちょくせつ》聞いている。

——そして、荒《あ》らされているのはどこも触媒《カタリスト》の貯蔵庫。

愉快犯《ゆかいはん》ではない。これだけ大陸中の関係者を騒《さわ》がせておきながら、まだ顔すら割《わ》れていないのだ。人を石化させる無音の名詠。確《たし》かに、侵入《しんにゅう》という目的においてこれほど適《てき》した名詠色はあるまい。『*Keinez*《赤》』の炎《ほのお》にしろ『*Ruguz*《青》』の氷にしろ、人目に立つ。一方、対象だけを無力化させ沈黙《ちんもく》させる灰色名詠ならばその心配は無い。なるほど、調査委員会が手を焼くわけだ。

「調査班の結論《けつろん》だが、犯人は一見これだけ力押しの騒動《そうどう》を引き起こしているものの、非常《ひじょう》に計算高い性格《せいかく》と思われる。犯人が残した唯一《ゆいいつ》の手がかりは……」

言葉半ば、透明《とうめい》なフラスコに入った灰色の残滓《ざんし》を老人が持ち上げる。

「犯人が使用したと思われる、この触媒《カタリスト》だけだ」

実質《じっしつ》、無きに等しい。

「運営委員の方々には、一連の事件《じけん》調査委員との折衝《せっしょう》をお願いしたい。教師諸君《しょくん》は以上を念頭に置いた上で、不審《ふしん》人物を万一学内で見かけた時はすぐ報告《ほうこく》するよう生徒に指示《しじ》。情《じょう》報《ほう》処理部門は、今まで通り各地の研究機関・名詠学校との連携《れんけい》を任《まか》せた。……大方以上のような感じだが、質問等あるかな」

誰《だれ》の手も挙がらないことを確認《かくにん》し、学園を束ねる老人が手元の資料を丸める。

「一つよろしいでしょうか」

閉会《へいかい》の空気が漂《ただよ》いだした中、ミラーはにわかに立ち上がった。

「情報処理部門の関係で連絡《れんらく》です。例のケルベルク研究所、その本部から本日早朝連絡が入りました」

「ほう？」

「そこの副所長兼《けん》理事が、先方を代表してお出《い》でになるとのことでした」

「副所長――〈イ短調〉のサリナルヴァか」

平静を常《つね》とする老人が、わずかに口調を昂揚《こうよう》させた。

公《おおやけ》にはまるで無名。しかしその存在《そんざい》を知る者からは例外なく一目置かれている少数組織《そしき》。

祓名民《ジルシエ》の首領《しゅりょう》クラウスや虹色《にじいろ》名詠士カインツを始め、一癖《ひとくせ》も二癖もある異端《いたん》者の集団《しゅうだん》だ。

「〈イ短調〉が公にその動きを見せるとは珍《めずら》しい。一人がそうして公に動いたとなると、他の〈イ短調〉でも何人かが動き出すかもしれぬな」

考え込《こ》むように老人が腕《うで》を組む。その、わずか一拍《いっぱく》後。コツッ——通路に、学園では聞き慣《な》れぬハイヒールの音が響《ひび》いた。

「正しい見解《けんかい》だ」

突然《とつぜん》、ノックも無しに、会議室の扉《とびら》が蹴《け》り開けられる。

「……ほう。噂《うわさ》をすればとはよくぞ言ったものだ」

老人が見据《みす》える先。そこに——黒のシャツの上に、白い研究服を羽織《はお》った女性がいた。

その胸元《むなもと》にはケルベルク研究所本部の名が刻《きざ》まれた金属板《プレート》。全体的に質素《しっそ》な装《よそお》いの中、真紅《しんく》のハイヒールだけが奇妙《きみょう》なほどに目立つ。

招《まね》かれざる来室者。だが彼女の来訪《らいほう》に苦言を呈《てい》する者はいなかった。

「一つ訂正《ていせい》するならば、『動き出す』ではなく『既《すで》に動き出している』だ。もっとも現時《げんじ》点において、私が動きを把握《はあく》しているのは大特異点《ネシリス》と歌后姫《シャンテ》だけだがな」

にやりと、彼女がこちらを見つめてくる。

「……珍しい。あなたが研究所から出てくるとは」

やれやれ。意味ありげな視線《しせん》につられ、ミラーは肩《かた》をすくめてみせた。

「久《ひさ》しぶりだなミラー、去年の研究交流会以来か。ははは、相変わらず顔色が悪いな。実に結構《けっこう》、読書を怠《おこた》っていない証拠《しょうこ》だ」

「あいにく自分の顔色が悪いのは、今回の対策《たいさく》会議の準備《じゅんび》による寝不足《ねぶそく》が原因《げんいん》ですよ」

「それも結構。研究者というのはそうでなければな」

まったく、相変わらずの変わり者だ。重大な会議途中《とちゅう》と分かっていてなお、ミラーは苦《く》笑《しょう》の息を零《こぼ》してしまった。

「お初にお目にかかる、ゼア・ロードフィル学園長。この度《たび》はうちの関係《もの》が迷惑《めいわく》をかけた。所を代表してお詫《わ》び申し上げる」

扉から離れ、学園を束ねる老人の前まで歩いていく女性。自分の倍はあるであろう年齢《ねんれい》の相手に対し、物怖《ものお》じする気配すら無い。

「いや、それには及ばない。お互《たが》い様という奴《やつ》だ」

一方で、いつになくゼアの言葉に力がこもる。気を悪くした様子はない。無骨《ぶこつ》ながらも小気味よい――そんな印象を持つ彼女を老人が真正面から見据える。

「サリナルヴァ・エンドコート殿《どの》とお見受けするが」

「まさしく。そして、自分の研究以外には興味《きょうみ》がない私だが、それでも貴殿《きでん》のご高名は伺《うかが》っている。ゼア・ロードフィル、かつての競闘宮《コロセウム》の覇者《はしゃ》殿」

にやりと、その狂《きょう》科学者は唇《くちびる》の端《はし》をつり上げた。

「しかし堅苦《かたくる》しい挨拶《あいさつ》はここまでにしよう。互いに時間が惜《お》しい。単刀直入に、情報交換《こうかん》といかないか？」

＝

……そう言えばあの人、学園長室に何の用事だったんだろう。

「ネイト、どうしたの？」

窓辺《まどべ》でぼうっと総務《そうむ》棟《とう》の方向を眺《なが》めていると、その真横から緋《ひ》色《いろ》の髪《かみ》の少女が覗《のぞ》きこんできた。

「……ちょっと不思議な人と会いまして」

「だれ？」

「えっと、初めて見た人なのでたぶん学園外の人だと思います。……色々訊《き》かれた挙げ句《く》、ある意味誘拐《ゆうかい》されました」

ネイトはがっくりと肩《かた》を落とした。おかげで人生初の遅刻《ちこく》だ。

「いやいや、いいんだよネイティ」

自分の背中《せなか》をばんばんと叩《たた》き、なぜか嬉《うれ》しそうにサージェスが声を上げる。

「人はそうやって大人になるんだから。言い訳《わけ》なんかせず、男の子なら潔《いさぎよ》く『寝坊《ねぼう》しました』って答えるのが王道さ」

「ち、違《ちが》いますって！……本当なんですよぉ」

「ほぉ。ちなみに、どんな人だったのかな」

明らかに信じてない目の彼女。

「絶対《ぜったい》知らない人だと思いますけど……たしかサリナルヴァって」

それを言った途端《とたん》。

「ぶはっ！」

その様子をぼんやりと眺めていたエイダが、飲みかけのスポーツドリンクを吐《は》き出した。

『うわ、エイダってば汚《きたな》い！』

慌《あわ》てて飛び退《の》がるクルーエルとサージェス。

「……あぅ、ごめんごめん。いきなり変な名前を聞かされたもんでさ……そっか……あいつが来たわけね」

　ぼんやりとした表情《ひょうじょう》から一転、エイダが視線を鋭《するど》いものへと変える。夏期休暇《きゅうか》の研究所で見た、祓戈《ジル》を振《ふ》るう時の表情にも似《に》た鋭さへ。

「……あれ、エイダ知り合い？」

「親父《おやじ》の知り合い、ね」

　疑問調《ぎもんちょう》に呟《つぶや》くクルーエルに、エイダが肩をすくめてみせる。

と。教室の扉《とびら》が開き、担任《たんにん》の女性教師《じょせいきょうし》が息を切らせて入ってきた。

「さっきはごめんなさい、話途中で抜《ぬ》けちゃって。臨時《りんじ》の会議がようやく終わったの。みんな席についてもらえるかしら」

　他クラスの教師に呼《よ》ばれ、一度は職員室《しょくいんしつ》へ戻《もど》っていたケイト教師。すぐ戻ると言い残していたものの、教師が再《ふたた》び顔を見せるまでは優《ゆう》に一時間を要していた。

「みんな、ごめんなさい。登校してもらったばかりなのだけど」

　教師が頭を下げる姿《すがた》に、教室中がざわりと沸《わ》きたつ。そのざわめきが鎮《しず》まるのを待って、その担任教師が口早に告げる。

「私、またすぐ会議に出なくちゃいけないの。多分今度は三十分もかからないと思うけれど……みんな、その間に念のため帰り支度《じたく》をしてちょうだい」

　……え？

教師の告げてきたものは、あまりに異例《いれい》の内容《ないよう》だった。

「センセ、どういうこと？」

呆気《あっけ》にとられた表情で首を傾《かし》げるサージェスに、ケイト教師は口早に伝えてきた。

「さっき伝えた不審《ふしん》事件《じけん》の関連で、今から学園の運営《うんえい》委員会で採決《さいけつ》が行われるの。どちらに転ぶか半々だけど……場合によっては本日正午より、トレミア・アカデミーの校舎《こうしゃ》区域《いき》を全閉鎖《へいさ》します。だから、今すぐ下校の準備《じゅんび》に取りかかって」

═══

総務棟、学園長室。来賓《らいひん》用のソファーに足を組んだ姿勢《しせい》で腰掛《こしか》け、〈イ短調〉の女性は気難《きむずか》しげな表情で呟《つぶや》いた。

「*Lastihyt*……名詠の研究に携《たずさ》わる上で私も聞いたことのない単語だ。カインツが探《さが》していたということからも、人名である可能《かのう》性《せい》が高いとは思うが」

その単語が発見されたのはケルベルク研究所フィデルリア支部《しぶ》。沈黙《ちんもく》した研究所に残っていた、謎《なぞ》の血文字だ。

「それが灰色《はいいろ》の名詠生物たちが巣くう研究所にわざわざ残されていた、と。そちらの話を聞く限《かぎ》り、状況《じょうきょう》からすれば犯人《はんにん》が残した物と思って間違いなさそうだが」

「〈イ短調〉では何か摑《つか》んでいないのですか?」

学園長、そしてその女性の手元にティーカップを運び、エンネは部屋の端《はし》に佇立《ちょりつ》した。

部屋にいるのはわずかに三人。本来いるはずのジェシカ教師長が別件で動いているため、急遽《きゅうきょ》自分がこの席に参加することになったのだ。

「あいにく、まだ各人が好き勝手やっているというのが現状《げんじょう》でな」

こちらに向かい、お手上げといった様子で手を上げる女性研究者。足並《あしな》みが揃《そろ》っていないわけではない。〈イ短調〉を構成《こうせい》する十一人、それぞれが自分の流儀《りゅうぎ》に沿《そ》って動いているからだ。

「現時点で〈イ短調〉間の情報《じょうほう》伝達を担《にな》っているのが歌后姫《シャンテ》、我《われ》らがクラウスは祓名民《ジルシエ》の方に情報を回しているらしい」

現時点で、灰色名詠に対し最も相性《あいしょう》が良いと思われるのは名詠五色ではなく反唱《はんしょう》。それに特化した祓名民《ジルシエ》を大量動員させるのは正しい判断《はんだん》だ。

「……そう言えば」

気難しげに唸《うな》り、学園長たる老人が顔を持ち上げる。

「カインツはどうしたのかな。〈イ短調〉の中でも、あやつは特に独自色《どくじ》が強いと聞いているが」

競演会《コンクール》で我《わ》が学園を訪《おとず》れた虹色《にじいろ》名詠士。彼のその後の情報はエンネだけでなく、学園長の方にも伝わっていないらしい。

「あいつは放浪癖《ほうろうへき》がある上に秘密主義《ひみつしゅぎ》。独自の情報網《もう》をこっそり作ってあるらしいが、詳《くわ》しいことは私も知らん。ま、今回については事の重大性を理解《りかい》しているようだし、あと一週間少々もすればまた顔を合わせることになるさ」

苦笑《くしょう》気味に手を振《ふ》る女性。

「ふむ。〝大特異点《ネシリス》〟については？」

「ん？　ああ、あいつは……」

老人が挙げた名に、サリナルヴァが身を起こす。

「犯人が襲撃《しゅうげき》した場所を逐一洗《ちくいちあら》い直すらしい。ただ、狙《ねら》いは調査《ちょうさ》じゃない。犯人が仮《かり》に、その現場《げんば》に重大な手掛《てが》かりを残したとする。犯人が慌《あわ》てて現場に戻ったところを、あいつは返り討《う》ちにする気なんだろうな――もっとも、その返り討ち云々《うんぬん》については私の勝手な憶測《おくそく》だが」

押《お》し殺した笑い声を洩《も》らす研究者。半ばふざけた口調の女性に対し、だが老人は鋭利《えいり》な視線《しせん》を崩《くず》さなかった。

「だが……あの男ならそれができるだろう。祓名民《ジルシエ》の首領《しゅりょう》クラウスと並《なら》ぶ、〈イ短調〉の二雄《ゆう》にして現代の二強だ」

　老人の言葉に昂《たか》ぶりが混《ま》じる。

〈イ短調〉第二番〝大特異《とくい》点〟――ネシリス。こと決闘《けっとう》に際《さい》し、他の名詠士の追随《ついずい》を許《ゆる》さない圧倒的《あっとうてき》な超越《ちょうえつ》者。

「とはいえ、正直期待はできない」

　紅茶《こうちゃ》の入ったティーカップを口元にあてたまま、サリナルヴァ。

「今回の度重《たびかさ》なる不審事件を起こした犯人《はんにん》だが、相当に頭が切れると見て間違《まちが》いないだろう。灰色《はいいろ》名詠の力押しはごく一部に控《ひか》え、逃走《とうそう》ルートや移動手段《いどうしゅだん》を未《いま》だ摑《つか》ませていない。わざわざ現場に戻《もど》るような真似《まね》もするまい」

「……ふむ」

「現時点において警戒《けいかい》すべきは、三年前までフィデルリア支部《しぶ》の助手をしていた謎の老人。〈孵石《エッグ》〉とやらを精製《せいせい》した後に突然姿《とつぜんすがた》をくらます。これはあまりに不自然だ」

　と、言いたいところだが――言葉半ばで、彼女は視線をこちらに向けてきた。

「しかし、その老人は犯人ではないのだろう？」

　彼女の視線に合わせ、エンネもまた首肯《しゅこう》で返した。

　フィデルリア支部研究所の、石化治療《ちりょう》を終えた研究員から既《すで》に証言《しょうげん》はとれている。犯人を目撃した人物もいたが、その報告は『旅人風の装束《しょうぞく》をした大柄《おおがら》な人物。頭から爪先《つまさき》までを隠《かく》していたせいで、顔を見ることはできなかった』とのこと。問題となる老人は背《せ》が低かったという研究員の記憶《きおく》により、犯人像《ぞう》とはどうやっても合致《がっち》しない。

「……少し、状況《じょうきょう》を整理してみよう」

目頭《めがしら》を指で押さえ、研究者がソファーに寄《よ》りかかる。

「まず各研究機関や学校に何者かが侵入《しんにゅう》、触媒《カタリスト》の保管庫《ほかんこ》を荒《あ》らしている。現場には灰色名詠にやられたと思《おぼ》しき石化した被害者《ひがいしゃ》。石化から回復《かいふく》した彼らの証言によると、『犯人は旅人風の装束で、頭から爪先までを隠している』。ケルベルク研究所のフィデルリア支部ではこれに加え、灰色の〈孵石《エッグ》〉が残されていた」

しかしこの灰色の〈孵石《エッグ》〉は他の五色と異《こと》なり、ケルベルク研究所の精製記録に存在《そんざい》していないことが調査で判明済《ず》み。つまり、犯人側が独自に作ったということも考えられる。だとすれば、名詠だけでなく触媒《カタリスト》調合技術《ぎじゅつ》にも相当長《た》けた相手だ。

「その〈孵石《エッグ》〉の原型を作ったのは、三年前までフィデルリア支部で助手をしていた老人。三年前の時点で突如《とつじょ》姿をくらました。この老人が*Lastihyt*《ラスティハイト》という名かどうかは不明。カインツが老人を探《さが》していた理由も不明――これについては、後日私が問い詰《つ》めておく」

老人は犯人ではない。だが犯人と関係が無いとも考えづらい。犯人の目的と、助手が

〈孵石《エッグ》〉を精製した理由。せめて……三年前、助手が姿を消した理由と、その後の動向が分かれば。

……ただ、それを知る人間がこの世界のどこにいるのだろう。

「結論《けつろん》としてだ。事態《じたい》の真相は、いまだ我々《われわれ》の手の届《とど》かない深淵《しんえん》にある。……ゼア学園長、これは私の勝手な推測《すいそく》だが」

口元に薄《うす》く引かれた紫《むらさき》の口紅《ルージュ》に爪先で触《ふ》れ、サリナルヴァが視線を老人へと戻す。

「遅《おそ》かれ早かれ、犯人はこの学園にもやってくるぞ」

最初の被害を受けたケルベルク研究所支部。〈孵石《エッグ》〉がそこからトレミア・アカデミーへと譲渡《じょうと》されたというのは、もちろん内部機密。ただし、ケルベルク研究所支部でもそれについての内部報告書《ほうこくしょ》は作成しているはずだった。あの支部一つを丸々落とした犯人が、万一その報告書を目にしていたならば――

「……その可能性《かのうせい》は承知《しょうち》している。だからこそ、こうして調査委員会との協力、会議を開いている」

老人の返答を予想していたのか、彼女の表情《ひょうじょう》に変わりはない。

「ならばいっそ、徹底《てってい》した方がいい。なにせこの規模《きぼ》・この生徒数だ。犯人の出方次第《しだい》で、ケルベルク研究所支部で起きたものより凄惨《せいさん》な事故《じこ》が発生しないとは言い切れん。この学園は学外の人間も割《わり》と出入りしているようだが、それは犯人の侵入を容易《ようい》にさせる」

……まさか、それはつまり。

「行うべきは学園の一時的な全閉鎖《へいさ》だ。それで犯人を炙《あぶ》り出す」

淡々《たんたん》と彼女は告げてきた。

そして、その直後に開かれた臨時《りんじ》の運営《うんえい》委員会にて——

トレミア・アカデミーにて異例となる、学園全閉鎖及《およ》び、全生徒の自宅《じたく》への避難《ひなん》指示《しじ》が採択《さいたく》された。

3

「授業《じゅぎょう》は短期休業。先生は会議中。自宅が近い者は全員自宅待機、寮生《りょうせい》は寮内の敷地《しきち》から出ないこと。で、校舎《こうしゃ》等は全閉鎖……か。これはまた物々しいわね」

つい数分前教室で配られた連絡《れんらく》用紙。その字面をぼんやりと眺《なが》め、クルーエルは顔をしかめた。学校の一時閉鎖。これではまるで、この学校に一連の事件《じけん》を引き起こした犯人がやってくるような警戒ぶりではないか。

「午前中一杯《いっぱい》で、教室も閉《し》まっちゃうみたいですね」

学生寮への帰り道。鞄《かばん》を両手で抱《かか》え、ネイトがぽつりと言ってくる。

「ん〜、でもさ、夏休みが増《ふ》えたみたいであたしはいいなぁ」

のほほんと、いつもの穏《おだ》やかな口調でミオ。

「……そう？」

「……そうですか？」

自分、それに続いてネイトがあからさまに呆《あき》れ顔。しかしそれに気づいた様子もなく、この友人は手提《てさ》げ鞄を勢《いきお》いよく振《ふ》りだした。

「そうだよぉ！　臨時の休校なんてワクワクするじゃん！」

あろうことか、目をキラキラさせて飛び跳《は》ねるのだから始末が悪い。

――緊張感《きんちょうかん》ゼロなのね。

どう応《こた》えて良いか分からず、クルーエルは視線《しせん》を宙《ちゅう》に泳がせた。

だが今回に限《かぎ》っては、ミオがとりたてて特別なのではなかった。あのフィデルリア支部《しぶ》で起きた事件を詳細《しょうさい》に知る生徒は、自分を含《ふく》めてわずか三人。それ以外の生徒は、不審《ふしん》事件と言ったところで具体的なイメージが描《えが》けるはずもない。恐怖《きょうふ》心も湧《わ》かないのだ。

……うーん、どうしよう。あの時の出来事を逐一《ちくいち》教えようとしても、自分は上手《うま》く言葉に表せる自信がない。下手に煽《あお》っても逆効果《ぎゃくこうか》。そもそもミオに教えた途端《とたん》、お喋《しゃべ》り好きな彼女はきっと、学園中にそれをばらまいてしまうだろう。そうなれば、わざわざ不審事件とし、詳細を伏《ふ》せた意味が無いわけだ。

「ねえねえ、せっかくだからクルルの部屋でお泊《と》まり会しよう！」

そんな自分の葛藤《かっとう》をつゆ知らず、その友人が腕《うで》に摑《つか》まってきた。

「……え」

「他のクラスの子もやってるらしいよ。サージェスとエイダのとこも、クラスの子呼《よ》ぶらしいし」

にこりと、満面の笑《え》みを浮《う》かべるミオ。

——やられた。生徒が自宅への帰路を急ぐ中、なぜこの友人は寮の方へついてきたのか。

多少なりとも疑問《ぎもん》を持つべきだった。

「えへへ。あたしの家、親が丁度外行っててさ。家に帰っても暇《ひま》なんだよね〜」

「……あのねえ」

「よし、学校の購買《こうばい》まだ午前中はさすがに開いてるよね。そうと決まればお菓子《かし》とジュース買ってくる！　夜は騒《さわ》ぐよ〜！」

「ちょ、ちょっとミオってば！」

あっという間に走り去る友人。こういうときだけ、彼女はやけに足が速いのだ。

ほら、ネイト。キミも黙《だま》ってないでミオの説得に協力しなさい。

肘《ひじ》で隣《となり》の少年を突《つ》く。が、どうにも反応《はんのう》がない。

……ん、ネイト？

彼は自分たちの進行方向を真《ま》っ直《す》ぐ見つめたまま、ぼんやりと口を開けていた。その視線につられ、クルーエルもまた正面に向き直る。

「やあ少年、また会ったな」

目の前、研究服姿《すがた》の女性《じょせい》が片手《かたて》を軽く上げていた。濃緑《のうりょく》色の髪《かみ》と瞳《ひとみ》をした長身の女性。白衣に身を包んだ外見の中、真紅《しんく》のハイヒールが異様《いよう》に目立つ。

「ネイト、知り合い？」

「ええと、今日の朝、ちょっと道案内をしてあげた人です」

ああ。さっきネイトが言っていたのはこの人か。

「うむ。あの時は世話になった。そう言えば、急いでいたのでろくに挨拶《あいさつ》もできなかったからな。改めて名乗ろう、私はサリナルヴァ・エンドコート。ケルベルクという研究所の本部副所長を務《つと》めている」

――ケルベルク研究所？

彼女の口にした単語に、クルーエルは眉根《まゆね》を寄《よ》せた。フィデルリアでの臨海学校において、灰色名詠《はいいろめいえい》の罠《わな》が仕掛《しか》けられていた研究所ではないか。

「その副所長が、なぜここに？」

「あいにくと特殊事情《とくしゅじじょう》でな。多くは言えん」

クルーエルが内心の疑問《ぎもん》を口にするも、その研究者は大げさに空とぼけただけだった。

……大っぴらに言えないって、どういうことだろう。

この相手が完全に信用に足る相手なのか。クルーエルが警戒《けいかい》したのはその点だ。

フィデルリアで罠として設置《せっち》してあった灰色の〈孵石《エッグ》〉。その犯人《はんにん》は未《いま》だ不明。単独《たんどく》か複数《ふくすう》か、それすら明らかになっていないのだ。ケルベルク研究所の人間で、犯人側の者がいたとしても何らおかしくない。

——ならば。

「それはもしかして、卵《たまご》形の触媒《カタリスト》関連ですか」

「……ほぅ」

ゆらりと、見つめてくる彼女の視線《しせん》に棘《とげ》が混《ま》じった。

「一介《いっかい》の名詠学校の生徒がその実、想定外の情報《じょうほう》を有している。興味《きょうみ》深い対象だな。お前、何をどこまで知っている？」

やっぱり、〈孵石《エッグ》〉関連に間違《まちが》いなさそうだ。

「なぜここに来たのかも言えない人に、わたしだってそれを答える義理《ぎり》はありません」

「まあそう噛《か》みつかないでくれ。研究所の副所長として、その卵形の触媒《カタリスト》について調べに来ただけだ。……もしや、そちらの少年も同じ情報を保有《ほゆう》しているのかな」

――ネイト、駄目《だめ》よ。視線だけで隣の彼を押《お》しとどめる。

「……やれやれ、警戒されているなぁ」

後ろ頭を掻《か》く女性研究者。

「とはいえ気になるのも事実だからな。さて、どうしよう」

「――そりゃ、サリナが怪《あや》しいからだっての。ま、クルーエルの言ってるのも嘘《うそ》じゃないけどね。〈孵石《エッグ》〉に関しては、あたしたちも何が何だか分からないわけだし」

その声は、自分たちのさらに背後《はいご》から聞こえてきた。

「エイダ？」

「安心していいよクルーエル。この人一応《いちおう》、あたしの知り合いだから」

日焼けした小柄《こがら》な少女。自分たちより先に教室を出ていったから、とっくに寮《りょう》へと帰っているかと思っていたけれど。

「おっ、誰《だれ》かと思えば全自動暴走娘《ぼうそうむすめ》じゃないか。相変わらず背《せ》が低いな」

「……訂正《ていせい》。知り合いじゃなくて、赤の他人」

げんなりした様子で言ってくるエイダ。

「まあそう言うな暴走娘。しかし良い所に現《あらわ》れた。見たところ、この二人は暴走娘のクラスメイトか何かか？」

「暴走暴走言うなっ！　あたしが暴《あば》れたのは『実験台発見！』とか言われて、誰かさんとその手下研究者に怪しげな薬を飲まされそうになったからだろ！」

「はっはっは……あれ、なんのことだっけ？」

「ああああっっっ、むかつくぅぅ！」

癇癪玉《かんしゃくだま》が破裂《はれつ》したのか、金切り声でエイダが叫《さけ》ぶ。

「——あのさ、エイダ」

冷めた目で見つめると、ようやくこのクラスメイトは落ち着きを取り戻《もど》したようだった。

「……んと、こっちのちび君がネイト。で、今あんたが興味深いとか言ってたのがクルーエル。二人とも、あんたの研究所の不始末を知ってる子ね」

「ほう、暴走娘以外にも何人かの生徒が関与《かんよ》していたという話は聞いていたが」

……どういうことだろう。

「エイダ、ケルベルク研究所の副所長がなんであなたの父親の知り合いなの？」

事情が摑《つか》めず、クルーエルは隣《となり》にいる彼女にこっそり耳打ちした。

「んと、この前の臨海《りんかい》学校でちび君には言ったことあったんだけどね。あたしの親父《おやじ》が作った一つの集団《しゅうだん》があるの。一般《いっぱん》には〈イ短調〉って呼《よ》ばれてる。たった十一人なんだけど、その中にはカインツ様とかも入ってたりするわけ。で、この人がその一人なの」

たった十一人から成る組織《そしき》。その中で、あの虹色《にじいろ》名詠士と共に活動する人間？

クルーエルもじっと彼女を見つめたものの、身に纏《まと》う雰囲気《ふんいき》がやけに豪放《ごうほう》なせいか、どうにも彼女に対しては「偉大《いだい》」という印象を持ちにくい。

「カインツさんとお知り合いって……すごい人なんですね」

ぽかんと口を開けるネイトに対し。

「……まあ確《たし》かに凄《すご》いっちゃ凄いんだけどさ」

頭を掻き、そう言ってきたエイダは露骨《ろこつ》に表情《かお》をしかめていた。

「〈イ短調〉が学園に来るのは薄々《うすうす》そんな予感はしてたんだ。〈孵石《エッグ》〉絡《がら》みで一事件《ひとじけん》起きてるからね。あたしとしてはカインツ様が来るといいなぁとか思ってたんだけど、まさかこの変態《へんたい》科学者が来るとは思わなかった……まあ、あれだ。一言で言えば——ハズレ」

「聞こえてるぞ、暴走娘」

気分を害した様子もなく、彼女が片眉《かたまゆ》だけを器用につり上げる。かと思いきや、その当人は自分たちから背を向け、やおら校舎《こうしゃ》の方向へと歩きだしてしまった。

「ん？　どこいくんだサリナ？」

「散歩だよ。まずはこの学園の位置取りを把握《はあく》しないとな。昨晩は正門近くの芝生で網を張っていたが、さすがにあそこは犯人からも目立つ。もっと効率《こうりつ》的な場所を探《さが》す必要があるらしい」

片手を上げたまま、総務《そうむ》棟《とう》の方角へ去っていく彼女。

「……ったく、相変わらず変わった奴《やつ》」

溜息《ためいき》をつくエイダ。その様子を眺《なが》め、クルーエルは自分が抱《いだ》いていた疑問《ぎもん》を思い出した。

「ところでエイダ。ミオから聞いたわよ、今晩《こんばん》からクラスの子呼んでお泊《と》まり会なんか開くって本当？」

フィデルリアでの臨海学校。自分とネイト、それにこの少女は研究所での灰色《はいいろ》名詠を目《ま》の当たりにしている。よもや、この事態にそんな悠長《ゆうちょう》な真似《まね》はしないと思っていたのだが。

「……ああ、それは成り行き上仕方なくってとこ。ちょっとこっちも事情が特殊《とくしゅ》でさ」

すっ、と、前触《まえぶ》れ無くエイダが自分の隣に立ち並《なら》んできた。

——今夜零時《れいじ》。女子寮一階の裏庭《うらにわ》に来て。

え？

聞き返す間もなく、すぐさま自分と距離《きょり》を置くエイダ。

「じゃ、そういうことで。またねクルーエル、ちび君も早めに帰りなよ」

「ま、待ってエイダ――」

何度呼びかけても、そのクラスメイトは「また後で」と繰《く》り返すだけだった。

三奏『好《い》い夜だと思わないか ――*Kluele Sophi Net*――』

1

普段《ふだん》と変わらぬ夜の時が、教師控え室に流れていた。

微風《びふう》に混《ま》じる虫の声。湿《しめ》った風がカーテンを揺《ゆ》らし、机上《きじょう》の書類を微《かす》かに持ち上げる。

そう、学園の一時閉鎖《へいさ》という異様《いよう》な状況《じょうきょう》がまるで嘘《うそ》のような、静かで落ち着いた夜。

「はい、どうぞ」

ふと、目の前に淹《い》れたての紅茶《こうちゃ》が入ったティーカップが差し出された。湯気に混じり、香草《レモングラス》の爽《さわ》やかな香《かお》り。それと別にふわりと香る甘《あま》い匂《にお》いは、砂糖《さとう》ではなく蜂蜜《はちみつ》か。

取りかかっていた書類から、ミラーは四時間ぶりに顔を持ち上げた。

「……エンネ？」

「根を詰《つ》め過《す》ぎよ。休んだ方がいいわ」

カップに紅茶を注ぐ同僚《どうりょう》の女性教師《じょせいきょうし》。その瞳《ひとみ》は、苦笑《くしょう》とはどこか違《ちが》う一抹《いちまつ》の憂《うれ》いをたたえていた。

「……なんて一応《いちおう》言ってみたけど、そう言ってもあまり効果《こうか》はなさそうね」

「状況が状況だからな」

ティーカップを持ち上げ、ミラーは淡々《たんたん》と応《こた》えた。

「この香草《ハーブ》、自家栽培《さいばい》だっけか」

「ええ。疲《つか》れた時にいいかなって。あと、ミラーは甘いの平気だから蜂蜜もちょっとね。

……甘すぎた？」

「俺《おれ》には丁度いいよ。ゼッセルなら甘さで失神してるところだけどな」

砂糖一つまみにでも拒絶反応《きょぜつはんのう》を起こす幼馴染《おさななじ》み。そう言えば、あいつの姿《すがた》が見えないのは珍《めずら》しいな。

「ゼッセルなら学園長とジェシカ先生の付き添《そ》いで出張《しゅっちょう》。近隣《きんりん》の名詠《めいえい》学校の関係者同士で、対策会議《たいさく》。今頃到着《いまごろとうちゃく》した頃かしら、きっと夜通しで会議になるでしょうね」

「どうりで静かだと思ったよ。あいつがいたら調べ物も落ち着いてできやしない」

すると。何が楽しいのか、エンネが愉快《ゆかい》げに口元に手をあてた。

「言付けを預《あず》かったわ。『ミラーの奴、どうせ延々《えんえん》調べ物に取りかかってるはずだから、俺の代わりに適当《てきとう》な所でドクターストップかけてやってくれ』――だそうよ」

「……ナンセンスだ」

ティーカップを置き、ミラーは椅子《いす》の背《せ》もたれに寄《よ》りかかった。ギィッという音を立て、木製《もくせい》の椅子が悲鳴を上げる。

「幼馴染みと書いて腐れ縁《くされえん》と読む、だものね」

くすりと、口元にエンネが手をあてる。

「否定《ひてい》はしないさ。……ところで何をしてるんだ」

部屋の脇《わき》に立てかけてあった折り畳《たた》み椅子を組み立て、そこにすわるエンネの姿。今まで気づかなかったが、その小脇に栞《しおり》の挟《はさ》まった本まで。

「読書。読みかけの本があるのよ」

「ここでする必要はないだろう」

「どうせ徹夜《てつや》するんでしょ？　付き合ってあげる」

にこりと、穏《おだ》やかな表情《ひょうじょう》で告げてくる彼女。教師仲間だから、ではない。その笑顔《えがお》は、自分とゼッセル、幼馴染みの間にだけ彼女が見せる無邪気《むじゃき》な笑顔だった。

――やれやれ。

言い返す言葉が見つからず。

「……揃《そろ》いも揃って、ナンセンスだ」

ぼそりと、ミラーは独《ひと》り言のように呟《つぶや》いた。

2

三階建ての非木造建築《ひもくぞうけんちく》。部屋数五十、うち一人部屋が二十二、二人部屋が二十八のため入居者総数《にゅうきょしゃそうすう》は七十八人。

寮《りょう》の構造《こうぞう》上、一年生は最上階。二年生と三年生が二階、最上級生が一階の部屋を与《あた》えられている——これが、トレミア・アカデミー女子寮の基本《きほん》的な概説《がいせつ》だ。

その寮の最上階、とある一部屋で。

「はい、王手〜」

お菓子《かし》を左に持ち、ミオがもう片方《かたほう》で盤上《ばんじょう》の駒《こま》を動かした。しばし盤上の流れを確認《かくにん》、脳裏《のうり》で数手先を考えられる限《かぎ》り想定したものの。

「……う、投了《とうりょう》」

あえなく、クルーエルは白旗を揚《あ》げることにした。クラスにおける盤ゲームランキング一位と二十九位。その差はあまりに歴然だった。

「あー、だめだめ。勝てる気がしないよ」

元々、頭使うゲームは苦手なのよね。悔《くや》しさ混《ま》じりのぼやきを残し、駒をさっさと片づけていく。

「あれ、もう片づけちゃうの？」

「十分やったじゃない」

「うん、じゃあ次は何する何する？　購買《こうばい》でミニゲームとか手品セットとかも買ってきたからね。夜はまだまだこれからだよ～！」

どうもこの友人は本気で遊びに耽《ふけ》るつもりらしい。彼女の背後《はいご》には、まだ手を付けていないゲームの山が堆《うずたか》く積まれたままだ。

「……えっと、そうね」

壁《かべ》の時計をちらりと見る。夕食を終えた時はまだ時間があると思っていたが、エイダと約束した時間がそろそろ近づいてきていた。

——女子寮、裏庭《うらにわ》。

位置としては女子寮の裏側だ。ロビーを出てすぐ、女子寮を回り込《こ》むように裏手へ回る。外の公道も歩くことになるので、さすがに寝間着《ねまき》で行くわけにもいくまい。

「ミオ、わたしちょっと用事思い出したんだけど」

「用事って？」

「大したことないからすぐ戻《もど》るよ。少しだけ外出ることになるけど」

「え～、外？　出歩くなって言われてなかったっけ。それにこの寮って、夜間の外出は原《げん》則禁止《そくきんし》じゃなかった？」

ぽかんとした面持《おもも》ちで首を傾《かし》げるミオ。

「ずっとうろつくわけじゃないから平気よ。こっそり行ってこっそり帰ってくるから。すぐ戻るけど、その間にお風呂《ふろ》入っててくれるかな」

ミオは割《わり》とお風呂早いけど、さすがにそれまでには帰ってこれるよね。

「わかった～。なるべく早く帰ってきてね」

「うん。じゃ、少し留守番《るすばん》頼《たの》むわね」

軽く手を振《ふ》り返し、クルーエルは外の通路へと足先を向けた。

‖

暗い夜、暗い天井《てんじょう》に向けて寝返りを打つ。

――眠《ねむ》れなかった。

小さなベッド。毛布《もうふ》にくるまるように、だがそれでも、視線《しせん》は天井を見上げたまま。

今日の朝の、何気ない一言。それがネイトの頭から離《はな》れなかった。

〝なぜ夜色なんだ？〟

〝名詠式《めいえいしき》の常道《じょうどう》に添《そ》うならば、既存《きそん》の白に対し黒が妥当《だとう》。なのに、なぜ黒ではなく夜色という名を冠《かん》しているんだ〟

黒ではなく、夜色名詠式という名であるための理由。そうでなくてはならない理由。

……僕《ぼく》も知らない。

この世界に草花が芽生え、動物が息し、大陸の端《はし》に海がある。その存在《そんざい》に疑問《ぎもん》を呈《てい》するかのような、それ自体の意義《いぎ》を問うことにも似《に》た——あまりに根本的な問い。

母との約束を守りたい。夜色名詠式を使いこなせるようになりたい。ただそれだけを一《いち》途《ず》に望み、今こうして名詠学校にいる。だからこそ、その名の由来なんて逆《ぎゃく》に悩《なや》むことすらなかった。悩む余裕《よゆう》すらなかったからだ。

「……いつか分かるのかな」

独りだけの部屋。その呟きに応《こた》えてくれる相手は、いない。

〝お前の母親が黒ではなく夜と名づけたからには、それ相応《そうおう》の理由があるとは思うのだが、どうかな。それこそ、決して黒であってはいけないという程《ほど》の。夜色という名を冠さなければならない理由が〟

——あるいはそれは、立ち入ってはいけない領域《りょういき》だったのかもしれない。

悩めば悩むほど、迷《まよ》いの螺旋《らせん》を落ちていくような。求めれば求めるほど、出口無き回廊《かいろう》の奥《おく》へと進んでいくような。そのことに囚《とら》われるあまり、いつしか前を向くことを忘《わす》れてしまう可能性《かのうせい》さえ、潜《ひそ》んでいるようで。

「でも……知りたいよ」

その言葉は、先より幾分《いくぶん》強く、部屋の暗がりにこだました。

夜色名詠という『名』に、母が何を望んだのか。その理由が分からない限《かぎ》り、夜色名詠式は習得できない。そんな気がするからだ。

でも、誰《だれ》なら知っているだろう。誰なら、相談に乗ってくれるだろう。

〝言いたいことは山ほど、それこそ伝言にしきれないくらいある〟

〝だから、それを言わせるためにも我《われ》をもう一度詠《よ》べ〟

──二人きりの屋上。いつも一緒《いっしょ》にいてくれる少女から聞かされた、その伝言。

「……もう一度」

夜も、朝も、ずっと一番近くで自分を見ていてくれた、夜色の名詠生物。

「ねえ、アーマ」

ゆっくりと、ベッドの上で、ネイトは上半身を起き上がらせた。

静かな夜。
〃なぜお前の母が我《われ》に訊《き》けと答えたのか、その理由を見出《みいだ》せば自ずと分かる〃
わずかに開いた窓《まど》。そこから入り込むすきま風が、窓際《まどぎわ》のカーテンをそっと撫《な》でる。
「……アーマは、その答を知ってるの？」

3

風に煽《あお》られ、足下《あしもと》の雑草《ざっそう》がさらさらと泣く。外は、思った以上に強い風が吹《ふ》いていた。

なびく髪《かみ》を手で押《お》さえ、クルーエルは女子寮《りょう》の裏庭《うらにわ》へと続く石畳《いしだたみ》を歩いていった。

夜間は閉《と》じているはずの、格子状《こうしじょう》の柵《さく》。叩《たた》きつけるような風にキィと錆《さ》びついた音を立てるそれは、自分がここを訪《おとず》れた時点で開いていた。

「……エイダ、もう来てるのかな」

裏庭へは、女子寮の表玄関《げんかん》からぐるりと迂回《うかい》する必要がある。裏庭と言っても実際《じっさい》は、拓《ひら》けた場所に延々《えんえん》と雑草が生えているだけ。元々はその場所も、女子寮の建物の建築スペースだったと聞く。そのためか、裏庭を訪れる者は普段《ふだん》から滅多《めった》にいない。この閑散《かんさん》とした場所を訪れた回数は、自分とて今まで片手《かたて》の指で数えきれる程だ。

外灯の光すらこの庭へは届《とど》かない。暗闇《くらやみ》に目を慣《な》らせるように、クルーエルはゆっくりと裏庭の中央へと歩を進めた。

「お、時間ぴったし」

暗闇の中、誰かが片手を振《ふ》るシルエットが覗《のぞ》く。姿《すがた》こそ朧気《おぼろげ》だが、その声は自分のよく知るクラスメイトのものだった。

――『Keinez《赤》』――

静かに、クルーエルは左の手のひらを開いていった。

ゆらりと宙《ちゅう》を浮《う》かぶ、照明代わりの赤い灯《ひ》。

「ちょっ、眩《まぶ》しいってば！　灯《あか》り出すならそう言ってよ！」

その光に照らされ、目を細めるエイダの姿があった。

「……あ、ごめん。そんなに眩しかった？」

「あたし、さっきからこの暗さに慣れてたからね」

光を直視《ちょくし》しないよう顔を逸《そ》らし、最寄《もよ》りの木立に彼女が寄りかかる。

「エイダ、その肩《かた》にあるのって」

その肩に結《ゆ》わえられた、彼女の身長より長い鎗《やり》。確《たし》か、祓戈《ジル》と言ったか。でも、なぜそんな物を？

「……ああ、ちょっと警戒《けいかい》中でね」

「警戒？」

「うん。で、これはあんたをわざわざ呼《よ》んだ理由とも関係あるんだ……でもその前に」

寄りかかっていた木から身を起こす彼女。日焼けした指先で、自分が詠《よ》び出した灯りをエイダは示《しめ》してきた。

「それ、なに？」

「……えっと、熱妖精《ようせい》。白色名詠に光妖精っていうのがいるって聞いたから、他《ほか》の色でもそういうのあるかなって先生に訊《き》いてみたの」

それは、実はつい昨日のことだ。思い立ってすぐ職員室《しょくいんしつ》を訪《たず》ねたところ、教師長《きょうし》のジェシカ教師がそれを教えてくれた。

「あたしの白色名詠だと確かそれ第三音階名詠《プライムアリア》なんだけど、その熱妖精も同じかな」

浮遊《ふゆう》する名詠生物を興味《きょうみ》ありげに見つめるエイダ。

「うん、確かそうだと思う」

「へえ。クルーエル、あんた最近やたらすごいね」

「すごいって、何が？」

「夏休み前の競演会《コンクール》、あたしあんたの見てたけど、あの時はまだ普通だった。だけど――この前の臨海《りんかい》学校で詠び出したのは、あれは真精《しんせい》でしょ」

黎明の神鳥《フェニックス》。真精と呼ばれても、どうも自分の中では他の名詠生物と区別がつかない。

それほどまでに、自分にとっては身近に感じる相手だ。

「そして今も第三音階名詠《プライムアリア》を、〈讃来歌《オラトリオ》〉を詠《うた》わないで名詠できるなんて。生徒じゃそんな子滅多《めった》にいないよ」

……そんなに、すごいことなのかな。

自分の手をまじまじと見つめ、クルーエルは首を傾《かし》げた。だって、学校の先生なら誰でもできることじゃないか。自分なんてまだまだ拙《つたな》いと思うんだけどなぁ。

「でも今ね、すごく調子が良いみたいなの。それは感じるかな」

「調子が良いって……あたしらから見れば、そんな簡単《かんたん》な理由だけじゃない感じだけど」

理由。たぶんそれは。

「──今は、少しだけ名詠式《めいえいしき》が好きになったかもしれない」

「好き？」

うん。好き。

憑《つ》きものが取れたように、今はすごく心の中が澄《す》んでいる。

「臨海学校の時もそうだったけどね。ミオとかネイトとか、本当に一生懸命頑張《けんめいがんば》ってる。それを見てさ、わたしだって何かしたいなって思ったの。自分の名詠が誰かの役に立つなら、わたしにできることはしてあげたいって」

「……ま、あんたが納得《なっとく》してるならそれでいいんだけどね。名詠式が上達したってのは、悪いことじゃないわけだし」

はにかみ気味に頭を掻《か》くエイダ。

「それに——その方があたしとしても助かるわけだ」

それってどういう意味だろう。

そう訊《たず》ねるより先、言葉ではなく、彼女はその双眸《そうぼう》で答えてきた。鋭《するど》い——いや、睨《にら》みつけると言った方が適切《てきせつ》なほど研《と》ぎ澄まされた視線《しせん》。

「クルーエル、今日、先生たちが生徒を強制《きょうせい》的に帰らせたよね」

「不審事件《ふしんじけん》、でしょ」

そう。それもあの灰色《はいいろ》の名詠と関《かか》わりがあるような。

「不審事件——確かにそうなんだ。おそらく先生たちは、この学校も近いうちにその不審事件と同じ現象《げんしょう》に巻《ま》き込《こ》まれると予想してる。でも——」

背中に結わえていた祓戈《ジル》を握《にぎ》り、エイダがふっと夜空を眺《なが》める。

「……でも、違《ちが》うんだ。近いうちなんて悠長《ゆうちょう》な問題じゃない」

風の出てきた夜。流れる黒雲を眺め、彼女は続けてきた。

「この学校には既《すで》に、得体の知れない何かが侵入《しんにゅう》していた形跡《けいせき》がある」

‖

「クルル、遅《おそ》いなぁ」

テーブルに突《つ》っ伏《ぷ》した格好《かっこう》で、ミオはぼそりと呟《つぶや》いた。普段《ふだん》はのんびり時間をとる入浴時間も、友人を待つため早めに切り上げた。なのに、友人が外に行ってからとっくに半刻《はんとき》は経過《けいか》している。

「……すぐ帰ってくるって言ってたのにぃ」

読みかけのミステリー小説をさらさらとめくる。が、今だけは本の内容《ないよう》がろくに頭に入ってこなかった。眠気《ねむけ》？　違う。

――クルル、何かあったのかな。

少しだけ、不安だったのだ。朝にクラスの担任教師《たんにんきょうし》から聞かされた謎《なぞ》の不審事件。そして、生徒への自宅《じたく》待機指令。これ自体は、ミオにとってはあまりに突飛《とっぴ》で緊張《きんちょう》感の湧《わ》かぬもの。ただ、やはり友人の帰りが遅いとなると話は別だ。

「……どうしよう」

帰ってくるまでの留守《るす》番《ばん》を任《まか》されているのは事実。だけどちょっと、ちょっとだけ探《さが》しに行ってもいいかな。

玄関《げんかん》の扉《とびら》がノックされたのは、その時だった。

クルルっ、帰ってきた？

はやる気持ちを抑《おさ》え、慌《あわ》てて玄関まで駆《か》け寄《よ》る。

「クルル？」

だが、聞こえてきたのは。

「……ん？　ミオ？」

ややハスキーがかった少女の声だった。クルーエルではない。だけど教室でさんざん聞き覚えのある声だ。

「サージェス？」

「ご名答。ていうか、開けてくれない？」

「あ、ちょっと待ってね」

扉を開いたそこに、黒髪《くろかみ》長身のクラスメイト。室内用のラフな服の上に、外出用の上着を一枚羽織《まいはお》った姿《すがた》。

「おいっす。なんだ、ミオもクルーエルのとこに泊《と》まってたのね」

「うん。ところで、どうしたの」

夜間、学生寮《りよう》では原則《げんそく》として生徒の外出を禁止《きんし》している。寮の生徒が、別室の生徒の部屋に行くのを含《ふく》めてだ。

「いや……実はウチんとこでもクラスの子が泊まりに来ててさ」

「それは知ってるよ〜。もしかして、はしゃぎすぎて『うるさい』って別の部屋から怒《おこ》られたとか？」

「そこら辺は抜《ぬ》け目ないさ。ただ、さっきまでゲームしてて気づかなかったんだけど……エイダがね」

「エイダがどうかした？」

「一度トイレって言ってゲームから抜けた後、ずっと戻《もど》ってこなかったの。で、さっきようやくそれがおかしいって気づいたんだけど……どうやらエイダ、部屋の外行っちゃったみたいでさ。寮の中あらかた見て回ったんだけど見つからなくて、もしかしたら他《ほか》の子の部屋に行ってないかなって」

部屋から出て行ったきり、中々戻ってこない。

——状況《じようきよう》がクルルと似《に》てる？

最初は小さかったはずの疑念《ぎねん》が、渦《うず》を巻くように少しずつ肥大化《ひだいか》していく。

「……あいつ、まさか寮の外行っちゃったとかないよね」

腰《こし》に手をあて、怪訝《けげん》そうな表情《ひょうじょう》で洩《も》らすサージェス。

ラフな服の上に、外出用の上着。

「サージェス、もしかして外行って探すの」

「ん？　ああ、まあちょっとだけね。寮の管理人には秘密《ひみつ》ということで」

――決めた。

「あ、待って！　あたしも行く！」

「あたしもって……ミオ、寝間着じゃん」

「制服《せいふく》に着替《きが》え直すからちょっと待ってて」

外に出かけていた二人が中々戻らない。もちろん、これは自分の思い過《す》ごしかもしれない。だけど、取り越《こ》し苦労ならそれはそれで構《かま》わない。今はとにかく、友人が無事であることを確《たし》かめたかった。

＝

「得体の知れないって……何よ」

ざわりと背中《せなか》を駆ける悪寒《おかん》に、クルーエルは肩《かた》をふるわせた。

一方で、エイダもまた首を横に振《ふ》るだけだった。

「あたしにも分かんなかった。だけど研究所でやり合った灰色《はいいろ》名詠の、更《さら》なる奥《おく》の手という可《か》能性《のうせい》はある」

それが既《すで》にこの学校に侵入《しんにゅう》してきてる？

そして、エイダがその背に祓戈《ジル》を携《たずさ》えているという事実。これはつまり——

「エイダ、もしかしてそいつと戦ったの」

「まあね。それも、学校の校舎《こうしゃ》とかじゃない。そいつがいたのはここだった」

顎《あご》で目の前の建物を指し示《しめ》すエイダ。

その方向を目で追いかけ——

「……ここ、って女子寮じゃない」

「だから、そうなんだよ。その得体の知れないのがいた場所は」

女子寮？　学園の校舎でも資料《しりょう》館でもない、ただ普《ふ》通《つう》の生徒が集《つど》う場所じゃないか。こんなとこに何かが襲《おそ》いかかったって、何もないはずなのに。

「それの目的が不明だから、あたしも悩《なや》んでる。偶然《ぐうぜん》いたのか何か目的があって女子寮なのか、それが見当もつかないんだ。さっきあらかた見て回ったけど、今は変な気配はしなかった。一度は追っ払《ぱら》ったからね。だけど、いつまたやってくるか分からない。……とまあ、長ったらしかったけどここまでが前置き」

祓戈《ジル》を地に刺《さ》し、その祓名民《ジルシエ》が腕《うで》を組む。

「今、先生とは別にあたしも学校内を見て回ってる。だけどあたしが外に出てる時、どうしても女子寮が手薄《てうす》になっちゃうんだ」

彼女の瞳《ひとみ》が告げてくる意味を悟《さと》り、クルーエルは身体《からだ》を強張《こわば》らせた。

――女子寮を見張る役を、わたしに？

「そう。あたしからの最低条件《じょうけん》は、〈讃来歌《オラトリオ》〉抜きである程度《ていど》の名詠《めいえい》ができる生徒。この条件を満たしている知り合いは学校内にも何人かいる。だけど色々考えてみて、一番任《まか》せられそうなのがクルーエルなんだ」

「……でもわたし、決闘《けっとう》の練習なんてしたこともないよ」

何かに襲われた時、自分の名詠でそれを追い払うことができるのだろうか。

名詠士の中には、名詠式を使った決闘に身を投じる者たちがいる。多くの観客の前で、互《たが》いに実戦形式で実力を競《きそ》い合う――競演会《コンクール》ならぬ競闘宮《コロセウム》。名詠式の本来の趣旨《しゅし》から外れているという批判《ひはん》もあるが、実際競闘宮《じっさいコロセウム》の王座《おうざ》につくことは大変な名誉《めいよ》とも言われている。大陸中央部の名だたる名詠専修校《せんしゅうこう》には、そのための実戦形式の講義《こうぎ》もあるほどだ。そういったことを学んだ生徒なら、あるいはエイダの要求に応《こた》えられるかもしれない。

けれど、自分はそんな訓練などしたことがない。何かと戦うような名詠。土壇場《どたんば》で、自分にそれができるだろうか。

「確かにクルーエルは、名詠式を利用して何かと交戦するってタイプじゃないよ」

組んでいた腕をほぐし、どこかやわらかな表情をエイダが浮《う》かべる。

「あんたは優《やさ》しいし、性格《せいかく》的にも似合《にあ》わない。そんな見せ物みたいな競闘宮《コロセウム》じゃなく、たとえば人助けとか、もっともっと大切なことができるとあたしも思う。でもね」

眩《まぶ》しいものでも見るように、目の前の女子寮《りょう》に対し祓名民《ジルシエ》は目を細めた。

「でもね、うちの学校の生徒って実は皆《みんな》がそうなんだ。競闘宮《コロセウム》みたいな場所で自分の腕を試《ため》したいって奴《やつ》はそういう学校に行って、そうじゃない奴がトレミアに来てるわけだから。ちび君やミオ、クラスの連中を見てれば分かるだろ」

エイダの表情を見て、クルーエルはその真意を悟った。——だからこそ逆《ぎゃく》に、こういった状況《じょうきょう》に対応《たいおう》できるような生徒がいない。暗に彼女はそう告げてきているのだ。

「だからこそ、それを望む望まないにかかわらず、それができる奴がみんなを守ってやらなきゃいけないんだ。あたしとか、あんたがね」

——わたしにそれが？

「あんたには真精がいる。それも、とびきり優秀《ゆうしゅう》なやつが」

黎明の神鳥《フェニックス》。歴史上において目撃《もくげき》された記録すら希有《けう》な、確認《かくにん》されている限《かぎ》り最も幻性《げんせい》度《ど》の高い真精の一体。

「祓名民《ジルシエ》としての経験《けいけん》も交えて言わせてもらうなら、第一音階名詠《ハイ・ノーブルアリア》ってのはちょっと別格《べつかく》なんだ。同じ名詠式という括《くく》りではあるけど、難易《なんい》度においても有用性においても第一《ハイ・》音階名詠《ノーブルアリア》とそれ以外の名詠にはとんでもなく大きな差がある。名詠生物の力量で比《くら》べるなら、第二音階名詠《ノーブルアリア》で詠《よ》び出せる小型精命《せいめい》十体分に匹敵《ひってき》すると言っていい」

言語を解《かい》し、空を飛翔《ひしょう》することも可能。競演会《コンクール》においては、飛びかかるキマイラをあっさりと撃退《げきたい》してみせた。——確《たし》かに、自分が扱《あつか》える中では最も頼《たよ》りになる名詠生物というのは疑《うたが》いようもない。

「……とまあ、ここまで強引《ごういん》に言ってきたけどさ」

にわかに、クラスメイトの双眸《そうぼう》に寂《さ》びた色が混《ま》ざった。

「あたしは昔から頑固《がんこ》親父《おやじ》にそういう訓練もさせられてきたから、守れる奴が身体を張れみたいな考えに染《そ》まりきっちゃってるわけ。……本当は、あまり強く勧《すす》められないんだ。危険《きけん》なことを承知《しょうち》で頼《たの》んでる。最悪、この前の研究所みたく大騒動《だいそうどう》に巻《ま》き込《こ》まれるかもしれない。だから、答は今すぐじゃなくていいし、断《ことわ》ってくれてもいい」

一人でもやる。

言葉でも眼差《まなざ》しでもない、彼女の佇《たたず》まいがそう告げてくる。

「……あのさ、エイダ」

胸《むね》の前に両手を添《そ》えた。

とくん、とくん――静かに刻《とき》を打つ心の音。それを聴《き》きながら。

「……だいじょうぶ。わたし、頑張《がんば》るよ」

クルーエルは、目の前の友人を見つめ返した。

「無理してない？」

「……うん、無理してる」

隠《かく》すことなく自分の胸の内を打ち明けた。

「本当は、ちょっと怖《こわ》いよ」

競演会《コンクール》で身を以《もつ》て知った。楽しい日常《にちじょう》と危険は、本当に背中《せなか》合わせでつながっている。キマイラに切り裂《さ》かれた肩《かた》の激痛《げきつう》。出血がもたらす目眩《めまい》と嘔吐《おうと》感。あんなのは、もう二度と味わいたくない。それは誤魔化《ごまか》しようのない本音。

――だけど。

それでもわたしは、あの時の自分の行動を、何一つ後悔《こうかい》していない。

「怖いけど、でも……わたしがみんなにできることがあるなら、してあげたいの。たとえそれが無理でも無茶《むちゃ》なことでも、やり通さないと」

決めたんだ。みんなと一緒《いっしょ》に、この学校で勉強するって。ミオと一緒に部屋で騒《さわ》いだりご飯を食べたり。クラスの子と話したり遊んだり。――彼の傍《そば》にいて、名詠の練習に付き合ってあげたい。

「ふぅん、じゃあ改めてお願いしちゃおうかな」

試すような視線《しせん》で、じろじろとこちらを眺《なが》め回してくる彼女。

「うん、任《まか》せて！　何なら、わたしが学校を見回《みまわ》りに行って、エイダは自分の部屋でゆっくり寝《ね》っててもいいくらいだよ？」

試すような視線のエイダに、精一杯《せいいっぱい》声を張ってみせた。強がりかもしれない。だけど、この気持ちは嘘《うそ》じゃないから。

「言うじゃん」

くすりと、普段《ふだん》の気楽な表情《ひょうじょう》を友人が取り戻《もど》す。

「とにかく、これであたしも安心して校舎方面を見回りにいけるわ。頼むわよ、信頼《しんらい》してるけど気をつけて」

「エイダもね」

返事代わり、手に持つ祓戈《ジル》をエイダが振《ふ》る。その背が夜闇《よやみ》の中に消えて見えなくなるまで見送って。

――といっても、どうすればいいんだろう。

クルーエルは女子寮《りょう》へと向き直った。女子寮でエイダが出会ったという謎《なぞ》の相手。やはり、自分も女子寮内を見て回った方がいいかもしれない。だけどその前に、一度部屋に戻った方が良さそうだ。なにしろ友人を待たせっぱなしにしている。

「……だいぶ遅《おそ》くなっちゃった。ミオ怒《おこ》ってるかな」

――あれ？

まぶたをこする。寮の三階、自分の部屋の照明が消えていたのだ。

「ミオ、もう寝ちゃったのかな」

なにしろ、エイダとの約束時間が深夜零時《れいじ》。ミオが睡魔《すいま》に負けてもしょうがない時間だ。

まあでもそれなら、わたしもゆっくり女子寮を見て回れるからいいか。

＝

「んー。やっぱり三階にはいないっぽいね」

女子寮一階ロビー。先に待っていたサージェスに向け、ミオは腕《うで》を交叉《こうさ》してバッ印を送った。

「こっちもだめ。二階と一階はそもそも廊下《ろうか》を歩いてる人すらいなかったよ。ま、この時《じ》刻《こく》だからそれが当然なんだけどさ」

同じく、サージェスが溜息《ためいき》。

「エイダもクルルも、女子寮にはいなそうだよ」

「しゃあない。少し外見てこようか」

——そんな会話を交《か》わしたのが、数分前だった。

寮から校舎へと続く道の半ば、二股《ふたまた》に分かれた分岐路《ぶんきろ》でミオはサージェスと別れた。サージェスは一年生校舎と、その先にある学生食堂。一方の自分は学校の正門周辺と、芝生《しばふ》の空き地を見て回る手筈《てはず》になっている。

「……風、強いなぁ」

轟《ごう》と唸《うな》る風が鼓膜《こまく》をゆらす。風鳴りのせいで、周囲の他《ほか》の音が聞こえなくなるほどだ。

あえて一つ良い点を挙げるとすれば、風に吹《ふ》かれ雲が運ばれていったせいで、頭上の星の瞬《また》きがとても鮮明《せんめい》だということだ。朧気《おぼろげ》に光る月影《つきかげ》すら、今はその光の筋《すじ》が見えるほど。その輝《かがや》きの下、突風《とっぷう》に煽《あお》られなびく制服《せいふく》を押《お》さえ、ミオは歩道を進んでいった。

「だけどさ、ここまで風がうるさいと、クルルが話してても聞こえないんだよねぇ」

ぶつぶつと独《ひと》り言。普段あまり声に出して言うことはないのだが、どうせ誰《だれ》に聞かれているわけでもないし構《かま》わないだろう。

緩《ゆる》やかな下り坂。立方形状の石を両脇《りょうわき》に積み重ねてできた正門が見えてくる。

斜面《しゃめん》の上部からその一帯を、じっと目を凝《こ》らして凝視《ぎょうし》し――

「……やっぱ、誰もいないよね」

ミオはがっくりと肩《かた》を落とした。

「ま、すぐ見つかるとは思ってなかったからいいかぁ」

人影はおろか、虫一匹《ぴき》飛び交うこと無き夜。

……ん？　ちょっとまって。

誰もいない？　おかしい、そんな筈がないじゃないか。

慌《あわ》ててミオは眼下《がんか》の景色を睨《にら》みつけた。

人一人として存在《そんざい》しない正門周辺《しゅうへん》。自分の探《さが》す友人《クルーエル》の姿《すがた》が無いのは、これは許容範囲《きょようはんい》。

だけどその正門のすぐ隣《となり》にある、警備《けいび》員の宿直場にも人がいないというのはどういうことなんだろう。

宿直場の電灯《でんとう》は点《つ》いている。なのに、いるはずの警備員だけがすっぽりと抜《ぬ》けてしまっている。

「……どういうことなの」

冷えた唇《くちびる》に手をあて、黙考《もっこう》。

トレミア・アカデミーにおける防犯《ぼうはん》システムは、交代勤務《きんむ》制《せい》で全時間の警備を売りにしていたはず。常《つね》に最低一人、あの宿直場から顔が見えてないとおかしいのに。学園内の巡回中《じゅんかい》？　いや、でも何か腑《ふ》に落ちない。これも、クルーエルやエイダが帰って来ないことと関係があるのだろうか。

立ち尽《つ》くす自分目がけ、下から風が吹き上げる。

同時、何かが顔目がけて張《は》りついた。

「やっ、やだ。何コレ！」

慌《あわ》てて顔の付着物を手で払《はら》い落とす。暗がりで良く分からないが……埃《ほこり》、それとも何かの燃《も》え滓《かす》？

「……あぅ。髪《かみ》にもついちゃってるよ。さっき髪洗《あら》ったばっかりなのに」

こんな時間にどこかで焚《た》き火でもしているとは思えない。なんで、いきなりこんな物が風に乗って来るんだろう。

「……灰《はい》、かな」

払い落とす。さらさらと、崩《くず》れるように宙《ちゅう》へ舞《ま》う灰。突風に巻《ま》き上げられ、その灰はさらにどこかへと、風に攫《さら》われていった。

「やっぱり、何か変だよ、変！」

自身に言い聞かせるつもりで、ミオは声を張《は》り上げた。

よし、これで気持ちが固まった。

こうなればとことん、今日は夜の学校探検《たんけん》だ。

＝＝＝

「……あれ、ミオ？」

部屋の中をぐるりと見渡《みわた》し、クルーエルは友人の名を呼《よ》んだ。

エイダに言われた通り女子寮《りょう》を一周。いい加減《かげん》眠《ねむ》くなり部屋に戻《もど》ってきたはずが、その眠気は一瞬《いっしゅん》で焦燥《しょうそう》感に取って代わられた。

先に寝《ね》ているかと思って覗《のぞ》いた寝室《しんしつ》にいないのが最初。それから台所《キッチン》や居間《リビング》はもちろん、トイレ、ベランダも隈無《くまな》く。なのに部屋のどこを探しても、留守番《るすばん》をしていたはずの友人がいない。

「……どうしたの、ミオ」

居間《リビング》に戻り、気持ちを落ち着かせるためソファに腰掛《こしか》けようとし——その瞬間、クルーエルはその場で息を呑《の》んだ。

寝間着が、ソファーに畳《たた》んで置いてあったのだ。代わりに、本来そこに畳んであったはずの制服が無い。つまりミオは制服にわざわざ着替《きが》え直した？　なぜ？

と。部屋をノックする音。

「ミオ？」

一瞬、間を空けて。

「……ん、クルーエル帰ってきてたのか」

この声はサージェスか。

扉《とびら》を開けてやる。ラフな服装《ふくそう》の上に外着を羽織《はお》った彼女の姿。

「どうしたのサージェス、こんな時間に」

「それはこっちの台詞《せりふ》。こんな夜更《よふ》けにどこをほっつき歩いてたのよ」

――なぜそれを？

反射《はんしゃ》的に身体《からだ》を強張《こわば》らせる。その様子に、彼女は立て続けにこちらを指さしてきた。

「はは一ん。さては、ネイティと夜遊びでもしてたでしょ！」

あくどい笑《え》みを浮《う》かべる馬鹿《ばか》一名。……だめだこれは。

「……ごめん、わたし疲《つか》れてるから突《つ》っ込《こ》む気力もないの」

「むぅ、つまらないの。どんな反応《はんのう》するか楽しみだったのに」

残念そうに首を振《ふ》るクラスメイト。まったく、どんな反応を期待していたのやら。

「いや、そこはほら。顔を真っ赤にして『ち、違《ちが》うのっ！　ネイトとはそこで偶然《ぐうぜん》会っただけなの！』的な展開《てんかい》を……って、クルーエル、なにその冷たい視線《しせん》」

「冷たくないよ、ただ呆《あき》れてるだけ」

　やれやれ、聞いてた自分が馬鹿だった。

「そんなことよりサージェス、なんでわたしが外行ってたって知ってたの」

「んと、うちのとこでもエイダがいなくてさ、さっき寮内の知り合いの部屋を探《さが》してたの。そうしてあんたの部屋来たら、あんたじゃなくてミオが出てきたもんだから、あれおかしいなって」

　自分同様、エイダもこっそりと自室を抜《ぬ》け出して来たのだろう。他の友人を部屋に招《まね》いたのも、どさくさに紛《まぎ》れて抜け出しやすくするため。それ自体は、エイダの方でいずれサージェスにも打ち明けることだから問題ではない。現《げん》時点での気がかりは。

「そのミオよ。どこ行ったか知らない？」

「多分まだ外を探してるんじゃないかな。あの子、あんたが中々戻らないからって心配しててさ。あたしと一緒《いっしょ》にちょこっと外出るってついて来たから。途中《とちゅう》の分かれ道で別行動しよってことになったんだけど……ミオ、まだ戻ってないの？」

　わたしを探しに、外を出回ってる？

自分の失態《しったい》にクルーエルは臍《ほぞ》をかんだ。迂闊《うかつ》だった。ミオの性格《せいかく》ならそれは十分考えられることじゃないか。留守番という遠回しな言い方ではなく、もっと直接《ちょくせつ》的な言い方をするべきだった。

……いや、待って。つまりミオは、今一人で外に行ってるの？

〝この学校には既《すで》に、得体の知れない何かが侵入《しんにゅう》していた形跡《けいせき》がある〟

エイダの言葉を想起し、背中《せなか》が粟立《あわだ》った。

——まずい！

部屋に同室しているサージェスを残し、クルーエルは全速力で寮の廊下《ろうか》へと飛び出した。

「ちょ、ちょっとクルーエル！」

「わたしミオ探してくる！　……サージェスは絶対《ぜったい》ここ動かないで！」

4

夜が更けるにつれ、風は次第《しだい》に静まり、だが同時に冷たくなってきた。

季節としては夏が終わり秋が近づく頃《ころ》。なのに今自分の肌《はだ》を撫《な》でる風は、冬の凍《し》みるような痛《いた》さと冷たさを伴《ともな》っていた。

……クルル、どこかな。

寒気に、腕《うで》をさすりながら学園内の歩道を進む。一年生校舎《こうしゃ》を越《こ》え、更《さら》なる分岐路《ぶんきろ》へ。食堂へ続く道、そして二年生校舎へと続く道。

食堂はサージェスが見に行ってるはず。ゆえに、ミオは後者の道を選んだ。視界の奥《おく》にぼんやりと映《うつ》る巨大《きょだい》な校舎の影《かげ》。その方角へ、周囲を見回しながら進んでいく。通路の端《はし》に設置《せっち》された巨大な連絡《れんらく》板、各所に植えられた木立。その物陰《ものかげ》も入念に確認《かくにん》し、そうやってどれだけ歩いたことだろう。

やがて、視界が途端《とたん》に開けた。一年生校舎から二年生校舎への最後の直線通路。木立も草場も皆無《かいむ》。アスファルトで舗装《ほそう》された道が、距離《きょり》にして五十メートルほど続く。

そこで、ふとミオは足を止めた。

……懐《なつ》かしい場所だものね。

かつて競演会《コンクール》では、夜色の炎《ほのお》を作り出すために必要な材料を取りに行こうと、飛び交《か》うキマイラの姿《すがた》に怯《おび》えながらも駆《か》け抜けた場所だ。

夏休みを挟《はさ》み、あれからもう二ヶ月が経《た》とうとしている。本当に、大事に至《いた》らなくて良かったと今でも思う。その想《おも》いに、自分でも我《われ》知らずのうちに時を忘《わす》れ――

刹那《せつな》。誰かの声が聞こえた。

「――え？」

聞き耳を立てる。誰かが誰かに向かって一方的に怒鳴《どな》りつけているような。声の感じからして男性《だんせい》だとは思う。だけどその怒鳴られてる方は誰だろう、まさかクルル？

はやる動悸《どうき》を抑《おさ》え、目の前の通路を小走りに駆ける。だが駆けだした途端、不自然なほど唐突《とうとつ》に、今まで聞こえてきた男の声が消えた。

消えた。いや、途切れたと言った方が感覚としては近かった。

……何が起きたの。

暗い夜道で前方を見据《みす》える。動くものは特に無い。だが何か細長い物が、道の中央に立っていた。微動《びどう》だにしないということは何かの看板《かんばん》。そう思いもしたが、すぐに首を振った。看板が道の真ん中に立ってるはずがないからだ。

恐《おそ》る恐るその物体に近づいていく。月明かりに照らされ徐々《じょじょ》に鮮明《せんめい》さを帯びてくるその輪郭《シルエット》は、さながら灰色《はいいろ》の彫刻《ちょうこく》だった。

……石像《せきぞう》？　こんな場所に？

手を伸《の》ばせば触《ふ》れられるほどの距離まで近づく。あれ、やたら彫《ほ》り方が細かいや。靴《くつ》にズボン、服の皺《しわ》まですごく丁寧《ていねい》だし。

「すごぉい、これ誰が造《つく》っ……」

背を向けた石像。その正面に回り込み――ミオは、呼吸《こきゅう》ができなくなった。

「…………あ……っ…………」

驚愕《きょうがく》という範疇《はんちゅう》を越《こ》え、何が何だか分からない。あまりのことに喉《のど》が凍《こお》りつき、息すらろくにできない。代わりに膝《ひざ》が、どうしようもないくらいがくがくと笑いだした。

……あ……、あはは……

……冗談《じょうだん》だよね。だってこの人、あたし見覚えあるもん。

正面から見た石像は、自分の知る人間と酷似《こくじ》していた。

そう、さっきいないと思って探《さが》した警備員《けいび》だ。似《に》てるなんて簡単《かんたん》な言葉じゃ表せない。皺になった警備服、誰かを指さしているように突《つ》き出された指先には指紋《しもん》まである。

…………お伽話《とぎばなし》じゃ、ないよね。……あたし、知らないよ。こんなの……嘘《うそ》だよ。こんなの嘘。……だって、まさかそんなことが……あるなんて。

——石化した人間。

後ずさりしようとして、だが足が動かなかった。小刻《こきざ》みにふるえる膝が言うことを聞いてくれないのだ。

——とある事実に気づいてしまったから。

人が石化したこと？　違《ちが》う、その石像の姿勢《しせい》だった。前方を指し示《しめ》した格好《かっこう》の警備員。それはまるで、目の前の誰かを呼《よ》び止めるような姿勢。警備員から見て前方、すなわち、警備員の方を向いている自分のまさに真後ろだ。

……ズッ、……ズッ。

あまりにできすぎたタイミングで、背後《はいご》に響く誰《だれ》かの足音。

地面を擦《す》るような、鼓膜《こまく》に粘《ねば》りつくような音。

クルル。そう信じたい、だけど、それならとっくに声をかけてきてる筈《はず》だ。

じゃあこの足音は誰。ううん、分かり切ってるじゃないか。さっきの声がこの警備員の声で、それが途切れたのはついさっき。ならば、当然犯人《はんにん》はまだすぐ近くにいるはずじゃないか。

……ズッ、……ズッ。

機械的な、無機質《むきしつ》で規則《きそく》的な足音。

冷たい汗《あせ》が頬《ほお》から首筋《くびすじ》を伝っていく。背中《せなか》に鋭《するど》い氷柱《つらら》を突きつけられたような悪寒《おかん》。怖気《おぞけ》だつ違和《いわ》感が、ぞわりと頭の先まで這《は》い上がってくる。

視《み》られてる。それも、ものすごく近い場所で。すぐ近く——そう、すぐ近く——そう、たとえば……たとえばあたしの……

不意に、足音が静《しず》まった。

——自分の、すぐ後ろ。

だれか……応援《おうえん》を呼ばないと……声を出して助けを呼ばないと……

大声を出そうとしても、出なかった。喉が凍りついて痙攣《けいれん》していたから。

頬を伝うしずく。冷や汗か、あるいは涙《なみだ》だったのかもしれない。それすら、今の自分には分からなかった。足も動かない、声も出せない。

なのに、皮肉としかいいようがない——なのに、首だけは動かせた。

首だけ振《ふ》り向いて、背後の相手を確認《かくにん》する？　嫌《いや》だ、絶対《ぜったい》嫌だ。

いつしか、あれほど騒《さわ》いでいた風すら死に絶《た》えたように止《や》んでいた。

だが、その代わり……


「——好《い》い夜だ」


ぞっとするほどすぐ後ろ。鼓膜《こまく》ではなく、ミオは背中でその声を聴《き》いた。

低く歪《ゆが》んだ、嗤《わら》いを押《お》し殺したような男の声。

「上空にはこんなに美しい月明かり。瞬《また》き輝《かがや》く宝石《ほうせき》を散りばめたような、漆黒《しっこく》の画布《キャンバス》。この世のどんなに優《すぐ》れた画家も、愚《おろ》かな強欲《ごうよく》者も、この画布《キャンバス》だけは手に入れることができない。……好い夜だと思わないか、なあ？」

嗤い声を滲《にじ》ませ、背後の男は続けてきた。

「こんなに綺麗《きれい》な夜だ。静かな夜だ。その中で――」

首筋に何かが触《ふ》れた。

蠢《うごめ》く何か。生き物？　それとも男の指？

吐《は》き気をもよおすほどの異物感《いぶつかん》に、ミオは目眩《めまい》すら覚えた。これならいっそ、首を捻《ひね》られた方がマシだと思えるほどに。

「その中で、お前は少しばかり目障《めざわ》りだ」

その宣告《せんこく》に意識《いしき》が遠のいていく。

……あたし……どうなっちゃうの……？

「確《たし》かに好い夜だ。――女をいたぶる下卑《げび》た男には過《す》ぎた夜だがな」

突然《とつぜん》だった。

「ッ！」

背後にいたはずの男が、弾《はじ》かれたように退《ひ》いたのだ。

――え？

「やれやれ、気まぐれに哨戒《しょうかい》してみれば」

よく響く、ハスキーボイスの混《ま》じった女性声《アルト》。

と、同時。ミオは、その女性《じょせい》に思いっきり肩《かた》を叩《たた》かれた。

「い、痛《いた》ッ！」

何するの。女性を睨《にら》みつける。ハイヒールを履《は》いているせいで、彼女は自分より優《ゆう》に頭一つ半は目線が高い。

「なんだ、声出せるじゃないか」

黒のインナーシャツに研究服を羽織《はお》った女性が、腕《うで》を組んだまま苦笑《くしょう》する。

「……あ、あれ？」

言われてみれば普通《ふつう》に声が出る。足も動く。

——話は後だ、私の後ろにいろ。

唇《くちびる》を動かさぬまま告げ、彼女が有無《うむ》を言わさず自分の前に出る。

「ケルベルク研究所フィデルリア支部《しぶ》、レンツ名詠学校、シャングル研究機関。立て続けにこれらの施設《しせつ》に侵入《しんにゅう》したのは——お前だな」

彼女の声に視線《しせん》を持ち上げ、ミオはようやくその相手の実体を見た。

「——〈イ短調十一旋律《せんりつ》〉第九番、サリナルヴァ・エンドコート。……これはこれは、とんだ大物と鉢合《はちあ》わせしたな」

全身を一枚布《まいぬの》で覆《おお》うような、皺《しわ》だらけの旅人装束《しょうぞく》。頭にかかるフードは色褪《あ》せた布で念入りに固定され、強風の中でも顔を隠《かく》す造《つく》り。その中で、わずかに覗《のぞ》く口元だけが歪んだ笑《え》みの形につり上がっていた。

「私を知っているのか」

訝《いぶか》しげに、女性が片眉《かたまゆ》を持ち上げる。

「もちろんだとも。お前の論文《ろんぶん》は興味《きょうみ》深く読ませてもらった。……『名詠《めいえい》生物の中には特定の触媒《カタリスト》で詠《よ》び出すことにより、通常《つうじょう》より強力な力を発揮《はっき》する種がいる。その根拠《こんきょ》と原因《げんいん》推測《すいそく》は……』──とまあ、非常《ひじょう》に愉《たの》しい内容《ないよう》だった」

左腕だけを装束から出し、男が詩を読むように諳《そら》じる。

「それは光栄だな」

「だが、その生粋《きっすい》の研究者が体術《たいじゅつ》にも秀《ひい》でているとは思わなかった。──その靴、尖踵部《ハイヒール》分は鉄製《てっせい》だな。〈イ短調〉ということで警戒《けいかい》していなかったら、危《あや》うく血反吐《ちへど》を吐《は》くところだった。……かろうじて、肋骨《ろっこつ》が軋《きし》んだ程度《ていど》で済《す》んだよ」

腹部《ふくぶ》に手をあてる仕草で、男が歪んだ笑みを一層《いっそう》深める。

「〈イ短調〉第九番〝舞踏靴《ぶとうぐつ》〟──その紅《あか》いハイヒール、他人からの返り血が目立たぬための保護色《ほごしょく》か？」

「心外だな。こう見えて数少ないお洒落《ファッション》のつもりなのに」

対し、研究服姿《すがた》の女性も不敵《ふてき》な笑みを崩《くず》さぬまま。

「とはいえ――かよわい女性と思って油断《ゆだん》してくれたら、こちらも楽ができたんだがな」

……そうだったんだ。

ミオは、つい直前に男が自分から飛び離《はな》れた理由をようやく悟《さと》った。目の前の女性が男に向かって猛烈《もうれつ》な勢《いきお》いで蹴《け》りつけ、それを男が寸前《すんぜん》で躱《かわ》したのだ。

「だが〈イ短調〉の中でもお前だったのは僥倖《ぎょうこう》だった」

かさり。小さな音を立て、男のまとう装束の下から何かが這《は》い出てきた。

――灰色《はいいろ》の石竜子《トカゲ》？

既存《きそん》の石竜子《トカゲ》にしては異様に大きい。猫《ねこ》ほどもあり、妙《みょう》に手足が長い。

「首領《クラウス》や大特異点《ネシリス》と言った輩《やから》ならともかく。お前は所詮《しょせん》〈イ短調〉における頭脳《ずのう》役。ことこの場においては、そこにいる娘《むすめ》と大差ない」

男の足下《あしもと》に降《お》り立つは虫類。闇夜《やみよ》の中、鈍《にぶ》く光る細長い眼《め》だけが異様に目立つ。

言葉と同時、灰色の石竜子《トカゲ》が闇夜に紛《まぎ》れて消失した。

「女二人の石像《せきぞう》。絵としては悪くない」

その言葉に心臓《しんぞう》が凍《こお》りつく。……まさか、あの石竜子《トカゲ》が。

「はっ、趣味《しゅみ》が悪いな！」

研究服をはためかせ、その女性《じょせい》が吠《ほ》えた。

一歩分だけ男から距離《きょり》を置き、足を振《ふ》り上げる。

月明かりの下――ミオは、世にも奇妙《きみょう》な光景を眼《め》にした。顔面目がけて飛びかかる灰色の石竜子《トカゲ》。それを、女性が踵落《かかとお》としの要領《ようりょう》で蹴落としたのだ。

「……なるほど、あのクラウスに見初《みそ》められるわけだ」

初めて、男の声に嘲笑《ちょうしょう》以外のものが混じった。

闇夜に半ば同化し、地面を滑《すべ》るように近づいてくる名詠生物。その移動《いどう》速度、飛びかかってくるタイミング、狙《ねら》ってくる部位。この闇夜の中、その全《すべ》てを見切っていなければ到《とう》底《てい》できない離《はな》れ業《わざ》。

「他の研究者を押しのけてお前が〈イ短調〉に選ばれた理由、この要素《ようそ》もありそうだな。いや、見くびっていた。認識《にんしき》を改めよう。大した体術だ、俺《おれ》の名詠生物を生身で墜《お》とした奴《やつ》を初めて見た」

「まぐれかもしれないぞ。試《ため》しに、次はお前が殴《なぐ》りかかってくるか？」

挑発《ちょうはつ》は、男に聞き流されただけだった。

「——確《たし》かに二度はできないな。そうだろう?」

緩慢《かんまん》な仕草で、男が女性の右足を指さす。

……そんなっ!

目の前、自分を庇《かば》うように立つ女性の足。一目見て、男の意図することがミオにも嫌《いや》でも伝わった。膝《ひざ》まで灰色に石化した、彼女の右足。灰色の石竜子《トカゲ》を蹴落とした時、彼女もまた一撃《いちげき》を受けていたということか。

「……なるほど、人が石化するという現象《げんしょう》がどうやって起きるのかと思っていたが」

自らの足をしげしげと眺《なが》め、動じた風もなく呟《つぶや》く女性。

——『Isa《灰の歌》』——

再《ふたた》び舞《ま》い上がる風に、右腕《みぎうで》があるはずの部分の袖《そで》がひらりと浮《う》き上がる。

男が左手しか使っていなかった理由——男は右腕が無かった。

本来右腕が覗くはずの右手の袖《そで》。それが、突然蠢《とつぜんうごめ》いた。灰色の表皮をした細長い生物が、右手の代わりであるかのように袖からぬめりと顔を出す。

「今度は蛇《へび》か。灰色名詠とやらは詠《よ》び出す対象の趣味が悪いな」

男の足下でうねる生物を睥睨《へいげい》したまま、サリナルヴァが目を細める。

「もう、こいつを防《ふせ》ぐ手段《しゅだん》は無いだろう」

自らの発言に絶対《ぜったい》の自信があるかのように、男が初めて自ら近づいてきた。そして、それはおそらく正しい。体術《たいじゅつ》には素人《しろうと》のミオでさえ、彼女が先のような動きができないのは容易《ようい》に想像《そうぞう》がつく。

……どうすればいいの？

今、自分は名詠に使えるような触媒《カタリスト》が無い。いや、あったとしてもこの事態《じたい》に対処《たいしょ》できる名詠なんて……

——制服《せいふく》の襟色《えりいろ》で生徒の専攻《せんこう》色を区別する、か。中々に有用な発想だな。

やおら、左手を背《せ》に回し、彼女が自分に何かを放ってきた。緑色のラベルが巻《ま》かれた塗《と》料《りょう》。初心者の自分にとって最も使い慣《な》れた触媒《カタリスト》でもある。……あたしに、これで何かを詠《よ》べということと？

——〈讃来歌《オラトリオ》〉を詠《うた》うくらいの時間は稼《かせ》いでやる。

で、でも何を詠べば。あたしにできる名詠なんて本当に限《かぎ》られてるのに。

「それにしても随分《ずいぶん》と凝《こ》った衣装《いしょう》だな」

大声で、わざと男の気を引くように女性が大げさな仕草で腕を組む。

——なに、初歩的なやつで構《かま》わんさ。

「なるほど。ゆったりとした服の内側で密《ひそ》かに名詠を行うことで、その際《さい》に名詠門《チャネル》から発する光を布《ぬの》の下に隠《かく》す。夜中の侵入《しんにゅう》には適《てき》した策《さく》だ。この闇夜だ、名詠の光はさぞ人目に立つことになるからな」

……そういうことか！

彼女の意図がようやく汲《く》み取れた。大事なのは名詠する中身ではなく、名詠の際に放たれる名詠光。

と同時に。全《すべ》ての疑問《ぎもん》の欠片《かけら》が一つになった。

〝話は後だ、私の後ろにいろ〟

彼女からの最初の指示《しじ》。その真の目的も、自分を庇《かば》うためではない。自らの身体《からだ》で背後《はいご》の名詠士《あたし》を隠すため。名詠士《あたし》が触媒《カタリスト》を携《たずさ》えて〈讃来歌《オラトリオ》〉を詠う――この一連の挙動を悟《さと》らせないためだったのだ。

この場面に至《いた》ることすら、彼女の予想の範疇《はんちゅう》だった。

「ご名答。理由はもう一つあるんだが、あいにくと手の内は隠しておく主義《しゅぎ》なんでな」

「今のうちに出さないと後悔《こうかい》するぞ？」

――急げ。

わずかに強まる彼女の口調。

それに応《こた》えるように、ミオは塗料を手に付着させた。

……落ち着け、あたしの動作は彼女の背中で隠れてる。気づかれないはずだ。

目を閉《と》じる。詠び出す対象は、とても初歩的なもの。落ち着いてやれば決して失敗するようなものじゃない。

Ze fisa sm rasuel feo fari turia peg veo《いくたえの森に木霊は歌う》

小さく、小さく抑《おさ》えた声で〈讃来歌《オラトリオ》〉を口ずさむ。

YeR be orator Lom nebbe《彼方（あなた）の名前を讃えます》
lor besti《眩しく》 *pede rass*《小さく》 *ende geti–l–memorie*《愛おしい》

「手の内をさらけ出す？　お前にはこの一体で十分だろう」

「その驕《おご》りが命取りになるぞ」

自分の〈讃来歌《オラトリオ》〉を隠すように、サリナルヴァが声を重ねる。

その芽生え、わたしを覆い、わたしと共に咲き踊れ
jes co O vefa Yem, O bloo - c - ecta
さあ　生まれ落ちた子よ
Isa da boema foton doremren
世界があなたを望むのならば
ife I she cooka Loo zo via

「さて、時間も惜《お》しいな」

感情《かんじょう》すら読み取れぬ乾《かわ》いた土塊《つちくれ》を思わせる声と共に、灰色《はいいろ》の蛇《へび》が自分たちに向かってくる。それとほぼ同時に、ミオは名詠の終詩を紡《つむ》ぎ終えた。

お願い、届《とど》いて……

詠ぶのはとても儚《はかな》いもの。だけど、信じてる。

自分の、最も信頼《しんらい》する友人。

——炎《ほのお》に包まれた競演会《コンクール》で一度だけ、自分はその真紅《しんく》の翼《つばさ》を垣間《かいま》見た。

あの真精《しんせい》が本物ならば……

彼方は貴方となれ　生まれ咲いて、慕う者
O evo Lears — Lor besti via-c-bloo = ende wne

lor besti pede rass ende
O bloo-o-ecta
ife I she cooka Loo zo via

両手から溢《あふ》れる、碧《みどり》色に輝《かがや》く光の粒子《りゅうし》。

「『Beorc《緑》』……光の名詠《めいえい》か？」

素顔《すがお》を隠すフードの下、男の視線《しせん》がサリナルヴァから自分へ。

溢れる光の粒子が連なり、一筋《ひとすじ》の光線へと収束《しゅうそく》。光の奔流《ほんりゅう》は漆黒《しっこく》の夜へと駆《か》け上がり、
儚い輝きを残して消えていく。

一瞬《いっしゅん》、おそらく数秒に過《す》ぎない閃光《せんこう》。

だが確《たし》かにその輝きは、詠《よ》び人の願う相手の下へと——

「それで終わりか」

男の、呆《あき》れたような呟《つぶや》き。

「何をしでかすと思えば、ただの光の名詠とは。しょせん、有象無象《うぞうむぞう》の類《たぐい》か」

……違《ちが》う。

「あたしは……あたしが呼《よ》んだのは光なんかじゃない」

女性《じょせい》の後ろ、ミオは無意識《むいしき》に応《こた》えていた。

きっと、きっと来てくれる。

「応援《おうえん》か？　仮《かり》にそうだとしても、俺とまともにやりあえる奴《やつ》がこの学園にいるのか？

よしんばいたとして、この場に即座《そくざ》に駆《か》けつけられる術を持つ奴など――」

いる。たった一人だけいるんだ。

……絶対《ぜったい》来てくれる。

競演会《コンクール》。あの時、夜色の少年の下へ駆けつけた時のように。

自分の大切な友人。真紅の翼を持った少女なら――


……今の光。

漆黒の帳《とばり》へと、クルーエルは振《ふ》り返った。

既《すで》に、頭上は普段《ふだん》の暗さへと戻《もど》っている。だけど、あれは決して見間違えなんかじゃない。今、碧色に輝く光が上空へと昇《のぼ》っていった。

光の方角は二年生校舎《こうしゃ》。

既視《きし》感にも似《に》た懐《なつ》かしさ。……あの光、わたし見たことある。

今までずっとずっと一緒《いっしょ》にいた子。一緒に勉強して、遊んで、沢山《たくさん》の時間を共に過ごしてきた友人。その子が詠び出す名詠の、あの一瞬の輝き。儚い光。けれど、とても強い想《おも》いの込《こ》められた光。

上空へと昇っていった煌《きら》めきは、その輝きに酷似《こくじ》していた。

「……ミオ？」

自分を探《さが》しに行くと言い残し、未《いま》だ戻らない友人。

——わたし、呼ばれてるの？

潤《うるお》いに満ちた雨が、乾いた土壌《どじょう》へ浸透《しんとう》するように。

わたし、きっと呼ばれてる。

とめどなく、途切《とぎ》れることなく、その想いが胸《むね》の隅々《すみずみ》までをも満たしていく。

〝それを望む望まないにかかわらず、それができる奴がみんなを守ってやらなきゃいけないんだ〟

守ってあげる。それができる確固《かっこ》たる自信はない。

自分だっていつも挫《くじ》けて落ち込んで、下を向いてばっかりの人間だ。みんなに守ってもらって、助けてもらって、それがあるから、今こうしてここにいられる。

……そう。だからこそ、自分がしてもらっているように、わたしだって、誰《だれ》かの力になってあげたい。わたしにできることがあるのなら——わたしは——

「……行かないと」

わたし、ミオのところに行かないと。

「あたしは……信じてるもん」

「戯《ざ》れ言《ごと》だな」

汚物《おぶつ》でも見たかのような言い方で男が吐《は》き捨《す》てる。

「信用、都合のよい言葉だな。裏切《うらぎ》り、失望、期待外れ。そう言った言葉全《すべ》てが、その『信じる』という一方的な依存《いぞん》から生まれることになぜ気づかない？　それとも本当は気づいていて、それに目を瞑《つむ》っているだけか？」

違う、違う。

「あたしは……自分じゃ何もできないし迷《まよ》いっぱなし。だけど、そんな失望とか期待はずれとか、そんなのに迷ったことないもん」

信じるから失望するだとか、信じるから裏切られるとか。それはそもそも本当に信じたうちに入らない。信じるっていうのは、もっと別の次元にあるはずなんだ。

「……あたし、クルルを信じてる。でももし万一間に合わなくたって、それでクルルに失望したとか期待外れだとかそんなことは絶対言わないもん」

「──時間の無駄《むだ》だな」

灰色《はいいろ》の大蛇《だいじゃ》が鎌首《かまくび》をもたげた。一瞬《いっしゅん》身を縮《ちぢ》め、その反動で飛びかかってくる。自分も目の前の女性《じょせい》も、共に躱《かわ》せるような状況《じょうきょう》じゃない。

眼前《がんぜん》にまで迫《せま》った牙《きば》。

反射《はんしゃ》的に思わず目を瞑る。――瞑ろうとした直前。

突然《とつぜん》に、その大蛇の頭上へと真紅《しんく》の羽毛《うもう》が舞《ま》い降《ふ》った。羽毛が蛇の鱗《うろこ》に触《ふ》れた途端《とたん》、その羽根が炎《ほのお》へと姿《すがた》を変えて大蛇を焦《こ》がす。

灰色の煙《けむり》を立ち上らせた名詠生物が、のたうち回りながら強制送還《きょうせいそうかん》されていく。

「……この羽根は？」

頭上を見上げた男が、その姿勢《しせい》のまま凍《こお》りつく。

昏《くら》い夜色の画布《キャンバス》。そこに、悠然《ゆうぜん》と翼《つばさ》を広げる赤の真精《しんせい》がいたからだ。星の瞬《また》きよりもなお燦々《さんさん》と紅《あか》く輝《かがや》く翼。

「赤の真精？　まさかこいつは！」

「――動かないで」

凜《りん》とした声が男に向けて告げられる。

「わたし、こういう場面慣《な》れてないの。小さい炎を詠《よ》び出そうとしても、勢《いきお》い余《あま》ってすごい猛火《もうか》になっちゃうかもしれない。軽い火傷《やけど》じゃ済《す》まないわよ」

その声は自分の後ろから。だが、ミオは振《ふ》り向かなかった。

――自分の信じた友人の声だったから。

「……クルル？」

緋色《ひいろ》の髪《かみ》をなびかせ、その友人が無言で隣《となり》に立ち並《なら》ぶ。

「これが、あの幻《まぼろし》とも名高い黎明の神鳥《フェニックス》か。初めて見たよ、美しい真精だな」

ゆっくりと、男が視線《しせん》をクルーエルへと向けていく。

「この夜に、眩《まばゆ》いほどに赤光《しゃっこう》を放ち華麗《かれい》に飛翔《ひしょう》する神鳥。実に美しい真精だ。正直、羨《うらや》ましいほどだ」

その声に、ミオは全身が怖気《おぞけ》だった。

頭上に真精、地上にはそれを詠び出した名詠士。それを目の前にしてなお、この男の声《こわ》音《ね》からは余裕《よゆう》が消えていないのだ。

「お前が詠んだのか？　まだ学生のように見えるんだが」

「動かないでって言ってるでしょ」

「ははっ、実に初々《ういうい》しい反応《はんのう》だ。そうだな――真精を先に詠び出されているこの状況。実力が拮抗《きっこう》しているなら、ここで勝負は決している」

大仰《おおぎょう》な仕草で男が頭を振る。

「だが悲しいかな。俺《おれ》とお前とでは、この状況でなお俺の優勢《ゆうせい》は変わらない」

「では、二対一ならどうだ？」

そう告げたのは、今まで沈黙《ちんもく》を保《たも》っていた〈イ短調〉だった。

「まったく、私はお前が来るのを期待してたんだがな。遅《おそ》いじゃないか、祓戈の到極者《ジルシュヴェッサー》」

「？　ジルシュヴェッ――」

男が言い終えるその前に、その背中に鋭利《えいり》な刃《は》が触《ふ》れた。

「動くな、と言われただろ？　あたしはクルーエルほど優《やさ》しくない。病院送りになりたくなければじっとしてろ」

男の背後《はいご》に立つ、長大な鎗《やり》を構《かま》えた少女。その姿にミオは目を見開いた。普段《ふだん》、教室で一緒《いっしょ》に馬鹿騒《ばかさわ》ぎしているクラスメイトだったからだ。……うそ。エイダ？

なんでエイダがここに？　ていうか、ジルシュヴェッサーって？

「エイダ・ユン・ジルシュヴェッサー、クラウスの一人娘《ひとりむすめ》か。……気配の殺し方といい、その怪物《かいぶつ》度合いは親に負けず劣《おと》らずだな」

エイダの表情《ひょうじょう》が一瞬歪《ゆが》む。

この男が、背後の彼女の顔を見ることなく声だけでその正体を看破《かんぱ》したからだ。

「……お前、何者だ」

「ただの強欲《ごうよく》者だよ。名詠士《めいえいし》の資格《しかく》すら持っていない、名も無き敗者《はいじゃ》だ」

刹那《せつな》。男の、天を突《つ》くような嗤《わら》い声が周囲に響《ひび》き渡《わた》った。

「……ふは、はははははっ！　なるほど、これがヨシュアの言う『流れ』という奴《やつ》か。あいつの妄想《もうそう》じみた思想もまんざら嘘《うそ》でも無かったらしい。幻とも言われる黎明の神鳥《フェニックス》を従える生徒に、史上最年少の祓戈《ジルシュヴェッサー》の到極者。それが一つの学園に、そしてこの夜に集《つど》うという、この異常《いじよう》！　実に愉快《ゆかい》だ！」

途端《とたん》。目の前の世界が一瞬にして灰色《はいいろ》に染《そ》まった。これは、灰？

視界がまるで零《ゼロ》になる。周囲一帯を灰色の粉塵《ふんじん》が埋《う》め尽《つ》くしたのだ。それもただの灰じゃない。まぶたに粘《ねば》り着くと同時に、目を激《はげ》しく痛《いた》めつける灰燼《かいじん》。

「貴様《きさま》っ！」

どこかでエイダの怒声《どせい》。

一方で、男の嗤い声だけが残響《ざんきよう》のように聞こえてくる。

「不確定《イレギュラー》は時に不確定《イレギュラー》を呼《よ》びよせる。この学園にはお前たち二人だけなのか？　それともまだ俺の知らぬ場所に、不確定《おまえたち》をも呼びよせた真の異端因子《いたんいんし》が存在《そんざい》するのか？　……お前たちの顔は覚えておこう。なあ？」

男の声が徐々《じよじよ》に遠ざかっていく。

霧《きり》にも似《に》た灰色の粉塵が晴れた後、男の姿《すがた》は跡形《あとかた》もなく消失していた。

——助かったの？

そう思った途端、ミオは膝《ひざ》の力が抜《ぬ》けていった。

……今の奴が、あの研究所を襲《おそ》った犯人《はんにん》？

つい直前まで男が立っていた空間を見据《みす》え、クルーエルは肺《はい》の中の澱《よど》んだ空気を押《お》し出した。緊張《きんちょう》のあまり、今まで呼吸《こきゅう》すらままならなかったからだ。

確《かく》たる証拠《しょうこ》は無い。だがあの男の発する言動、狂気《きょうき》じみた雰囲気《ふんいき》。全《すべ》てが、この一連の事件《じけん》はあの男の仕業《しわざ》だと告げてくる。

……それにしても、わたしが不確定《イレギュラー》ってどういうことだろう。

それに、最後のあの言葉。

〝不確定《おまえたち》をも呼びよせた真の異端因子がこの学園に存在するのか――〟

が、その思考もまとまらぬうちに。

ふらりと、隣に立っていた友人がくずおれた。

「……ミオ？」

地面に倒《たお》れる寸前《すんぜん》に、あわやというところでその身を抱《だ》きかかえる。

「平気!? あいつに何かされたの!?」

「……ク、ルル」

ふらふらと朦朧《もうろう》とした声で、だがそれでもかろうじて、友人はぎゅっと自分にしがみついてきた。

「……怖《こわ》かっ……た………本当に、怖かったの」

自分に抱きついて離《はな》れない、その華奢《きゃしゃ》な身体《からだ》がふるえていた。

下を向いたままうつむくミオ。掠《かす》れた声音《こわね》に湿《しめ》ったものが混《ま》じる。

——無理もないよ。

あんな不気味な男と向かい合っていたのだ。先の碧《みどり》の光を名詠したのもミオだとすれば、その時の緊張は想像《そうぞう》を絶《ぜっ》するものだったに違《ちが》いない。

痛いほどに強く手を握《にぎ》ってくる友人。血の気を失い、真っ青になっている指先。その手に、クルーエルは自分の手を重ねた。

「ごめんね、怖かったんだよね」

——もうだいじょうぶ。

わたしが一緒にいるから。もう、こんな怖い思いはさせないから。

「……うん」

こくりと頷《うなず》く友人。

「……ねえ、クルル」

「なに？」

一瞬《いっしゅん》、間を空けて。

「あたし、信じてた……来てくれたんだね……ありがとう」

——何言ってんの、ばか。

「来るに決まってるじゃない、友達でしょ」

そして——

クルーエルたちにとってのその夜は、ようやくにして終わりを告げた。

間奏　『小さな夜が歌う夜　——*Neight Yehlemihas*——』

吹雪《ふぶき》のように吹《ふ》き荒《あ》れていた風も、次第《しだい》に普段《ふだん》の静《しず》まりへと還《かえ》っていっていた。

頭上を漂《ただよ》う雲は風に流され、空は星の瞬《またた》きで満ちていた。

人も動物も、花も草も虫も眠《ねむ》る刻《とき》。

だからこそ静かな夜だった。

トレミア・アカデミー、男子寮《りょう》。玄関《げんかん》ロビーを抜《ぬ》けだし、乾《かわ》いた土と雑草《ざっそう》が続く広場に出る。広場の端《はし》には、もはや誰も座《すわ》ることもないであろう古ぼけたベンチがあった。

苔《こけ》むした木製《もくせい》の椅子《いす》。もしかしたら、これはトレミア・アカデミーの前身であるエルファンド名詠専修《めいえいせんしゅう》学校からの物なのかもしれない。今は男子寮の敷地《しきち》だが、十数年前はどうだったのだろう。

「……母さんとカインツさんは、ここに座ったことある？」

誰もいない場所で、ネイトはそっと吐息《といき》を零《こぼ》した。

返事などあるわけもない。

ただそれでも時として、言葉を言葉として口ずさみたい気分になる。

そう。言葉を言葉として。

詠《うた》を、詠として。

昏黎の帳　舞い降りる

cart lef dimi-l-shadi denca-c-dowa

ふわりと、秘《ひそ》やかな旋律《せんりつ》を伴《ともな》って、その言葉が静かに周囲へと展開《てんかい》していく。

彼方（あなた）の名前を讃えます

YeR be orator Lom nehhe

暗く雄々しく憫（いたわ）しい

lor besti bluci ende branousi-l-symphoeki

主の片翼（かりそめの主）

O she saira gersonie Laspha——

母から教わった〈讃来歌《オラトリオ》〉。その終詩は、ひどく短いものだった。

――Arma《アーマ》

言葉にした名前の主が来ることはない。

最初から、自分は触媒《カタリスト》すら携《たずさ》えていなかったのだから。

〝なぜ夜色なんだ？〟

繰《く》り返される疑問《ぎもん》。

だけど今この場でこの夜空を眺《なが》めて、その理由が少しだけ分かった気がした。

「……ねえ、母さん」

夜空に向かって、告げる。

「母さんが教えてくれたアーマの〈讃来歌《オラトリオ》〉、あったよね」

ようやく分かった。

「あの〈讃来歌《オラトリオ》〉は、最初から不完全だったんだね」

幾度《いくど》も幾度も試み、そして悉《ことごと》く失敗した名詠。

成功する予感がまるでしない、奇妙《きみょう》な違和《いわ》感のある名詠《めいえい》。

〝名詠式の常道《じょうどう》に添《そ》うならば、既存《きそん》の白に対し黒色が妥当《だとう》。なのに、なぜ黒ではなく夜色という名を冠《かん》しているんだ〟

その疑問に対し必ず自ら答を出すと決めた時、ようやく分かった。

母が何を意図して、夜色名詠式という名を冠したのか。──その根本的な要素《ようそ》に疑問を持つならば、そもそもその〈讃来歌《オラトリオ》〉にも疑《うたが》いの目を向けるのが当然。

アーマが目の前にいるのに──すなわちアーマを既《すで》に名詠した状態《じょうたい》で、なおアーマの〈讃来歌《オラトリオ》〉を母が教えてくれた理由は何か。それが母からの、暗黙《あんもく》の内の手掛《てが》かりだったのだろう。もっと早く気づくことは、可能《かのう》だったはずなのに。

「……ごめんなさい。本当は、もっと早く気づいていたら良かったのに」

悲しいわけじゃない。なのに、まぶたを閉《と》じなければ涙《なみだ》が溢《あふ》れてしまいそうで。

「……僕《ぼく》今まで、自分で〈讃来歌《オラトリオ》〉を作ったことがなかったから」

母から教わった詠を疑いなく口ずさむだけ。

いつまで経《た》っても、それではアーマは認《みと》めてくれない。母はそれを知っていた。だからこそ意図的に、自分に教えたアーマの〈讃来歌《オラトリオ》〉は不完全なものだった。

──いつか僕が自分で、自分の詠を見つけるために。

微風《びふう》が黒髪《くろかみ》をゆらす。足下《あしもと》の土を手の指先で削《けず》り、自分の肩《かた》の高さまで持ち上げる。

……この風は、一体どこまで行くんだろう。

一つまみの土。指先から零《こぼ》れたそれは風に攫《さら》われ、夜空の漆黒《しっこく》に混《ま》ざるように流れていった。

どこまでもどこまでも、世界の果てまで吹《ふ》き届《とど》く夜の風。

どこまでもどこまでも、頭上を覆《おお》う夜色の天球。

母さんと約束した人に、僕が夜色名詠を見せてあげる――それが始まりだった。

叶《かな》えられた旧《ふる》い約束。

ならば、僕はこれからどうすればいいんだろう。

旧約《きゅうやく》を越《こ》え、さらにその先にあるものは。

「……アーマ、見ててね」

僕、きっと――

母から学んだものではない、自分が紡《つむ》ぐ詠。まだまだ朧気《おぼろげ》だけど、でも決して難《むずか》しいことじゃないと思う。ただ素直《すなお》に、心に浮《う》かんだことを形にすればいい。

「でも今は、もう一つ決めてることがあるんだ」

自分の詠。でも、それだけじゃいけない。それだけだと、半分。

〃だいじょうぶ。わたしも一緒《いっしょ》にいてあげる。一緒に詠《よ》んであげるよ〃

「僕も、クルーエルさんと一緒にいたいから」

一緒に勉強したり、話したり、遊んだり。そしていつか――

いつか、その詠を彼女に聴《き》いてもらいたい。

ううん、いつか……


今はまだ、何もできない僕だけど。

いつか、一緒に詠ってくれますか。


「風、冷たいや」

首筋《くびすじ》を冷やす風に、ネイトは身をふるわせた。

……風邪《かぜ》ひいたら、またクルーエルさんに心配かけちゃうかな。

ふと、そんな気がした。

だから僕も、もう寝《ね》よう。

「おやすみなさいアーマ、母さん」

頭上を見上げ、小さな声で口ずさむ。

――おやすみなさい、クルーエルさん。

そして、ネイトにとってのその夜も、静かに終わりを告げた。

四奏『痛《いた》み・熱・疼《うず》き——声』

1

　夜の帳《とばり》が徐々《じょじょ》に薄《うす》れ、夕陽《ゆうひ》にも似《に》た茜色《あかねいろ》の朝焼けが地平線に広がっていく。

　万人の頭上、夜明けは公平に訪《おとず》れる。そして、それがこれだけ待ち遠しいと思える日がくるとは思わなかった。

「……夜、明けてきたんだ」

　カーテンからこぼれる白光。その眩《まぶ》しさにクルーエルは目を細めた。

　……長かった。夜がこれだけ長いと感じたのは、夜の闇《やみ》にこれだけ圧迫《あっぱく》感を感じたのは、紛《まぎ》れもなく今日が初めてだった。——いつどこから、あの男がまた襲《おそ》ってこないか。その緊張《きんちょう》に、何度部屋の施錠《せじょう》を確認《かくにん》したことだろう。

　トレミア・アカデミー総務《そうむ》棟《とう》、教師控《きょうしひか》え室。

　あの男が立ち去った後。尾行《びこう》されることを危険視《きけんし》したサリナルヴァの提案《ていあん》により、クルーエルとミオはこの場所で一晩《ひとばん》を過ごすことになった。

ベッドなどという気の利《き》いた調度品は無い。ソファーに座《すわ》るかテーブルに寝《ね》そべるかの二択《たく》。が、実際《じっさい》クルーエルに残された選択肢《せんたくし》は後者だけだった。ソファーは、自分の友人のために空けておかねばならなかったから。

「ミオ、部屋のカーテン開けていい？」

「……うん。お願い」

ソファーにもたれかかるように、力ない様でミオが頷《うなず》く。

その膝元《ひざもと》に、ホットミルクが入っていたはずのティーカップ。中身がなくなってもなお、ミオはそのカップをぎゅっと握《にぎ》りしめていた。

カーテンを開けた途端《とたん》、さっとさしこむ強い陽射《ひざ》し。

――ふぅ。

ここ数時間で、初めて呼吸《こきゅう》らしい息づかいがミオから聞こえた。

「二人とも。気持ちは分かるけど、もう少し休んでいた方がいいわよ」

椅子《いす》に座っていた教師が、読みかけの本を閉《と》じて言ってきた。

エンネ教師。最上級生の『*Arzus*《白》』を担当《たんとう》する教師だ。昨晩個人《こじん》的な都合で情報《じょうほう》処理室に泊《と》まっていたらしく、それならばと、一晩自分たちの保護《ほご》を買って出てくれた。

「ううん、いいんです。あたし……今寝ると、すごく怖《こわ》い夢《ゆめ》を見ちゃいそうだから」

ひっそりと、泣き笑いのような表情でミオが呟《つぶや》く。

昨日の今日だ。昨晩の恐怖《きょうふ》が癒《い》えるには短すぎる。実際、昨夜の出来事からまだ数時間しか経《た》っていないのだから。

「……そう、ね」

それを悟《さと》ったのか、エンネ教師が小さく頷く。

「それじゃあ、せめて何か口にした方がいいわ。宿直の当番の先生が置いていったクッキーがあったと思うから。あとは、紅茶《こうちゃ》くらいは淹《い》れるわね」

「あ、手伝います」

反射的にクルーエルも椅子から立ち上がる。

すると、その教師はにこやかな表情で首を横に振ってきた。

「ありがとう、でも平気よ。これくらいしか、してあげられることもなさそうだから」

反論《はんろん》も思いつかず、クルーエルは渋々《しぶしぶ》と引き返した。

……わたしだって、他《ほか》にできそうなことって思いつかないのに。

溜息《ためいき》一つ、テーブル脇《わき》の椅子に腰掛ける。と、時同じくして。

コツッ。廊下《ろうか》を誰《だれ》かが伝う音。

——誰？

その足音が、教師控え室のすぐ前で止まる。

ビクッと身体《からだ》をふるわせるミオ。テーブルから立ち上がり、クルーエルは足早に彼女の隣《となり》に寄《よ》り添《そ》った。……まさか、昨日の男。

扉《とびら》を睨《にら》みつけるように見つめ、一秒、二秒。

「クルーエル、ミオ。いる？」

ノックと共に、聞き慣《な》れた女性の声が伝わってきた。

「……ケイト先生？」

ぽかんと、ソファーに腰掛けたまま口を開けるミオ。

合い鍵《かぎ》を持っていたのか、乾《かわ》いた金属《きんぞく》音を伴った解錠音《かいじょうおん》が響《ひび》く。扉が開き、自分たちの担任教師が息を荒《あら》げながら入ってきた。

「二人とも無事だったのね？　……ほんとに心配したんだから」

息を切らせながらも安堵《あんど》の表情を浮《う》かべる教師。

「……すいません、わたしが夜に外出したのが原因《げんいん》です」

苦虫を噛《か》みつぶしたような表情で、クルーエルは頭《こうべ》を垂《た》れた。

わたしがもっと思慮《しりょ》深ければ。自分が外出しなければ。いや、たとえ外出したとしても、部屋に残ることをミオに強く念押《ねんお》ししてておけばこんなことはならなかったはずなのに。

「ち、違《ちが》うよ！　あたしが勝手に外出たからだよ、クルルのせいじゃ――」

「ううん、ミオ。これはわたしが――」

「……二人とも本当に仲が良いのね」

自分とミオの間に挟《はさ》まる形で担任教師《たんにんきょうし》が入ってきた。

「反省は後。もちろんそれも必要だけど、今することじゃないでしょ？」

……まあ、それは確《たし》かにそうだけれど。

自分たちに背《せ》を向け、ケイト教師はもう一人の教師の方へと歩いていった。

「エンネ先生、申し訳《わけ》ありません。わたしの生徒が――」

白のスーツを着たエンネ教師に、ケイト教師が深々と頭を下げる。

「ううん。そんなことより、こんな朝早く？」

「先ほどミラー教師から、自宅《じたく》に緊急連絡《きんきゅうれんらく》が入りまして」

よほど急いで来てくれたのだろう。普段《ふだん》の若葉《わかば》色のスーツではなく、その服装《ふくそう》は普段着《カジュアル》に近い。おそらくはそれが、連絡を受けた時点で一番手元にあった服装だったのだ。

「……先生。あたし、ケイト先生の私《し》服《ふく》姿初めて見た。先生が薄紅《ピンク》色のシャツを着ると、なんか可愛《かわい》いらしいね」

同じ事を考えていたのか、ミオがその服装をぼうっと眺める。

「ミオ、恥《は》ずかしいから他の生徒には他言無用よ。……まあでも、それくらい言えるなら一安心だけど」

苦笑隠《くしょうかく》しに腕《うで》を組み、ケイト教師が呆《あき》れ混《ま》じりに首を振《ふ》る。

「それでケイト、ミラーは何て言ってた？」

「いえ、一連の犯人《はんにん》と思《おぼ》しき人物にうちの生徒が襲《おそ》われたとしか」

「……つまり一晩《ばん》明けてなお、あいつも人物特定ができていないということね」

カップに紅茶を注ぐ手を止め、エンネ教師が眉《まゆ》をひそめる。

――人物特定。

〝ただの強欲者《ごうよくもの》だよ。名詠士《めいえいし》の資格《しかく》すら持っていない、名も無き敗者《はいじゃ》だ〟

逃走《とうそう》する直前、男が残したあの台詞《せりふ》。あれは、どういうことだろう。

エンネ教師から受け取ったティーカップ。揺《ゆ》れる波紋《はもん》を眺《なが》めたまま、クルーエルは胸《むね》の内でその疑念《ぎねん》を反芻《はんすう》した。

敗者、あの男が敗者？　あれだけ凶悪《きょうあく》な力を持っているのに？

むしろその台詞を口にした時の男の表情は、狂気《きょうき》じみた笑《え》みに満ちていた。自分が敗者であることを、むしろ嬉々《きき》として受け入れていたような。

「クルーエル、ミオ。八時になったらちょっと移動《いどう》するわよ」

時計と自分たちを交互《こうご》に眺め、ケイト教師が椅子《いす》に腰掛《こしか》ける。

「どこにですか」

「総務《そうむ》棟《とう》の二階、大会議室。サリナルヴァさんが伝えたいことがあるんだって」


「……役立たずぅ」

ぼそりと、聞こえよがしに呟《つぶや》く。

先を歩く相手の歩調に動揺《どうよう》は無い。

「役立たずー」

一度目より声を強め、エイダは相手の背中に向けて言い放った。

「はは、まあそう言うな」

「まったく、犯人を捕《つか》まえるどころか、逆《ぎゃく》にか弱い女子生徒に助けてもらうだなんて。それじゃあ〈イ短調〉の名が泣いちゃうよ」

「事実だから言い返しようがないな」

――つまんない反応《はんのう》。

「で、実際《じっさい》はどうだったのさ」

「ん？」

研究服をひるがえし、サリナルヴァが顔をこちらに向けてくる。

「あたしは、あたしが駆《か》けつける前の状況《じょうきょう》知らないもん。だから尚更《なおさら》分かんない。数メートルの距離《きょり》まで近づいてたんだろ。相手が何かを名詠する前に、サリナなら余裕《よゆう》で対応できると思ったんだけど」

名詠ができるわけではない。祓名民《ジルシエ》のように反唱《はんしょう》を習得しているわけではない。だがそれでも、この研究者は下手な名詠士よりよほど強い。少なくともエイダはそう信じている。彼女に喧嘩《けんか》を売った名詠士が、何度となく地べたにひれ伏《ふ》す姿《すがた》を目にしているからだ。

「お前やクラウスと一緒《いっしょ》にするな」

そう告げる彼女の声に苦笑が混じる。

「しかし、まあ……あの状況に限《かぎ》って言えば、不可能《ふかのう》ではなかったかもしれないが」

出される前に潰《つぶ》す——相手の名詠の前に、鉄製《てっせい》の靴《くつ》で問答無用に相手を蹴《け》りつける。誰もが耳を疑《うたが》う単純《たんじゅん》な戦法だが、だからこそ、相手もまさかそのようなことをするとは予想していない。結果として、初見の相手ならほぼ確実《かくじつ》に奇襲《きしゅう》が決まる。そして、その奇襲の一撃《いちげき》で相手を地に伏せさせるだけの体術《たいじゅつ》を持つ。

研究所の職員《しょくいん》には絶対《ぜったい》に見せない、一握《ひとにぎ》りの者だけが知る、彼女の秘《ひ》められた技術《スキル》だ。

「じゃあ、どうしてさ」

「初撃を外したからな」

感慨《かんがい》なく、研究のレポートを読み上げるような口調で彼女が続ける。

「私が想定していた以上に相手は場数を踏《ふ》んでいた。相手を嘲《あざけ》るような口調と裏腹《うらはら》に慢心《まんしん》がない。……初撃がかすめた時に追撃していれば、それでもあるいは、仕留《しと》められたかもしれない。だが土壇場《どたんば》で迷《まよ》った」

迷う。この研究者には到底似《とうていに》つかわしくない単語だ。

「私より先に男と遭遇《そうぐう》していた女子生徒。ミオと言ったか。あの子のすぐ傍《そば》まで灰色《はいいろ》名詠の生物が迫《せま》っていた。もし私があそこで男を追撃していたら、あの子はその間に石像《せきぞう》になっていただろうな」

……そうだったんだ。

「治療《ちりょう》を受ければ命に問題はない。そう分かっていてもなお、やはり……むぅ……なんと言えばいいのかな……うん、女の子にそれはショックだろうなぁと」

うんうんと、自身を納得《なっとく》させるように彼女が腕を組む。

「で、ミオの近くにいた名詠生物を牽制《けんせい》する方を選んだと」

「うむ」

「まあ、そのおかげで事が厄介《やっかい》になったわけだけど――」

一度言葉を区切《くぎ》る。

そして、エイダはにこりと微笑《ほほえ》んだ。

「でも、ミオがそれを聞けば喜ぶだろうね」

「そうか？」

「正直言えば、あたしも嬉《うれ》しい。クラスメイトを守ってくれて」

「本人には言うなよ」

照れたように顔を背《そむ》ける研究者。普段豪放《ふだんごうほう》な割《わり》に、こういう時の彼女はやけに純真《じゅんしん》なのだ。もう少しからかってやろうかとも思ったが、正面に見えてきた建物を視界《しかい》に捉《とら》えエイダは足を止めた。

男子寮玄関《りょうげんかん》。

「どうした暴走娘《ぼうそうむすめ》。気分でも悪いのか」

横に並《なら》び立つ彼女が怪訝《けげん》そうに見下ろしてくる。

「いや……だってここ男子しかいないんだよ。汗臭《あせくさ》そうというか、なんかこうむわぁっとしてそうなイメージがあるじゃん」

「何を今更《いまさら》。問題ない、お前も似たり寄っ――こら、祓戈《ジル》の先で突《つ》つくな」

「……失礼なおばはん」

「どっちが失礼だ。私はまだそんな歳《とし》じゃないぞ。いいか、一桁目《ひとけため》を切り捨《す》てれば――」

言い終える前に、エイダは肘先《ひじさき》で隣の研究者を小突《こづ》いた。

「ほら、男子寮《りょう》に入るとき女性《ウチら》は名簿《めいぼ》に名前を記入するんだってさ。代表者はそっちの名前で書いておいてね。あたしの名前書くと、あとでクラスの男子から何言われるか分からないんだから」

「そう言えば、あの子の名前は何と言ったっけ」

「……やっぱあたしが書くよ。あの名前は綴《つづ》りがややこしいんだ」

サリナルヴァからペンを奪《うば》い取り、エイダはその名を書き殴《なぐ》った。

――*Neight*《ネイト》 *Yehlemihas*《イエレミーアス》

普段と変わらぬ時間に起き、普段と変わらぬ朝食を作る。

……でも、これから何をすればいいんだろう。

部屋の隅《すみ》に置かれた鞄《かばん》を見つめ、ネイトはその場にぼんやりと立ちつくした。

本当なら、今頃《いまごろ》学校へ行く準備《じゅんび》をする時間。しかし問題の校舎区域《こうしゃくいき》は閉鎖《へいさ》中。であると同時に、寮内の生徒は外出を固く禁《きん》じられている。

さして意識《いしき》しないまま鞄から教科書を取り出し、ぱらぱらと頁《ページ》をめくっていく。思えば、こんなにきちんと名詠の本を読むのはこの学校に来てからだ。

それまで母から教わった名詠式の知識《ちしき》は非常《ひじょう》にむらがあるものだった。いや、気まぐれと言った方が適切《てきせつ》かもしれない。最上級生でも知らないような細かい事柄《ことがら》を教わったかと思ったら、教科書の一番最初に載《の》っているような基本事項《きほんじこう》を飛ばしたり。

「──でも、ずっと部屋で本読んでるのもなぁ」

今一つ熱が入らず、眠気《ねむけ》の残る目をこする。

ふと、玄関の扉《とびら》がノックされた。

続けざまに一度、二度、三度。こんな時間に誰だろう。

「おーい、ちび君いるかぁ」

明るいボーイッシュな声。それは自分の良く知る、クラスの女子の一人だった。あれ、でもここ男子寮なのに。それに、こんな朝早く？

「エイダさん、どうしたんですか」

「お、いたいた」

扉を開ける。案の定、日焼けした少女が扉の隙間《すきま》からひょっこりと顔を覗《のぞ》かせた。

「やあ少年、最近よく会うな」

そのすぐ後ろに、研究服姿の女性。

サリナルヴァさんまで？

「いやぁ安心したよ。ちび君はちゃんと自分の部屋にいたんだね」

胸の前で腕を組みエイダが苦笑。

どういうことだろう、自分の部屋にいるだけで褒《ほ》められるなんて。

「昨日の夜、むやみに外に出回ったりしてないで良い子だね、ってこと」

……昨日の夜？　外に出回ったりしてないで良い子？

ぎくりと、ネイトは一歩後ずさった。

「……な、何のことですか。ぼ、僕《ぼく》、こっそり男子寮脇《わき》の広場に出てなんかいませんよ。

ほ、ほら！　昨日は風が強かったなんて知りません！」

「――ちび君、キミもか」

呆《あき》れ気味にエイダが肩《かた》を落とす。

「やっぱ二人揃《そろ》ってそっくりだ。お姉《クル》さん役《ーエル》とこんな部分まで一緒《いっしょ》とは思わなかった」

……ん、えっと。

昨日の夜に何かがあったのかな。

「クルーエルさんがどうかしたんですか？」

「それは道中話そう。ひとまず外出の用意をしてくれ」

その疑問《ぎもん》に応《こた》えたのは少女ではなく、その背後《はいご》の研究者だった。

「外出、の用意ですか」

「ああ。と言っても、目的地は総務《そうむ》棟《とう》の大会議室だ。気を張る必要はない」

それにしても、なぜ僕が。

「少年、率直《そっちょく》に言おう」

腕組みしたまま、研究者が人差し指を頭上へと向ける。

「『異端因子《いたんいんし》』。そう聞いて、心当たりはないか」

2

通路に、複数人《ふくすう》の足音が響《ひび》き渡《わた》る。

……どうしてだろう。

通路の脇、前方を見回し、クルーエルは人知れず呟《つぶや》いた。

今通路を歩いているのは計四人。前方後方にそれぞれケイト、エンネ教師《きょうし》。その間に挟《はさ》まれる形で自分とミオ。

通路にこだまする四人分の足音。そして四人分の人影《ひとかげ》。

しかしそれだけなのだ。早朝とは言え、不自然なほど人の姿《すがた》が見あたらない。教師も用《よう》務《む》員《いん》もいないなんて。

「仮《かり》にも学園の全閉鎖《へいさ》だからよ」

見《み》透《す》かしたように、背中にエンネ教師の声が伝わってきた。

「今、用務員は生徒同様に一斉《いっせい》避《ひ》難《なん》の指示《しじ》を受けている。教師は三分の一が学園外でそれぞれの任にあたってる。残りの三分の二が交代制《せい》で随時《ずいじ》学園内の見張り。……と言ってもこの学園の広さからすれば、各要点区《く》域《いき》に的を絞《しぼ》って配置するのが精一杯《せいいっぱい》なの」

薄《うす》く広くではなく、局地的な重要箇所《かしょ》を厚《あつ》く。

……そっか、だから昨日は先生たちが一人も応援《おうえん》に来なかったのか。

昨夜、あの男と出会ったのは一年生校舎《こうしゃ》と二年生校舎をつなぐ歩道だった。しかし一方、その当時の教師たちは各校舎の重要箇所を見張っていた。

局所的に張られた網《あみ》。けれど、犯人はそれを読んでいた。だからこそ――

〝今、先生とは別にあたしも学校内を見て回ってる〟

エイダがなぜ学園の警戒《けいかい》に参加するか、その理由がようやく理解《りかい》できた。足りない人材による苦肉の策の、不完全な守備《しゅび》。経験《けいけん》上、こういった事実を彼女は予測《よそく》していたからだ。

そして、同じ結論《けつろん》に辿《たど》り着いた人間がもう一人だけいた。

〝散歩だよ。まずはこの学園の位置取りを把握《はあく》しないとな。昨晩は正門近くの芝生で網を張っていたが、さすがにあそこは犯人《はんにん》からも目立つ。もっと効率《こうりつ》的な場所を探《さが》す必要があるらしい〟

〈イ短調〉という集団《しゅうだん》の、その女性《じょせい》研究者。

だからこそ、ミオが襲《おそ》われた時にこの二人は駆《か》けつけられた。

……なんて大きな差だろう。

自分の周りの大切な人たちを守りたい。がむしゃらにわたしが動いている中で、冷静に事態《じたい》を見極《みきわ》める人間が確《たし》かにいる。

「クルル、どうかした？」

隣《となり》を歩くミオが覗《のぞ》きこんでくる。

「……ん、ちょっとぼうっとしてたの」

「平気？　なんか調子悪そうだよ」

実は、今朝からちょっとだけ頭が痛《いた》い。わずかな寒気、もしかしたら微熱《びねつ》もあるかもしれない。寝不足《ねぶそく》と緊張《きんちょう》のせいだろう。

「平気よ、どのみち休んでなんかいられないもん」

——大きな隔《へだ》たり。

でも、これはしょうがない。すぐには縮《ちぢ》められない経験《けいけん》の差なのだから。

手のひらを力一杯握《にぎ》る。痛《いた》くなるくらい。

ならばわたしは、今のままでいい。無理に背伸《せの》びなんかしちゃいけない。がむしゃらに、不器用に、歯を食いしばって頑張《がんば》るしかないんだ。

ぴたりと、先頭を行くケイト教師の足が止まる。

総務棟、大会議室。一拍《いっぱく》おいてケイト教師がその扉を開けた。自分たち生徒はまず入る機会の無い部屋。そこは、クルーエルが想像《そうぞう》していた以上に無機質な部屋だった。

百人は入れるであろう部屋に、連なった長机《ながづくえ》と椅子《いす》。目に映《うつ》るのはそれだけだ。

「時間通りだ。始めよう」

整列した長机から一つだけ外れた司会席。椅子ではなくその机に腰掛けた姿勢《しせい》で、研究者姿の女性が腕を組む。その後ろ、部屋の壁《かべ》に寄《よ》りかかる状態《じょうたい》で、祓戈《ジル》を小脇《こわき》に抱《かか》え目を瞑《つぶ》ったままのエイダ。彼女がいるのは予想の内。しかし——

長机の並《なら》んだ一角でクルーエルは目を見開いた。

緊張《きんちょう》した面持《おもも》ちでじっと座っている少年。夜色の髪《かみ》に夜色の瞳《ひとみ》、まだ幼《おさな》さの残る顔つきに、男子にしてはあまりに華奢《きゃしゃ》なその体格《たいかく》。

「──なんで、なんでキミがここにいるの。」

「クルーエルさん、ミオさん！　無事だったんですね！」

呆然《ぼうぜん》としている間に、一目散にネイトが駆《か》け寄《よ》ってきた。

「……え？」

「犯人らしいのに襲われたって！　怪我《けが》は！」

……なんでキミがそれを。

「私が話した。と言っても、ついさっきのことだがな」

腕《うで》を組んだまま淡々《たんたん》と告げてくる〈イ短調〉。

「そんな──」

本当は、誰《だれ》より昨夜の事件《じけん》を報《しら》せたくないのがネイトだった。

わざわざ危《あや》うきに近づかせる必要はない。わたしが彼の分も背負えばいい。昨夜からずっと、クルーエルはそれを心に留《と》めていた。

なのになぜ、こんな危険《きけん》なことにわざわざ彼を巻《ま》き込《こ》んだ。

「なんで……教えたんですか」

自分では抑《おさ》えたつもりだった。

なのにどうしようもなかった。自然と、その言葉には棘《とげ》が混《ま》じってしまっていた。

「お前が怒《おこ》る理由も分かる」

自分のそれも予想していたのだろう。彼女は動じた様子もない。普段《ふだん》はまるで気にならないはずなのに……クルーエルには、彼女のその落ち着きが悔《くや》しかった。

「だから、それも含《ふく》め今から話す。──まずは座れ」


「ひとまず、昨日の騒動《そうどう》は皆《みな》が頭に入れているという前提《ぜんてい》で話す」

そう告げる女性研究者。他にこの部屋にいるのはケイト、エンネ教師《きょうし》、エイダ、ミオ、ネイト、そして自分。たった七人の会議。

その寂《しず》けさの中で、クルーエルは彼女が一方的に告げる内容《ないよう》を聞いていた。

「現《げん》時点において、この学園で防衛《ぼうえい》にあたっている人数は非常《ひじょう》に少ない。最も犯人出没《はんにんしゅつぼつ》の可能性《かのうせい》が高いとされる触媒《カタリスト》資料館をメインに、情報《じょうほう》処理室、経理《けいり》金庫、各校舎《こうしゃ》。学園内の主要区域《くいき》を集中監視《かんし》するだけで精一杯《せいいっぱい》だ」

百人は優《ゆう》に入る大会議室。他に発言者はいない。巨大《きょだい》な空間に、サリナルヴァの声が一方的に響く。

「相手の脅威度《きょういど》により、各所は最低三人一組のチームから構成《こうせい》。一人や二人の監視だと容《よう》易《い》に突破《とっぱ》される可能性があるからな。だがこの集中監視は逆《ぎゃく》に、監視上の死角を生んでしまうことは明白だった。……だからこそ私とエイダは、独自《どくじ》にその死角部分を中心に哨戒《しょうかい》していたというわけだ」

そして、やはり犯人《はんにん》はその死角部分を突《つ》いて侵入《しんにゅう》した。

「昨夜のあの男が、今我々《われわれ》が追っている不審《ふしん》事件《けん》の一連の犯人と思って十中八九間違《まちが》いないだろう。既《すで》にあの男の外見的特徴《とくちょう》——片腕《かたうで》がないということが大きいな、その他にもざっと見た上背《うわぜい》、声質《せいしつ》。これらについては各関係機関に回しておいた」

だが……そう呟《つぶや》き、彼女が首を横に振る。

「正直、どこまで役に立つ情報かは分からん。仮《かり》に名詠士《めいえいし》の資格《しかく》を持っていれば名簿《めいぼ》から検索《けんさく》も可能なのだがな」

〝ただの強欲者《ごうよくもの》だよ。名詠士の資格すら持っていない、名も無き敗者《はいじゃ》だ〟

俺《おれ》のことを嗅《か》ぎ回っても無駄《むだ》だ。あの時の台詞《せりふ》はそう言った意味もあったのだろう。

「だが私が気に掛《か》けているのはそれではなく、あの男の有していた情報についてだ」

ちらりと、壁に背《せ》を預《あず》けたままのエイダを彼女が視線《しせん》で示《しめ》す。

「男は、声を聴《き》いただけでそこの祓名民《ジルシエ》の名を言い当てた。かつ、その父であるクラウスについても面識《めんしき》があるような内容をほのめかしていた。そして私が〈イ短調〉であることも一目で見抜《みぬ》く。暗に、我々の手の内を知っているぞと示唆《しさ》したわけだ——これがどういうことを意味するか」

……情報が事前に漏《も》れていた？

誰が呟いたかも分からぬ言葉に頷《うなず》く研究者。

「そうだ、そう考えればあの男が今まで、調査《ちょうさ》の追跡《ついせき》を悉《ことごと》く潜《くぐ》り抜けて来たということも非常《ひじょう》に容易《たやす》く説明がつく」

「――ちょっと待ってください」

今まで黙《もく》していたケイト教師が席から立ち上がる。

「それは、内通者がいると」

「その可能性は零《ゼロ》ではない。だが私の予想では、内通者がこの学園にいるというわけでもないようだ」

「それは……学園の教師としては歓迎《かんげい》したいことですが、その根拠《こんきょ》は」

「昨夜男が発した言葉。クルーエル、お前なら心当たりがあるだろう？」

なぜわたしに？　そう訝《いぶか》しみもしたが、サリナルヴァの視線の方向に気づき、クルーエルは息を呑《の》んだ。彼女の視線は、自分の隣に佇《たたず》む夜色の少年へと。

〝不確定《イレギュラー》は時に不確定《イレギュラー》を呼《よ》び寄《よ》せる。この学園にはお前たち二人だけなのか？　それともまだ俺の知らぬ場所に、不確定《おまえたち》をも呼びよせた真の異端因子《いたんいんし》がこの学園に存在《そんざい》するのか〟

昨夜、男が去り際《ぎわ》に残した言葉。

「そうだ。奴《やつ》は〈イ短調〉の私や祓名民《ジルシエ》のエイダは知っていながら、この学園の学生に関してはまるで情報が欠落していた。もし学園内部に内通者がいるならば、真精《しんせい》を詠《よ》び招《まね》く学生《おまえ》のことは当然情報として奴に流していたことだろう。——加えてそれが、異端の夜色名詠などという名詠式の使い手たる学生ならば言うまでもない」

……ネイトが異端因子？

それとなく隣の少年を見つめる。その意味を測《はか》りかねたのか、ネイトの方は夜色の瞳《ひとみ》できょとんと見つめ返してくるだけだった。

「重要なのはそれが事実かどうかではない。奴がそう認識《にんしき》してしまうかどうかだ」

不確定、異端。あの男がそういった言葉に異様に執着《しゅうちゃく》しているのは自明。そんな奴が、夜色名詠という異端色を扱《あつか》う少年の情報を手に入れた時、どうなるか——

つっ、と冷たい汗《あせ》が背中を伝っていった。

〝……お前たちの顔は覚えておこう〟

姿《すがた》を目撃《もくげき》したわたしやミオ、エイダだけじゃない。あの男の歪《ゆが》んだ笑み。それがネイトにまで感染《うつ》ることは十分考えられる。

「昨夜の事件を彼《ネイト》に伝えるか、伝えるとすればどこまでか。これは私も一考を要した」

己《おのれ》の額《ひたい》に指をあてる彼女。その声はいつになく強かった。

「あの男がまだこの学園に潜《ひそ》んでいて、何かを企《たくら》んでいるとする。いつどこであの男と遭《そう》遇《ぐう》するか分からない現状《げんじょう》──己の身は己で守るしかない」

═══

──外は、うっすらと陽《ひ》の滲《にじ》みだした時刻《じこく》だろうか。


どのみちこの場所では、陽が差そうと差すまいと変わらない。日光の入らない、矮小《わいしょう》な空間。ひっそりと静まった無人の空間で。

敗者《はいじゃ》は瞳を閉《と》じたまま、ただ自らの息の音だけを聴《き》いていた。

──ラスティハイト。敗者の王はなぜいない？

胸中《きょうちゅう》でこだまする、己のさえずり。

「ヨシュア、お前がその身と共に隠匿《いんとく》した過去《かこ》。なぜ、灰色名詠の歌い手たる俺に全《すべ》てを教えなかった。なぜラスティハイトは名詠できない」

灰色名詠において、その真精《しんせい》は三体。

それは王に傅《かしず》く子供《こども》たち──王の右に仕えし、王の剣《けん》。

それは王に愛された子供たち——王の左を守りし、王の盾《たて》。

そして、その二体の真精の更《さら》なる深淵《しんえん》に王はいる。

それは逆世の名詠。力の具現、力の使役《しえき》。この世の敗者を照らし、敗者にとっての道標《どうひょう》となるべき最強最大の真精。

セラフェノ音語において*Laspha*《主》の名を冠《かん》する真精。敗者の王——*Lastihyt*《ラスティハイト》。

触媒《カタリスト》は分かっている。そのための〈讃来歌《オラトリオ》〉も用意した。

なのに、なぜ名詠は成功しない。

「ヨシュア、お前が目にした真実は、今誰の手元にある」

灰色名詠の創造者《そうぞうしゃ》が灰色名詠の歌い手を差し置いて、なお別の何者かに託《たく》した秘密《ひみつ》。

「俺に伝えず、お前は誰に託したんだ」

もう、何千回その言葉を紡《つむ》いだことだろう。

選ばれることのなかった敗者は、己の左腕で、疼《うず》く右肩をさすった。

＝＝＝

七人のうち五人が姿を消した大会議室。

「……考え事？」

壁《かべ》に寄りかかったままエイダは薄目《うすめ》を開けた。椅子《いす》に座《すわ》ったまま微動《びどう》だにせず、じっと中空を見つめている女性《じょせい》研究者。

「正直、今もなお迷《まよ》っている。私自身の決断《けつだん》にな」

ふっ。小さく息を吐《は》き、彼女が珍《めずら》しく自嘲《じちょう》する。

「私としたことが、らしくないな。ここに来てから迷い過《す》ぎだ」

「自分の身は自分で守れ。確《たし》かに、普《ふ》通《つう》の名詠学校の生徒がいきなりそんなこと言われたら面食らうだろうね」

辺境《へんきょう》の一名詠学校のはずが、突然《とつぜん》の警戒態勢《けいかいたいせい》。その中で事態《じたい》を把握《はあく》し、さらに灰色名詠からの侵攻《しんこう》に対処《たいしょ》できる生徒がどれだけいるだろう。

「実際《じっさい》、お前から見てどうなんだ」

「……ミオについては、誰かと戦うような名詠のストックはほとんど持ってない。ケイト先生がついているといっても、やっぱりいざ交戦となると足枷《あしかせ》になる側なのは仕方ない」

分からないのは夜色《ネイト》の少年、そして緋色《クルーエル》の髪の少女。

不確定要素。確かに、あの二人にはその言葉がそのまま当てはまる。全貌《ぜんぼう》が未《いま》だに把握できずにいる夜色名詠。そして、ここ最近急激《きゅうげき》に名詠の技術《ぎじゅつ》が上がっているクルーエル。

今後の伸《の》び方次第《しだい》では頼《たよ》りになるかもしれない。ただ現段階《げんだんかい》では、どちらも安定しているとは思えなかった。波があるのは否《いな》めない。脆《もろ》いときは、やはりあっけなく崩《くず》れてしまいそうな不安が残る。

「――あの二人、可笑《おか》しいんだよ。肝心《かんじん》なところで二人ともすれ違《ちが》ってる」

「ん？」

意味を測《はか》りかねたのか、真顔のまま訊《き》き返してくる彼女。

クルーエル、そしてネイト。

「どっちもね、お互《たが》いがお互いを守る騎士《ナイト》になりたいのかもしれない。クルーエルは……見てて分かったでしょ、ちび君に今回のことは教えたくなかったんだろうね。全部自分が代わりに背負《せお》うつもりだったんだよ、きっと」

それはさながら、弟を守る姉のような印象。

「ちび君はちび君でさ、あの研究所でクルーエルにまた迷惑《めいわく》をかけちゃったって悩《なや》んでた。だから今度こそ、自分で自分の身ぐらいは何とかしたい。いつか、『クルーエルさん』に認《みと》めてもらいたいって思ってるんだろうね」

窓《まど》に映《うつ》る自らの虚像《きょぞう》を眺《なが》め、エイダは小さく抑《おさ》えた声で呟《つぶや》いた。独《ひと》り言、そう思われても仕方のないほどに。

交錯《こうさく》する想《おも》い。

相反する願い。

……少し、羨《うらや》ましかった。それは結局、そう在《あ》るべき相手がいるということだから。

「妬《や》いてるのか」

「祓名民《ジルシエ》としてならさ、あたし男に守ってもらうことがないくらい強くなっちゃったみたいだからね。女が男に守ってもらう場面て、どんな感じなのかな。やっぱり嬉《うれ》しいのかな」

「これはまた、随分《ずいぶん》と乙女心《おとめごころ》に揺《ゆ》れてるな」

「言うなよ」

気恥《きは》ずかしくなり、エイダは噛《か》みつくように口を尖《とが》らせた。

と。からかわれるかと思ったが、彼女は楽しそうに目を細めただけだった。

「言わんよ。昔は私も、そういった類《たぐい》の絵本を読むのが好きだった。ただ私は結局、男より研究を選んでしまったがな」

「あたしだって似《に》たようなもんだよ。今年の夏休みだって、あの馬《ば》鹿《か》親父《おやじ》に付き合って朝から晩《ばん》まで特訓特訓……」

「ああ、どうりで前より日焼けしてると思ったよ」

「ほっとけ」

そっぽを向く。──日焼け。そう言えば。

クルーエル、あんなに肌《はだ》白かったっけ。

……いや。会議室では皆議論《ぎろん》に注意を払《はら》っていて気づかないようだったけれど、あの時の彼女は白いというより、まるで青ざめていたような。

‖

総務《そうむ》棟《とう》における情報処理室《じょうほうしょりしつ》は、各棟を直結する通信機とその交信記録書類が所狭《ところせま》しと積まれた部屋だ。その隅《すみ》に机《つくえ》を構《かま》え、ミラーは黙々《もくもく》と報告書を書き殴《なぐ》っていた。全数十枚《まい》にも亘《わた》る、調査《ちょうさ》委員会への報告書。最後の二行まで迫《せま》ったところで。

「ミラーさん、ちょっと来てもらえますか」

情報処理関連の嘱託職員《しょくたくしょくいん》が肩《かた》を叩《たた》いてきた。……あと二行だったのに。

「──何か」

「虫が来てるんです、い、い、い」

「……虫？」

職員が指さす方向に眼鏡《めがね》を向け──窓の外枠《そとわく》、数十匹《ぴき》からなる翅虫《はねむし》の群《む》れが一列に留《と》まっていた。一種異様《いよう》な光景に思わず息を呑《の》む。

それぞれが薄《うす》く透《す》ける緑の翅《はね》を持ち、窓に張りついた状態でそれを大きく広げていた。

――まるで、その羽で何かを受信しているかのように。

……これは、音響蝶《おんきようちよう》か。

『Beorc《緑》』の第四音階名詠に相当する蝶。その特徴は、大人の手のひらの二倍ほどある巨大《きよだい》な翅だ。その翅を細かく振動《しんどう》させることで、独自の周波を持つ音波を作り出す。この波によって、遠距離《えんきより》にいる同種と意思疎通《そつう》を図る習性《しゆうせい》を持っている。

そして、この習性を利用することで人は遠距離通話が可能となる。

音響蝶を数十匹単位で名詠。その半分を目的の場所まで飛行させる。しかるのち、手元に残った虫に向かって話しかけることで、その声は音響蝶を介《かい》し相手に伝わる。

情報通信――名詠士の中ではこの類の名詠を生業《なりわい》とする者が少なくない。トレミア・アカデミーなどの名詠学校はもちろん、各都市の主要組織《そしき》・建造物《けんぞうぶつ》では必ず、その業種に携《たずさ》わる名詠士を常勤《じようきん》として置いている。

しかし……一体誰からの？

実のところ、この情報通信において日常使われるのは音響蝶ならぬ音響鳥の方なのだ。情報通信としての手段となると、体の大きさ等で勝《まさ》る鳥の方が長距離移動《いどう》・長距離通話が可能となる。この世界における情報伝達方法では、音響鳥が最も一般《いつぱん》的なものの一つと言えるだろう。

一方、蝶が優《すぐ》れているのはその見栄《みば》えだ。天然の宝石《ほうせき》を模《も》したような透ける翅。その小さな体が醸《かも》し出す儚《はかな》さ。しかし事務《じむ》的な情報通信としての手段ならば、まず使われることがない。滅多《めった》にお目にかからない音響蝶だからこそ、情報処理室の職員もまた動揺《どうよう》して自分に意見を求めてきたのだろう。

窓を開けてやる。ざわざわと翅音を響かせ、一斉《いっせい》に部屋に入ってくる蝶の群れ。

「トレミア・アカデミー、情報処理室のミラー・ケイ・エンデュランスだ。そちらの所属《しょぞく》と名前、用件《ようけん》を伺《うかが》いたい」

数秒後、音響蝶の翅が小刻《こきざ》みに震《ふる》えだした。

相手からの声を受信した証《あかし》。

『あなた、名詠士?』

——絶句《ぜっく》した。

蝶の美しい翅から響いてきた声。それが、宝石にも似《に》た音響蝶の翅より、なお澄《す》みきった声だったからだ。喩《たと》えるなら一流の職人《しょくにん》が手がけた最高の鍵盤《けんばん》楽器。そう、声というよ

り一つの旋律《せんりつ》。声そのものが完成された美術品《びじゅつひん》。

「……そうだが。あなたは、まさか」

初めて耳にした声。だが自《おの》ずと相手の正体が分かった。

あえて音響蝶を選ぶという嗜好《しこう》。そしてこの声。

『名詠士のあなたなら、シャンテ——と言えば分かってもらえるかしら』

やはり、〈イ短調〉の〝歌后姫《オペラセリア》〟か。

同性異性《どうせいいせい》問わず、あらゆる者を虜《とりこ》にすると言われるその声音《こわね》。ただ声を聴いているだけでこれだ。それが歌となると、一体どれほど恐《おそ》ろしい旋律を奏《かな》でるのか。

「そちらの身元は把握《はあく》した。用件は？」

『今そちらに、はた迷惑《めいわく》な研究者が居座《いすわ》っていると思うのだけど、すぐ呼べる？』

はた迷惑な研究者。思い浮《う》かぶ該当者《がいとうしゃ》は一人しかいない。なるほど、言い得て妙《みょう》だ。

「今この場にはいない。別階にいるはずだから、少し時間をくれ」

一瞬《いっしゅん》、通話先が沈黙《ちんもく》する。言葉を選ぶような間を隔《へだ》て——

『不躾《ぶしつけ》だけど急いでもらえるかしら。割《わり》と緊迫《きんぱく》した内容《ないよう》だから』

その声は、美しさの中にも焦《あせ》りの音色を含《ふく》んでいた。

3

……どう……しちゃっ、たんだろう。

額《ひたい》に手をあて、クルーエルは苦悶《くもん》の声が洩《も》れないよう歯を食いしばった。

頭が割《わ》れるように痛《いた》む。

今日の朝起きた時は、本当に微《かす》かな痛みだった。笑ったり会話したりする間はそれを忘《わす》れるくらい小さな痛み。なのに、それが時間を追うごとに徐々《じょじょ》に強くなってきた。目眩《めまい》がして、気を抜くと倒《たお》れかねないほどだ。

歩くのが辛《つら》い。今すぐ横になりたい。今すぐ——倒れたい。

ケイト教師《きょうし》、ネイト、ミオ、自分。いつのまにか、集団《しゅうだん》の中で自分が一番最後尾《さいこうび》になってしまっていた。……お願い……もう少しだけ、ゆっくり……歩いて。

自分の前を行くネイトとミオ。

二人が、何か自分のことで話している気がする。だけど、それすら耳に入らない。何も、何も聞こえない。頭の中で轟《ごう》と唸《うな》る鈍痛《どんつう》だけで発狂《はっきょう》しそうになる。

——どう……しちゃったの……わたし。

昨晩の疲労《ひろう》、緊張《きんちょう》？　だけど、ここまでひどいものだったの？

原因《げんいん》すら分からぬまま、クルーエルは鉛《なまり》のように重い足をひきずりながら進んでいった。

トレミア・アカデミーにおける図書管理棟《かんりとう》とは、学内の書物から研究書類までを一手に管理する棟だ。

棟外に数多く並《なら》べられた簡易椅子《かんいいす》とテーブル。憩《いこ》いの場として利用する者、生徒や教師と共に議論《ぎろん》の場として利用する者。学年性別問わず、とにかく人の会話が途絶《とだ》えない場所。

トレミア・アカデミーに転入した日、ネイトはそう聞かされていた。

図書管理棟、そして三年生校舎《こうしゃ》に挟《はさ》まれたこの区域《くいき》。そう、昨日の朝に登校してきた時は、ここも生徒に埋《う》め尽《つ》くされていたはずだった。

それが、今は。

「……本当に誰《だれ》もいないんですね」

分かり切っていることだが、それでもネイトは自分の心境《しんきょう》を口にした。そうしなければ、この静寂《せいじゃく》の中に自分も呑み込まれてしまいそうだったから。

閑散《かんさん》とした、音の無い風景。寂《さび》しさとは質《しつ》を異《こと》にする、言い様の無いもの悲しさがそこにはあった。

「他の先生も、みんな分散して哨戒《しょうかい》にあたっているから」

前を歩くケイト教師が立ち止まる。

前方に図書管理棟、後方に三年生校舎が控《ひか》えている。両の建造物に挟まれた大通り、そこがサリナルヴァから指示《しじ》された待機場所だった。

最重要基点《きてん》とされるのは主に二点――四年生校舎の先の触媒資料館《カタリストしりょうかん》、及《およ》び昨夜犯人《はんにん》と出くわした二年生校舎一帯。これらは既《すで》に厳重《げんじゅう》な警戒態勢《けいかいたいせい》が敷《し》かれている。一方で総務棟《そうむとう》はサリナルヴァやミラー教師が控《ひか》え、一年生校舎周辺はエイダとエンネ教師を中心に。

その結果として残った場所が、自分たちの哨戒区域《くいき》だった。四年生校舎と二年生校舎を繋《つな》ぐ、いわば伝令役としての役割《ポジション》。

「ここにいればいいんですか」

「ええ、だけど――」

振《ふ》り返る教師。その表情には拭《ぬぐ》いきれない緊張があった。

「もし万一、昨夜の犯人と遭遇《そうぐう》した時は、あなたたちには応援《おうえん》を呼《よ》んでもらいたいの。間違っても戦うなんてことを考えちゃ駄目《だめ》」

……研究所で言われたのと同じだ。

微《かす》かにネイトはまぶたを伏《ふ》せた。

灰色《はいいろ》の名詠《めいえい》生物が巣くう研究所。自分はそこで、一方的に助けてもらう側だった。大きなことはできなくていい。ただせめて、周りの人に迷惑をかけたくない——そう願って、でもそれすらできなかったあの時。

ならば、母から教わった名詠は何の為《ため》にあるのだろう。みんなを守りたい、そう願って紡《つむ》がれる名詠すら満足に詠《うた》えない。それが悔《くや》しかった。

……自分のことを守るだけじゃ足りないのに。それすらまだ、僕《ぼく》は……

かつて、母と虹色《にじいろ》名詠士がそうであったように。クルーエルさんが自分にそうしてくれたように——大切な人の、大切な思い出を守りたい。……僕もいつか、大切なものを守れるようになれるのかな。

「ネイト君」

ふと背《せ》にかかるミオの声。

「……ネイト君、ごめんね。あたしのせいでこんなことになっちゃって」

「ミオさんのせいじゃないですよ。僕、サリナルヴァさんから聞きました。ミオさんが名詠で救援用の照明を詠《よ》んだんだって。あの人、ミオさんのことすごく褒《ほ》めてたんですよ。勇気と実行力を伴《ともな》った、芯《しん》の強い子だって」

「……ううん、あたし、あの人の背中でずっとふるえてただけだから」

まぶたをとじ、ほのかな笑みをミオが浮《う》かべる。

「でもねその分、クルルが助けに来てくれた時は嬉《うれ》しかったんだ。かっこよかったんだよ、ね、クルル？」

後ろの彼女へと振り向く。が、返事は無かった。

「……クルーエルさん？」

自らの目で凝視《ぎょうし》し、ようやくネイトは彼女の異変に気づいた。

顔面蒼白《そうはく》。涙《なみだ》を隠《かく》すかのように、片手《かたて》で自分の顔を覆《おお》うような格好《かっこう》。足を地に引き摺《ず》りながら、目の前の少女はかろうじて前に歩を進めていた。

「クルル、どうしたの！」

「…………あ……ごめんね」

――反応が遅《おそ》すぎる？

彼女の様子に、ケイト教師《きょうし》までもが歩み寄ってきた。

「クルーエル、どこか悪いの？」

「――――平気です」

やおら、クルーエルが顔を持ち上げた。

普段《ふだん》の笑顔で、いつもと変わらぬ口調。

「ちょっと頭が痛《いた》かっただけ。問題ないですから」

だがネイトは、そんな彼女の表情《ひょうじょう》を見て寒気にも似《に》た戦慄《せんりつ》が走った。

──何かが違《ちが》う。

怒《おこ》った表情、笑った表情、困《こま》ったようにはにかむ表情。夏休みに見てきたどの表情とも、今の彼女の表情はかけ離《はな》れていた。

「……クルーエルさん、それ、嘘《うそ》です！」

血を吐《は》くような心地《ここち》で、ネイトは首を横に振った。

「ネイト君？」

驚《おどろ》いたような声を教師が上げる。

「……クルーエルさんのいつもの表情じゃないもの。すごく辛《つら》そうなの、分かります。夏休みずっと一緒《いっしょ》にいてくれたんだもの。それくらいは分かります！」

最初、手で顔を押さえていた。頭が痛いのはおそらく本当なのだ。嘘《うそ》なのは、それが「問題ない」程度《ていど》だということ。──平気なはずがない。気丈《きじょう》に振る舞《ま》う仕草が、余計《よけい》に痛々しくその苦しさを伝えてくる。

「お願いクルーエルさん……本当のこと言ってください」

「クルーエル？」

教師の問いにじっとうつむく少女。緋色《ひいろ》の髪《かみ》に隠《かく》れ、その表情は読み取れない。

「──困ったなぁ」

唐突《とうとつ》に。場にそぐわぬ優雅《ゆうが》な手つきで少女が前髪をかきあげた。

その髪の下には、普段の優《やさ》しい表情があった。いつも自分の隣にいてくれる時の、あの笑顔。だけど今だけは、その笑顔が怖《こわ》かった。……あまりにも安らかな表情だったから。

「だめだよネイト。秘密《ひみつ》にしておいて欲《ほ》しかったな」

……クルーエルさん？

そして、何の前触《まえぶ》れもなく。

にこやかな笑顔を浮《う》かべたままで──彼女は自分の方向へ倒《たお》れてきた。

「っ！　平気ですか！」

脱力《だつりょく》しきったその身体《からだ》を受け止める。手を握《にぎ》っても、握り返す力が残っていないほど消耗《しょうもう》し尽《つ》くした彼女。

「やっぱり……体調悪いんですね」

一体、一体どうして。何があったの。

「まったく。いけない子だなぁ、キミは」

寄りかかったまま、わずかに彼女が自分に向けて微笑《ほほえ》んだ。

ちょこんと、ふるえる指先で、ネイトは額《ひたい》を突《つ》かれた。

「だめだよ……夏休み一緒にいたの、秘密にしようねって言ったじゃない」

〝あ、でも夏休みのこれは秘密ね。ミオとかエイダにもだよ〟

〝……は、はい〟

「……クルーエルさん？」

その言葉を最後に——

自分に寄りかかった姿勢《しせい》で、口元に微笑《びしよう》を浮かべたまま彼女は意識《いしき》を失った。

═══

校舎《こうしゃ》の階段を一段抜かしで下っていく。

——歌后姫《シャンテ》が私に。このタイミングで何の用だ。

情報処理室《じようほうしよりしつ》の扉《とびら》を開ける。部屋の一端《いったん》に留《とど》まったままの美しき蝶群《ちようぐん》。知り合いが好んで名詠する生物だ。なるほど、彼女からだというのは間違《まちが》いないらしい。

『もしかして、そちらも切羽詰《せっぱつ》まった状況《じようきよう》？　靴音《くつおと》がいつもより大きいわ』

サリナルヴァが口を開けるより早く、蝶が緑の翅《はね》を震《ふる》わせた。既《すで》に向こうは待機中だったらしい。もっとも、こちらもその方が手間を省けるが。

「そう分かっているなら手短に願いたいものだな……で、どうした」

『わたしからの用件《ようけん》ではないわ。厳《いか》めしい最強名詠士からの伝言よ』

最強の名詠士。それが誰かというのは物議を醸《かも》す話題になる。しかし名詠士の間で用いられる場合、それは競闘宮《コロセウム》における現覇者《はしゃ》を暗に指す。

祓名民《ジルシエ》の首領《しゅりょう》クラウスと並《なら》ぶ、現代の二強――

「大特異点《ネシリス》からか。あいつは襲撃《しゅうげき》先の事後調査《ちょうさ》に行っているとお前から聞いたが」

『ええ。で、彼から興味深《きょうみぶか》い報告を受けたわ』

「報告の基本《きほん》は――」

『結論から、でしょ？　率直《そっちょく》に言うわね。一連の事件の犯人《はんにん》が狙《ねら》っていた物が判明《はんめい》したの。

そして、それは触媒《カタリスト》ではなかった』

「……なんだと」

高度に幾層《いくそう》にも積み上げていた計算式。それに亀裂《きれつ》が入るのを自覚した。

襲撃された研究所などで、触媒《カタリスト》の貯蔵庫《ちょぞうこ》に踏《ふ》み入った形跡《けいせき》があるという報告書も目にした。何より、身内であるフィデルリア支部《しぶ》研究所でも〈孵石《エッグ》〉が抜き取られていたのは確《たし》かだ。

『ええ。だけど、あなたのフィデルリア支部研究所だけが特別だったのよ。〈孵石《エッグ》〉という特殊《とくしゅ》な触媒《カタリスト》は確かに犯人の目的の一つ。だけど、他に犯人が襲撃した場所には〈孵石《エッグ》〉は置いてないでしょ。ならば何を狙っていたか』

触媒《カタリスト》の貯蔵庫にあって、触媒《カタリスト》で無いもの——

「触媒《カタリスト》の実験報告書か！」

『ええ。最初は誰もが触媒《カタリスト》そのものかと思っていたけど……事後調査でようやく判明したの。実際、フィデルリア支部においても〈孵石《エッグ》〉の実験報告書が抜き取られていたということが確認《かくにん》されたわ』

犯人の目的は、〈孵石《エッグ》〉を含《ふく》めありとあらゆる触媒《カタリスト》の実験報告書？

理由は不明。しかしだとすれば、トレミア・アカデミーにおいて犯人が狙うのは触媒資料館《カタリストしりょうかん》ではない。トレミア・アカデミーにおいて、資料館はあくまで触媒《カタリスト》の保管庫《ほかんこ》。そういった報告書はまとめて——

……待て。冗談《じょうだん》では済《す》まんぞ。

「すまんシャンテ、今すぐ通話を切るぞ！」

『え——、どうしたの、ちょっと？』

応《こた》える余裕《よゆう》もなく、サリナルヴァは音響蝶《おんきょうちょう》から身をひるがえした。

「ミラー、一年生校舎《こうしゃ》にいるエイダを至急《しきゅう》呼び出せ……いやだめだ、それでは遅《おそ》すぎる、直接《ちょくせつ》図書管理棟へ向かわせろ！」

「どうしたんですか」

「読みが裏目《うらめ》に出た、最悪な方向にな！」

トレミア・アカデミーにおいて、報告書の類《たぐい》も含め学術文献《がくじゅつぶんけん》は全《すべ》て図書管理棟に保管されている。それ自体はさしたる問題ではない。問題は、その付近にいるはずの者たちだ。

夜色名詠《めいえい》の少年。そして、黎明の神鳥《フェニックス》を従《したが》える少女。

――あの男からすれば垂涎《すいぜん》の標的となる。

触媒《カタリスト》資料館が犯人の狙い。そう踏《ふ》んで彼らを直接的な危険域から外したつもりが、まさかこの期《ご》に及《およ》んで。

私の読み誤《あやま》り。いや違う。もはや、ただの読み誤りというもので括《くく》れる事象ではない。このタイミングの歌后姫《シャンテ》からの報告。そもそも、犯人の襲撃《しゅうげき》が昨夜だったということがそうだ。出会うことを道づけられたかのような、この不自然な連なり。

……これが、本当に全て偶然《ぐうぜん》だというのか？

運命などという安易な言葉を用いる気は毛頭ない。だが今だけは、自分たちの意識の遥《はる》かな頭上で、何か必然めいた『偶然』が嗤《わら》っているとしか考えられなかった。さながら、何かによって予《あらかじ》め仕組まれた不自然な均衡《きんこう》。人為《じんい》的な調律《ちょうりつ》。

生まれることを計画され、分化することを決定づけられた図表。すなわち。

――予定運命図という名の、調律。

だがしかし、ならばこの調律は誰《だれ》によってなされたものなのだ。

……間に合うか？

学内の棟同士を連結する通信機器の間に走り寄る。

「こちらは総務棟、情報処理室だ。図書管理棟の司書はいるか！」

……つながらないだと？

『――――』

「おい、誰かいるのか」

何かが通話先で動く気配。そして――

『……なるほど、通信機器か。初めて使うが便利な玩具《おもちゃ》だな。普段は音響鳥しか使わないこともあるが、中々に興味深《きょうみぶか》い』

低い掠《かす》れ声。その声音《こわね》に、通話機を通しても背筋《せすじ》が凍《こご》えた。司書ではない。それは、昨夜遭遇《そうぐう》したあの男の――

「貴様《きさま》っ！」

それ以上の応答は無かった。何度怒鳴《どな》っても相手からの返事はもはや無い。あの男が平然と通話室で通信に出るという状況《じょうきょう》。それはつまり。

――図書管理棟は、既《すで》にあの男の手に落ちている？

4

海の奥底《おくそこ》にも似た、暗い澱《よど》んだ視界《しかい》。微睡《まどろ》む心と記憶《きおく》、意識《いしき》の狭間《はざま》。どこまでが記憶で、どこまでが意識なのか。その区別すら虚《うつ》ろな夢《ゆめ》と化していく。

その中でただ一つ、暗闇《くらやみ》に輝《かがや》く光よりも明確《めいかく》に、何者かも分からぬ声だけが確《たし》かに伝わってきた。

〝――ああ、ようやくわたしの声が届《とど》くのね。わたしの大切な人〟

……あなた……誰。

それに答えぬまま。

〝三度目ね〟

声が、歌うように告げてくる。

……なにが……三度目なの。

〝とても単純《たんじゅん》。あなたが名詠《めいえい》を行使した回数〟

嘘《うそ》だ……三度なんて、そんな少ない数じゃない。

〝いいえ。あなたが普段《ふだん》名詠式と思っているものは、本来のあなたの名詠とは似て非なるものだもの。本当のあなたの名詠は、もっともっと素敵《すてき》なものだから〟

……わたしの、名詠？

〝だから、あなたの名詠はまだ全部で三回。であると同時に——既に三回も、と言うこともできる〟

三回。なんだろう、その数

〝競演会《コンクール》で一度、研究所で一度、そして昨日〟

競演会《コンクール》。研究所。昨日。声の告げてくるままを反芻《はんすう》する。

〝〈黎明《よあけ》〉が近づくほど、〈花〉は早く咲くものでしょう？〟

それはまさか——

〝ううん。怯《おび》えないで、貴女《わたし》の大切な貴女《あなた》〟

……わたし、怯えてなんかない。

〝ふふ、それでいいの。自分の意志《いし》で、心の赴《おもむ》くまま名詠門《チャネル》を開きなさい。大切な人を守りたいのでしょう？〟

……守りたい。それだけは、守りたい。

〝そう、それはとても大切なこと。自らの名を知り、自らの力を知りなさい。そして早く、

わたしの場所までたどり着いて〃

――――


「ネイト君、早く、こっちだよ！」

図書管理棟《とう》の扉《とびら》を開け、ミオが大声と共に手招《てまね》きしてくる。

……クルーエルさん、お願いしっかりして。

目を瞑《つぶ》ったままか細い呼吸《こきゅう》を繰《く》り返す少女。自分より背丈《せたけ》があるのに、その身体《からだ》は怖《こわ》いくらいに軽い。それが、不安をより一層肥大化《いっそうひだいか》させる。

――お願い、どうか何事もありませんように。

彼女を背負い、ネイトは図書管理棟の扉をくぐった。

「ネイト君、クルーエルをここに！」

メインルームで先に待っていたケイト教師《きょうし》。そのすぐ脇《わき》に、ソファーを並《なら》べた即席《そくせき》のベッドが用意してあった。

「ミオ、あなたは医務室《いむしつ》まで行って救護班《きゅうごはん》を呼《よ》んできて！」

「あ、先生、それならここの通話機で連絡《れんらく》した方が早いよ。あたし図書管理棟の司書の人と仲良しだから、探《さが》してお願いしてくる！」

そう叫《さけ》ぶなり、返事も待たずミオが二階フロアへの階段《かいだん》を昇《のぼ》っていく。

医務室。専門《せんもん》の医者に診《み》てもらえれば確かに心強い。

——だけど、原因《げんいん》は何なんだろう。

「ネイト君、夏休みクルーエルと一緒《いっしょ》にいたというのは？」

ケイト教師がじっとこちらを見下ろしてくる。

ついさっき、自分が口走ってしまったことだ。

「——ずっと、僕《ぼく》の名詠の練習を見てくれてたんです」

「異性《いせい》のクラスメイト同士が、という風紀《ふうき》的な問題に関しては今は言いません。あなたとクルーエルが一緒にいた時、何かおかしな様子はなかったかしら」

ない。ないはずだ。

原因は本当に分からない。ずっと一緒にいてもらった。逆に言えば、原因と呼べそうなものはなおさらそれしか思い浮かばない。ずっとずっと、それがクルーエルさんの負担《ふたん》になっていたのかもしれない。

——僕、なんて馬鹿《ばか》なんだろう。

昏倒《こんとう》するくらい体調が悪化していた。なぜ、彼女の異変《いへん》に今まで気づかなかったのか。

ずっと一緒にいたのに、そんなことにすら頭が回らなかった。

「……分かりません。でも、僕のせいかもしれないです」

「──そう。だけど、あまり自分を責《せ》めない方がいいわ」

それきり隣《となり》の教師が口を閉じる。

だから、ネイトは視《し》線《せん》を彼女の方へと戻《もど》した。

……クルーエルさん。

ほのかに上気した頰《ほお》に、赤みを帯びた瞼《まぶた》。若干《じゃっかん》ではあるが、熱もあるに違いない。額《ひたい》にうっすらと浮いた小粒《こつぶ》の汗《あせ》をハンカチで拭《ぬぐ》ってやる。

──お願い、もう少しだけ頑張《がんば》ってください。

目を開けぬまま、ただ呼吸だけを繰り返す少女。ネイトは、その横顔をじっと見つめ続けた。


あれ、ルーティさんどこ行ったんだろう。

図書管理棟二階フロアを一通り眺《なが》め、ミオは目を瞬《しばたた》かせた。いやそもそも、一階にいない時点でおかしいのだ。普段自分が訪《おとず》れた時は、一階のフロアで本の整理をしているか受付をしているかなのに。

「……ルーティさんも避《ひ》難《なん》しちゃったのかな」

——あれ、ちょっと待って。

これだけの厳戒態勢《げんかいたいせい》。図書館の司書が避難しているのは納得《なっとく》が行く。だけど警備員《けいびいん》すらいないのはどういうことだ。警備員も、自分が来た時はいつだって玄関《げんかん》前に待機していたはずじゃないか。ううん……それよりも、なお原始的な疑問《ぎもん》があった。

夢中《むちゅう》で気づかなかったけど、自分たちは扉の鍵《かぎ》を持っていたわけじゃない。鍵を使わずとも入れた——なぜ、この図書管理棟は扉に鍵がかかっていなかったんだ？

いつ危険《きけん》な犯人《はんにん》がやってくるとも限らないこの状況《じょうきょう》。扉に施錠《せじょう》しないというのは考えられない。姿《すがた》の見えない警備員。そして、最初から開いていた扉。

あまりにできすぎている。

既視感《デジャビュ》じゃない。もっと現実的な記憶《きおく》。

それも、つい昨日のことじゃないか。昨夜は、正門のところにいるはずの警備員がいなくて……それを探していた時に、あの恐《おそ》ろしい男と遭遇《そうぐう》した。

——同じだ。昨日とまったく同じだ。

全身、身体をぞっと冷やす汗が噴《ふ》き出した。

そして……もしあの時と全《すべ》てが同じなら……あの男がいる場所は……

ズッ。床《ゆか》を擦《こす》るような独特《どくとく》の足音。……これ、空耳だよね。そうだよね。

ゆっくり、ゆっくり振り返る。そして――

「あ……あはは……」

おかしくなんかないのに、凍《こお》りついた口から洩《も》れたのは笑い声だった。やっぱり、やっぱりだ。なんで最近のあたし、こんな素敵《すてき》な出会いばっかりなんだろう。

目の前、わずか一歩分と離れていない距離《きより》に佇《たたず》む男。忘《わす》れもしない、とうに網膜《もうまく》に焼きついている。昨夜と違うのは、その男は左手に何か、触媒《カタリスト》らしき物を携《たずさ》えているということだ。でも、何だろう。こんな触媒《カタリスト》見たことない。まるで銀色の卵《たまご》みたい。

「これはまた、面白《おもしろ》い所で出会ったな」

皮肉か同情か、感情を押し殺した声はそれすら区別がつかない。男の声に応《こた》えるように、男が左手に持つ触媒《カタリスト》が輝《かがや》きを放ち出す。

そして――ミオは、絶叫《ぜっきょう》にも似《に》た悲鳴を上げた。

＝

部屋の至《いた》る所に降《お》り立った音響鳥《おんきょうちょう》から、けたたましい怒鳴《どな》り声が響《ひび》いてくる。

――まさかここまでとは。

「ミラーさん、あちらを！」

職員《しょくいん》が指さす方向。窓《まど》から見える有色の狼煙《のろし》。その方向は一年生校舎《こうしゃ》からだった。

名詠《めいえい》によって生まれた煙。教員間で非常時《ひじょうじ》の際《さい》に限《かぎ》り用いられる合図である。

「……一年生校舎もか」

エンネが警備《けいび》についていた場所。本来なら即座《そくざ》に他の配置場所から応援《おうえん》をやるのだが、それすら許《ゆる》される状況ではなかった。

これで、全校舎一帯の方角から狼煙が確認《かくにん》された。

『ミラー、なぜ応援が来ない！　このままでは校舎内まで突破《とっぱ》されるぞ！』

音響鳥が伝えてくる学園内の現状《げんじょう》。それは非常に簡単《かんたん》な説明で事足りる。――すなわち、灰色《はいいろ》名詠の襲撃《しゅうげき》を受けている、と。

「何とか耐《た》えてくれ！　いよいよになったら自分たちの身を優先《ゆうせん》させろ！」

そうしている間にも、さらに新たな音響鳥。襲撃された場所にいる教員が、連絡《れんらく》用に名詠してきているのだ。それが既《すで》に十羽近く。もはや情報処理室《じょうほうしょりしつ》の全人員を動員しても対処《たいしょ》に追いつかない量になってしまっていた。

『それは分かった。だが応援はどうした！』

「……応援は来ないものと考えてくれ」

『なに？』

言葉で説明する時間すら今は惜《お》しい。手元にいた別の音響鳥を拾い上げ、ミラーは目の前の音響鳥にそれを近づけてやった。

――おいミラー、応援はまだか！

音響鳥を経《へ》て、先とまるで似た怒声《どせい》が音響鳥に伝わっていく。

一瞬《いっしゅん》の空白を開け、その相手が押《お》し黙《だま》った。

『おいミラー……まさか学園の別の場所でも、灰色名詠のが暴《あば》れてるってのか』

答える気にもなれず、ミラーは別の音響鳥先の対応《たいおう》へと切り替《か》えた。

――まさか、退《ひ》くどころか特攻《とっこう》してくるとは。

これだけの数の名詠生物となれば、用いられている触媒《カタリスト》は相当に強力な物だ。おそらく〈孵石《エッグ》〉。ケルベルク研究所フィデルリア支部《しぶ》からあの触媒《カタリスト》が奪《うば》われたことを踏《ふ》まえるならば、同施設《しせつ》を一夜にして陥落《かんらく》させた犯人は、やはり昨夜の男。

本来、姿《すがた》を目撃《もくげき》されたならすぐその場から逃走《とうそう》するのが常套《じょうとう》。頭の良い犯人なら尚更《なおさら》だ。

しかし昨夜の男は違った。怯《ひる》むどころか、なお嬉々《きき》として戦力を投入してきた。

調査《ちょうさ》委員会を始め自分たちは、一連の事件《じけん》を頭が切れる者の犯行と仮定《かてい》していた。それが、最も大きな誤《あやま》りだったのだ。犯人はただ純粋《じゅんすい》なる――狂犬《きょうけん》だったのだから。

「……競演会《コンクール》の二の舞《まい》か」

本当は、自分だって今すぐ応援に飛んでいきたい。だが自分がここを離れては、誰がこの場を統制《とうせい》する？

――今はこの場を離れることができない。たとえ、どんなに酷《ひど》い報告が来ようとも。

言い様もない自身への憤《いきどお》りに、ミラーは奥歯《おくば》を噛《か》みしめた。

‖

「――っ！」

木陰《こかげ》から次々と飛びかかってくる灰色の名詠生物。それらをかろうじて躱《かわ》し、文字通り蹴散《けち》らしていく。

……なんだ。鉄よりむしろ石の方が軽いじゃないか。

灰色に固まったハイヒールを眺《なが》め、サリナルヴァは自嘲《じちょう》の笑《え》みを浮《う》かべた。

幾度目《いくどめ》かで、既《すで》に片方《かたほう》の靴先《くつさき》は石と化している。足そのものの石化にはかろうじて至《いた》っていないが、それもあとどれだけ保《も》つか。『Nussis《反唱》』の術式《じゅつしき》を会得《えとく》していない自分にとって、この灰色名詠は最悪の相性《あいしょう》だ。

ざっと周囲を見回す。全方位、至る所で上がる狼煙。学園内の随所《ずいしょ》で灰色名詠の襲撃を受けていることは、この光景を見れば嫌《いや》でも察しがつく。

——図書管理棟《とう》、間に合うか？

二年生校舎を越《こ》え三年生校舎へと続く通りを駆《か》ける。揺《ゆ》れる視界《しかい》の中、徐々《じょじょ》に輪郭《りんかく》を帯びてくる鈍色《にびいろ》の建造物《けんぞうぶつ》。地上五階、地下二階。トレミア・アカデミー内でも図書管理棟は高層《こうそう》建造物の部類に入る。

遠目にも映《は》える管理棟の玄関扉《げんかんとびら》を視認《しにん》。荒《あら》ぶる息を押《お》し、さらに足を速める。

いや、速めようとした直前だった。

走る自分の真横から、突如《とつじょ》鋭い風鳴り音。

目で確認したわけではない。だが長年の経験《けいけん》と己《おのれ》の生存本能《せいぞんほんのう》だけで、サリナルヴァはその場で身を伏《ふ》せることを選択《せんたく》した。

一瞬《いっしゅん》の間を置き、自分の頭上を何かが通過《つうか》。慌《あわ》てて顔を持ち上げ——

……なんだ、こいつは。

その場でサリナルヴァは息を呑《の》んだ。

図書管理棟の玄関扉を守るように佇立《ちょりつ》する、人型をした銀色の存在《そんざい》。

その周囲、それを護《まも》るように浮遊《ふゆう》する十二の銀刃《ぎんじん》。今まで見てきたどの灰色名詠とも類を異《こと》にする……いや、待て。どこかでこいつの情報《じょうほう》を聞いた記憶《きおく》がある。

記憶の底、クラウスから受けた報告を思い出す。

──こいつが、灰色名詠の真精《しんせい》か！

だとすれば、まずい。祓戈到極者《ジルシュヴエッサー》級の達人をしてようやく渡《わた》り合える真精。一研究者たる自分が正面から差し合える相手ではない。

真精が両手に誇《ほこ》る大剣《たいけん》を振《ふ》り上げ──刹那《せつな》、地を滑《すべ》るように突進《とっしん》してきた。速い。だがそれ以上に、その静謐《せいひつ》さにこそサリナルヴァは怖気《おぞけ》だった。地面の砂一粒《すなひとつぶ》舞《ま》うことのない、無音・無気配の超《ちょう》高速移動《いどう》。

瞬《まばた》きする間に、十数メートルの彼我《ひが》が一瞬にして零《ゼロ》になる。

左右から、真精の周囲を浮遊する守護剣《しゅごけん》。真正面には真精の振るう大剣。後方に跳躍《ちょうやく》するも、その空白さえも一挙に詰《つ》められた。

……やはり、真精相手では勝負にもならないな。

無傷《むきず》で躱《かわ》せる呼吸《こきゅう》でないのは自明。ならば相応のダメージを犠牲《ぎせい》として逃走《とうそう》、この真精を迂回《うかい》して図書管理棟に突入するルートを探《さが》すか？

眼前《がんぜん》に迫《せま》った真精。一撃を受けることを覚悟《かくご》した。

「──そんな悠長《ゆうちょう》なことやってられないだろ」

迫《せま》り来る銀閃《ぎんせん》が、更なる銀閃によって打ち弾《はじ》かれた。

灰色《はいいろ》の煙《けむり》を上げて送り還《かえ》される守護剣の一本。それを前に、真精の動きがわずかに鈍《にぶ》る。

「ほら、さっさと行きな！」

真精と対峙《たいじ》する、赤銅色《しゃくどういろ》の少女。

「エイダ！　一年生校舎《こうしゃ》は」

「何とか大半は片《かた》づけた、他のセンセも別の配置場所に応援《おうえん》に行ってる！」

無事だったか。意図せず安堵《あんど》の息が洩《も》れる。

……だが、まだ早いな。ここからが最後の詰めではないか。

「すまん、手を煩《わずら》わせるぞ」

「本当はあたしだってこんなのとやり合いたくないんだけど……でも、こいつに関してはあたし以外どうしようもなさそうだしね」

決してエイダの驕《おご》りではない。根本的な相性《あいしょう》の問題により、いわゆる「名詠士《めいえいし》」でこの真精を打ち破《やぶ》るのは至難《しなん》なのだ。

この灰色名詠の真精に対し第二音階名詠《ノーブル・アリア》ではまるで歯が立たないのは明白。かといって真精を詠《よ》ぶとしても、〈讃来歌《オラトリオ》〉を詠《うた》うだけの時間もなく切り捨《す》てられる。すなわち――対名詠士用に特化された真精。だからこそあの男は自分の側近として使わず、迎撃役《げいげき》として自身最強の手駒《てごま》をここに配置したのだろう。

「先に行く、後で必ず来い！」

真精を迂回し、サリナルヴァは図書管理棟へと駆けだした。

それを見送り、エイダは小さく苦笑《くしょう》した。

……厳《きび》しいな。

十二の守護剣。両手に生えた銀色の大剣。

真精の特徴《とくちょう》は、あの研究所で見た時と何一つ変わらない。ただ、今自分と対峙する真精は、あの時の真精の体格《たいかく》を優《ゆう》に一回り上回っていた。

体格に応《おう》じ、腕力《わんりょく》も増大している。大剣を弾いた際《さい》に痺《しび》れた腕。その一時的な麻痺《まひ》がまだ治らないのだ。他方で、体格が異《こと》なれば間合いも異なる。下手に同一の真精と思うより、まるで別個体だと認識《にんしき》を改めた方が良い。

だが、これはどういうことだ。

各色において詠び出せる真精は一体のみ。仮《かり》にクルーエルならば『Keinez《赤》』の真精は黎明の神鳥《フェニックス》以外に詠ぶことはできない。しかし今、同じ真精だが、明らかな別個体がここに存在している。

すなわち。研究所で〈孵石《エッグ》〉から現れた真精と、この場の真精。この二体を詠んだ名詠士は別の人間の可能性《かのうせい》が高いのだ。

——それは、どういうことなんだ？

真精は黙《もく》して答えない。だが、それと呼応《こおう》するように——

銀色の真精は、両の大剣を大きく振り上げた。

＝＝＝

図書管理棟《とう》に響《ひび》き渡る、少女の悲鳴。

「今の、ミオさんの？」

怪訝《けげん》な表情を浮《う》かべる夜色の少年。

「……私にもそんな感じに聞こえたわ」

椅子《いす》から立ち上がり、ケイトは脱《ぬ》いでいた上着を羽織《はお》り直した——触媒《カタリスト》の入った上着を。

「ぼ、僕《ぼく》も！」

「——ネイト」

びくりと、その少年の動きが止まる。彼の肩《かた》に手を伸《の》ばし、ケイトはほっそりとした懺《ざん》悔《げ》を送った。

「ごめんなさい。……私ね、やっぱり心のどこかで、あなたを『まだ十三歳《さい》だし、特別扱《あつか》いしてもいいかな』って思ってたのかもしれない」

初めて、自分はその少年に対し『君付け』をしなかった。今までやめようやめようと思って、なお惰性《だせい》で付けっぱなしだった呼称《こしょう》。ミオやクルーエル。他の生徒と違《ちが》って、この少年だけはずっと君付け。でもそれは、この少年を子供《こども》扱いしていたからだ。

「私の信頼《しんらい》する一人の生徒として、お願い。ここは私が行きます」

「でも……」

「──ネイト、あなたがいなかったら誰《だれ》がここでクルーエルを守るの？」

その一言に少年が息を吞《の》む。夜色の双眸《そうぼう》に宿る、小さな決意の色。

だから、ケイトは再《ふたた》び訊《き》いた。

「クルーエルを、任《まか》せていい？」

足手まといとは思っていない。自分がミオの下《もと》へ向かうのと同じくらい、クルーエルの下に誰かがいてあげることも大事なのだから。

「……はい」

「いい返事です」

頷《うなず》く少年に、ケイトは片目をつむってみせた。

──ミオは、三階の通話室《つうわしつ》？

クルーエルに付きっきりだったせいで、ミオが最終的にどこへ向かったのかは把握《はあく》していなかった。一階を見回すものの、それらしい姿《すがた》はない。

図書管理棟内部は、二階以降はフロア中心部が吹《ふ》き抜《ぬ》けというドーナツ状の設計《せっけい》になっている。見上げるも、さすがに上階の様子までは定かではない。

「ネイト、クルーエルをお願いね」

一階脇《わき》にある階段《かいだん》を上っていく。が、その半ばでケイトは足を止めた。

階段が微震《びしん》。それに呼応するように、何か巨大《きょだい》なものが床《ゆか》を踏《ふ》み抜く音。これだけ鈍《にぶ》い重音からして、それもかなり重量がある何か。――少なくとも、人ではない。

やっぱり、あの悲鳴は何かがあった証拠《しょうこ》だ。

「ミオっ、どこにいるの！」

階段を一息に駆《か》け上がる。続けざまに三階まで一挙に上り詰《つ》めようと、三階につながる階段の手すりに手をかけた。

「教師《きょうし》か？」

刹那《せつな》。脳内《のうない》で鳴り響《ひび》く警鐘《けいしょう》に、ケイトは反射《はんしゃ》的にその足を止めた。

わずか十数段先に、頭から爪先《つまさき》までを覆《おお》う服装《ふくそう》に身を包んだ男がいた。フードから覗《のぞ》く口元は歪《ゆが》んだ笑みの形。その左手には、卵形《たまごがた》をした灰色《はいいろ》の触媒《カタリスト》。

——こいつが今回の首謀者《しゅぼうしゃ》か。

「……ミオはどこ」

「お前は誰だ？　当初俺《おれ》が想定した警戒《けいかい》すべき人物に、あいにくお前の顔は無いんでな」

一方的に言い放ち、男が懐中《かいちゅう》から紙切れを取り出した。

「まあいいさ、俺の方で調べる……ああ、あった。『ケイト・レオ・スェリ教師補《ほ》。専攻《せんこう》は『*Ruguz*《青》』、トレミア・アカデミーでは一年生の担当《たんとう》を任《まか》される。教師の試験を受ける前、十一ヶ月ミンティア天立研究所の正助手を務《つと》める』……ほぉ、中々優秀《ゆうしゅう》な経歴《けいれき》を持っているじゃないか。そのまま研究所に残ることは考えなかったのか？」

淡々《たんたん》と、物語を読み聞かせるように紙面を朗読《ろうどく》する男。

——情報《じょうほう》は、全《すべ》て正確《せいかく》だった。

「……内通者は誰」

「内通者？　はは、随分《ずいぶん》と身内を信用していないんだな。ま、安心しろ。この学園の連中じゃない。そんな便利な友人がいれば、この娘如《むすめごと》きに何度も見つかることはなかっただろうさ」

この娘。

その単語の意味する内容《ないよう》を悟《さと》り、ケイトは目を見開いた。

「ミオはどこ、答えなさい！　さもなくば――」

「さもなくばどうする。こいつごと、娘を氷漬《こおりづ》けにでもしてみるか？」

図書管理棟が震《ふる》えた。

三階フロア。階段の端《はし》に立つ男の傍《かたわら》へ、巨大な石像《せきぞう》が寄《よ》り添《そ》うように近づいてきた。

いや、石像ですらない。灰色の巨岩をいくつも雑《ざつ》に接合《せつごう》させ、かろうじて人型を成したような輪郭《りんかく》。もはや名詠《めいえい》『生物』とすら呼べるかも怪《あや》しい。大きさは、男より頭二つほど大きいだろうか。背《せ》が高いというより、太い。腕《うで》の周囲に至っては自分が一抱《ひとかか》えしてようやく測《はか》れるかどうかだ。

そしてその右腕で、灰色の名詠生物は制服《せいふく》姿の女子生徒を捕《と》らえていた。見覚えある、金髪《きんぱつ》童顔の少女。

「ミオっ！」

「……ケイト先生？」

わずかに自由のきく左手を、階下の自分に向かってミオが必死に伸《の》ばす。たった十数段の階段を昇った先にいるのに――なぜ、こうも遥《はる》か彼方《かなた》のように感じるのか。

直線距離《きょり》にしてたった十メートル弱。だがそれは、何人たりとも容易《ようい》に踏《ふ》み出せない距離。あまりに、今の自分にミオは遠かった。

「その生徒を放《はな》しなさい」

が、それは嘲笑《ちょうしょう》されただけだった。

「灰色名詠における第二音階名詠《ノーブルアリア》、〈*arsei lefis*《王に傅く子》〉。この無骨《ぶこつ》な外見が気に入らなくて普段は使わないんだが、可愛《かわい》らしい人質《ひとじち》を手元に管理しておく程度《ていど》には役立つな」

「……言い方を変えるわ。人質一人を盾《たて》にしてどこまで逃《に》げ切れると思ってるの。もうすぐここにも応援が駆けつけるわよ」

男が洩《も》らす、微《かす》かな嗤《わら》い声。

「羨《うらや》ましいな」

……羨ましい？　あまりに場を無視した単語。だからこそ、ケイトは背筋《せすじ》が凍《こご》えた。

何なんだ、この余裕《よゆう》。なぜこうも平然としていられる？

「応援が来る、それを本気で信じ込めるお前の頭さ。どこまでも幸せな設計《せっけい》になっているんだな。羨ましいことこの上ない——お前は敗者では無いのだからな。しかしそれゆえ、敗者《はいじゃ》で無きお前が俺に打ち勝つこともまた不可能《ふかのう》だが」

……この男は何を言っているんだ。

「分かりやすく言ってやろうか？　応援は来ない。よしんばこの棟の直前まで来たとして、そこには俺の真精たる〈*sterei efflectis Ezebyt*《十二銀盤の王剣者》〉が控《ひか》えている。だからこそ、俺はこうものうのうと構《かま》えているんだがな」

——まさか、学園全体に灰色名詠の生物を解《と》き放ったのか。学園の哨戒《しょうかい》にあたっていた者はその対処《たいしょ》で手一杯《いっぱい》。ここに人員を派遣《はけん》する余裕すらない。

「いや、言い直そう。一人だけは、あるいは通過《つうか》してくるかもしれないな。むしろ、そうでなくては困《こま》る。昨夜言いそびれたことがあったんでな」

コツ、階下で乾《かわ》いた靴音《くつおと》が鳴り響《ひび》く。この音は……ハイヒール？

その音を耳にし、フードの下の口元を男がより一層《いっそう》吊り上げる。

「さあ、俺はここにいる——さっさと上がってこい、〈イ短調〉！　全世界の誰もが詭弁《きべん》と否定《ひてい》するであろう、全《すべ》ての名詠式の歴史と概念《がいねん》を覆《くつがえ》す事実をくれてやる！　……そして、それを聞いた時のお前の表情が楽しみだ。なあ？」

揺《ゆ》れる波紋《はもん》のように、その咆吼《ほうこう》は図書管理棟に浸透《しんとう》していった。


——今、何が起きてるんだろう。

ソファーに横たわる少女の隣《となり》に佇《たたず》んだまま、ネイトはじっと頭上を見上げた。

二階以降《いこう》は中央部が吹《ふ》き抜《ぬ》けとなっているため、不明瞭《ふめいりょう》ながらもその声は階下にも届《とど》く。

断続的《だんぞく》に響《ひび》く、上部フロアからの声。ケイト教師《きょうし》と何者かの……対話？　言い争うという印象は感じない。

時間の経過《けいか》がひどく遅《おそ》く感じる。黙《だま》って待つ、それがここまで息苦しいと感じたのは初めてかもしれない。

……僕《ぼく》に、できること。

夜色名詠の第一音階名詠《ハイ・ノーブル・アリア》には、その前提《ぜんてい》として長大な〈讃来歌《オラトリオ》〉と特殊《とくしゅ》な触媒《カタリスト》を要する。

夜色の炎《ほのお》を生み出す『炎色反応《えんしょくはんのう》』、そのための薬品は小瓶《こびん》に携《たずさ》えている。しかしこの棟内では、たちまち周囲の本に燃《も》え移《うつ》って棟全体が炎上してしまう。炎は使えない。

――せめて、夜色名詠に使える強力な触媒《カタリスト》が他《ほか》にもあれば。

コツ、乾いた靴音がロビーに小さくこだました。

――棟内部には名詠生物はいないのか。

周囲の気配に警戒しつつ、一階のフロアへ。入ってすぐ、サリナルヴァは夜色の少年と目があった。

「少年、無事だったのか！」

「……は、はい」

頷《うなず》く彼に胸《むね》をなで下ろそうとし――しかし、ソファーに寝《ね》かされている少女を見た瞬間《しゅんかん》に息が詰《つ》まった。

「クルーエル！　何があった？」

「クルーエルさん……さっき急に倒《たお》れたんです。原因《げんいん》が分からなくて。それと、ミオさんの悲鳴が上から聞こえてきて！　今ケイト先生が様子を見に行ってます！」

悲鳴……やはり、遅《おそ》かったか。

息を整える間もなく、フロアの端《はし》にある階段へ走り寄《よ》る。

「ハイヒールはいいな。靴音が良く響く。……そして、実に好《い》いタイミングだ」

俄然《がぜん》、頭上から浴びせるように声が降《ふ》りそそいだ。……この声は。

「そう警戒せず、さっさと上がってきたらどうだ？」

図書管理棟は地上五階。声の伝わり具合からして、そう離れたフロアではないはずだ。せいぜい二階か三階。

……私が来るのを待っていたとでも言いたいらしいな。

ならば足音を消す必要はない。ただ全速力で、サリナルヴァは階段を駆け上がった。

二階のフロアに到達《とうたつ》。男の姿《すがた》がないことを確認《かくにん》し、即座《そくざ》に更《さら》なる階段へ駆け寄り――そこに、見知った教師の姿があった。

「ケイト！」

振り向く女性教師。だが、その呼び声に答えたのは彼女ではなかった。

「実に期待通りだ、サリナルヴァ。よくぞ俺《おれ》の真精《しんせい》を突破《とっぱ》してきてくれた」

「優秀《ゆうしゅう》な祓名民《ジルシエ》に助けられたよ。まったく、クラウスに合わせる顔が無い」

苦笑《くしょう》は内心だけに留《とど》め、平静にと努める。

「……私が来るのを待っていたとはどういうことだ」

「俺の目的、そろそろ勘《かん》づいた頃《ころ》だと思ってな」

「狙《ねら》いは触媒《カタリスト》ではなく、触媒《カタリスト》の実験報告書《ほうこくしょ》というぐらいだな」

「十分に好い答だ」

演技じみた仕草で、左手の〈孵石《エッグ》〉を掲《かか》げてみせる。

「――ミシュダル」

「なに？」

「ミシュダル。俺の名だよ。……ミシュダル・オゥ・ロウズフェルン」

――この場面で自ら名前を暴露《ばくろ》する。正気か？

名前を告げる、その男の口調に揺らぎは無かった。

「何を驚《おどろ》いている？　そもそも俺はただの敗者《はいじゃ》、名前などあって無いようなものだ。だからこそ……灰色名詠の歌い手となって以来、俺が他人に名乗るのはこれが二度目だがな」

吹き抜けの空間に、突風の過《す》ぎる音がこだました。

敗者の詩章・二『私は灰《はい》と誇《ほこ》りに流れゆく』

「一つ訊《き》きたいのだけれど——」

風になびく濡《ぬ》れ羽《ば》色の髪《かみ》を手で押《お》さえ、女性が口を開けた。

「あなたの名詠《めいえい》は『Arzus《白》』？」

「部類としては言うまでもなく『Arzus《白》』でしょう。もっとも、かつて私と共にこの名詠を創《つく》りだした男は『Isa《灰》』と誇《ほこ》っておりましたが」

灰色《はいいろ》。小さく、呟《つぶや》くように彼女がその単語を反芻《はんすう》する。

「申請《しんせい》して、実際《じっさい》その名称《めいしょう》が通るかどうか。半々と言ったところね」

「物議を醸《かも》すことでしょうな」

可笑《おか》しそうに目を細める老人。その表情が告げてくる。申請する気はさらさらない、と。

「……少々話を寄り道したいのですが、よろしいですかな」

女性は答えない。それを是《ぜ》と解釈《かいしゃく》したのか、老人が続けざまに言葉を綴《つづ》る。

「——既存《きそん》の五色には、実に様々な真精《しんせい》がいる。全《すべ》ての真精に真名があり、全ての真精にそれを讃《たた》える詠《うた》がある」

女性の背後《はいご》に佇《たたず》む竜《りゅう》。皺《しわ》だらけの指で老人がそれを指す。

「夜色名詠の真精は、そちらの竜という解釈でよろしいかな」

女性は答えない。

だが否定《ひてい》もしなかった。

「不躾《ぶしつけ》な問いですが、夜色名詠には他に真精は？」

この質問《しつもん》に対してだけ、女性と漆黒《しっこく》の竜が動きをみせた。女性が竜へ。竜が女性へ。互《たが》いに視線《しせん》を重ね、見つめ合う。

沈黙《ちんもく》の数秒。それ以外、両者の間には言葉も動きもなかった。

「——この子だけよ」

ゆっくりと、女性が老人へと視線を戻《もど》す。

「成る程《ほど》。わずか一体、だがまさしく真精たる雄々《おお》しさだ」

「そちらはどうなの」

「……三体ですな。灰色名詠には全部で三体の真精がいる。灰色名詠の王たるラスティハイト。そしてその従順《じゅうじゅん》な守護者《しゅごしゃ》である、王剣《おうけん》と王盾《おうじゅん》」

老人はふと頭上を見上げた。

灰色《はいいろ》の雲が、風に流され千切れゆく。

「私は……何かに希望を見出《みいだ》したかった。研究に打ち込むことで哀《かな》しみを忘《わす》れ、成功の喜びを以《もっ》て哀しみを癒《いや》していた――その研究こそが灰色名詠《めいえい》。私にとってこの名詠は、敗者《はいじゃ》たる私を哀しみから救うためのものだったのです」

「――敗者？」

「自分の最も愛する者を救えなかった、それ以外に敗北と呼《よ》ぶべきものがありますかな」

口をつぐむ彼女。

女性と老人の狭間《はざま》に、冷たい風が通りすぎた。

「その者のために、私は灰色名詠を創り上げた。幾星霜《いくせいそう》を経《へ》て、最後に王たるラスティハイトの名詠に成功した時……私はようやく、その者に対し胸《むね》を張《は》れるかと思っていた。だが――それは、あまりに儚《はかな》い夢《ゆめ》だった。この世にラスティハイトはもういない。三年前のあの日以来、灰色名詠の玉座《ぎょくざ》は空白のまま、帰らざる王を待ち続けたままなのですよ」

冷たい風にその身を委《ゆだ》ね、老人が目を閉《と》じる。

「最大最強の真精と信じて疑《うたが》わなかった。そう……あの場所で、アレに出会うその日まで」

間奏・第二幕　『あの日あの時、お前は何を見た』

「俺の最終目的は、灰色名詠《はいいろ》の真精の一体、王たるラスティハイトを詠《よ》び出すことだ」

灰色の卵《たまご》を抱《かか》え、ミシュダルという名の男が高らかに宣言《せんげん》する。

……まるで芝居《しばい》がかった仕草だな。

「フィデルリアの我《わ》が研究所に、あの血文字を残したのはお前か」

段上の男に向け、サリナルヴァは鋭利《えいり》な眼光《がんこう》を送りつけた。

「まさしく。もっとも、あれ自体はお前たちに宛《あ》てたのではない。灰色名詠の創造者《そうぞうしゃ》たるヨシュアに宛てたものだがな。本部にいたお前は知らないだろうが、三年前までフィデルリア支部《しぶ》で助手として雇《やと》われていた男だよ」

助手――〈孵石《エッグ》〉を精製《せいせい》し、三年前突如《とつじょ》として姿《すがた》を消したという謎《なぞ》の老人か。

「そう。あの小汚《こぎたな》い老人こそが灰色名詠を一から構築《こうちく》し、〈孵石《エッグ》〉という馬鹿《ばか》げた触媒《カタリスト》を造《つく》り上げた張本人《ちょうほんにん》さ」

戯《たわむ》れであるかのようにミシュダルが大仰《おおぎょう》に首を傾《かし》げてみせた。

「では、ここで疑問《ぎもん》が一つ。なぜ奴《やつ》は、こんな〈孵石《エッグ》〉などという効果過剰《こうかかじょう》な触媒《カタリスト》を精製したと思う？　お前も知っての通り、灰色名詠は攻撃色《こうげきしょく》としてはこの上なく優秀《ゆうしゅう》だ。これ以上無駄《むだ》に手を加える必要はない。にもかかわらず奴はわざわざ、下働きに扮《ふん》して触媒《カタリスト》を造り上げた。……なぜだと思う？」

名声や富のためでないことは瞭然《りょうぜん》。ならば選択肢《せんたくし》は一つしかない。

扱《あつか》いに困《こま》るほど強力な効果を持つ触媒《カタリスト》。

「自分で使うためだろうさ」

「そう。では、その使用目的は何だ？」

回答不可能《ふかのう》。提示《ていじ》されている鍵《かぎ》が少なすぎる。

使用目的、それについてはサリナルヴァにすら辿《たど》れなかった。灰色名詠と〈孵石《エッグ》〉。組み合わせとやり方次第《しだい》では、世界的な危機《きき》を巻《ま》き起こすことも可能ではあるが。

「答はひどく低俗《ていぞく》だよ──復讐《ふくしゅう》だ。奴自身の台詞《せりふ》を借りるなら『いずれ来《きた》る災厄《さいやく》を食い止めるため』と言ったものだがな」

「……どういうことだ」

「簡単《かんたん》だ。名詠式による災厄だよ──なあ、そこの教員。トレミア・アカデミーの教員ならば、この〈孵石《エッグ》〉が暴走《ぼうそう》した事故《じこ》を直接《ちょくせつ》目にしたはずだな。そう、お前たちが競演会《コンクール》と呼んでいるあのイベントだ」

突然《とつぜん》の名指しにケイトが眉《まゆ》をひそめる。

「お前も名詠式に携《たずさ》わる者として気にならないか？　この、触《ふ》れただけで名詠が発動してしまう奇妙《きみよう》な触媒《カタリスト》。あまりに強力すぎる不自然さ。この〈孵石〉の中、一体何が入っていると思う？」

分かるはずがない——教師《きようし》の沈黙《ちんもく》を答と解《かい》し、ミシュダルが左手の卵を持ち上げる。

「面白《おもしろ》いヒントをくれてやる。……五色の〈孵石《エッグ》〉の内部に入っている触媒《カタリスト》、中身は全て同じ物が封《ふう》されているのさ。逆に言えばだ、この触媒《カタリスト》、実はどの色の〈孵石《エッグ》〉であっても効果は同じ」

五色の〈孵石《エッグ》〉の中身が、全て同じ？

あまりに突飛《とつぴ》な発言にサリナルヴァは耳を疑った。

「この学園に持ち込まれた五色の〈孵石《エッグ》〉。あのどの色の〈孵石《エッグ》〉であっても、実は全色の名詠が可能だったのさ。たとえば緑の〈孵石《エッグ》〉を用いても俺の灰色名詠が可能となる。それがこの世のどんな色であろうと例外は無い」

「……それは嘘《うそ》よ」

迷《まよ》った様子もなく、ケイトが首を横に振る。

「名詠式は、名詠の選択色と同じ触媒《カタリスト》を用いないと発動しないもの。ミドルスクールの生徒だって、そんな戯《ざ》れ言《ごと》に騙《だま》される生徒はいないわ」

「名詠を教える教師らしい口上だな。……だが真実なのさ。どんな物事にも、基本原則《きほんげんそく》に当て嵌《は》まらない例外が存在《そんざい》する。こと名詠式の触媒《カタリスト》に関してはこの〈孵石《エッグ》〉が、いや〈孵石《エッグ》〉の中身こそがそうだ。さてサリナルヴァ、もう一度訊《たず》ねよう。この〈孵石〉の中に、一体何が入っていると思う？」

「その卵を割《わ》ってみれば自ずとわかるさ」

「ははっ、お前らしいな」

左手の〈孵石《エッグ》〉。その触媒《カタリスト》を弄《もてあそ》ぶように、ミシュダルが宙《ちゅう》で回してみせる。

「今から六年前だ。ヨシュアは名も無き小島に行き、そして呆然《ぼうぜん》とした様で戻《もど》ってきた。奴は俺にこう言った」

全ての名詠色に応用できる、究極《きゅうきょく》の触媒《カタリスト》を見つけた。だがそれと同時に――

この世の全ての真精を集結しても敵《かな》わないであろう、まるで人智《じんち》を越《こ》えた不可解《ふかかい》な存在に出くわした。

——戯れ言にしか聞こえない。

それが、サリナルヴァの本音だった。隣では、やはりケイトもまた、どこか怪訝《けげん》な眼差《まなざ》しで男を見上げている。

が、段上《だんじょう》の男の笑みに揺《ゆ》らぎは無かった。

「……好《い》い表情だ。そう、俺も最初はそうだった。だが実際に奴が精製した〈孵石《エッグ》〉を試《ため》し、信じざるを得なくなった。この〈孵石《エッグ》〉は、本当にどんな色にも適用《てきよう》できる触媒《カタリスト》だったからな」

「ならば、なぜそもそも五色に色分けしてある？」

五色に色別する必要はない。全て灰色、全て白でも良いではないか。色分けすることにメリットは存在しない。

「ヨシュアがその事実を研究所側には報《しら》せていなかったからさ。何も知らぬ職員《しょくいん》はヨシュアの指示《しじ》通りに〈孵石《エッグ》〉を色づけした。ちなみにこの灰色の〈孵石《エッグ》〉こそが、奴が研究所を訪れる前に造った試作品だ。研究所で行ったのは、いわば灰色の〈孵石《エッグ》〉を五色に塗《ぬ》り分けただけと言うのが適切だな」

灰色の〈孵石《エッグ》〉が原点。五色の〈孵石《エッグ》〉が派生《はせい》。……しかし妙だ。今この男が手にした触媒《カタリスト》と研究所の精製したそれとでは、決定的な違いがある。

「そう。〈孵石《エッグ》〉の複製《ふくせい》に際し、一点だけヨシュアの計算外があった。大抵《たいてい》の奴はこの〈孵石《エッグ》〉の外殻《がいかく》を、中身の触媒《カタリスト》の反応促進役《はんのうそくしん》と考える。だが実際はその真逆。〈孵石《エッグ》〉の外殻は、中身の触媒《カタリスト》の効果を抑《おさ》える役割《やくわり》だったのさ」

中身の触媒《カタリスト》の効果を抑えて、なおあの効果？

「……ミシュダル、その触媒《カタリスト》は一体何だ」

「さあな。それこそあの老いぼれに訊《き》くといい。で、だ——しかし五色に複製する際、それを誤解《ごかい》した作業担当者《たんとうしゃ》が触媒《カタリスト》の効果を促進させるよう独断《どくだん》で外殻を薄《うす》くさせてしまったんだよ。研究所においてヨシュアは所詮《しょせん》助手だからな。計画書を提出《ていしゅつ》するだけで実際の複製過程《かてい》には参加できず、それを止めることはできなかった」

……つじつまは合うな。

学園に運ばれた〈孵石《エッグ》〉は触れただけで作動。しかしミシュダルが今手にしている〈孵石《エッグ》〉は作動していない——その事実の説明と今の独白《どくはく》は非常《ひじょう》に合致《がっち》したものだ。〈孵石《エッグ》〉の量産。それがどれだけ危険《きけん》な真似《まね》か、その老人も気づかぬはずがない。だがそれと知ってなお、自分の計画を優先《ゆうせん》させた。——全《すべ》ては復讐《ふくしゅう》の為《ため》に。

「まるで人智を越えた不可解な存在と言ったな。それがお前の崇拝《すうはい》するラスティハイトだと言うのか？」

「いいや。奴は違うと言っていた。それどころか『ラスティハイトはもういない』と俺に告げたのさ。なぜいなくなったのか。奴が何を見たのか。それ以上は、いくら問い詰《つ》めても口を割らなかった。だがその時悟《さと》ったよ。奴が〈孵石《エッグ》〉を精製した理由は、その不可解な存在に対抗《たいこう》する為だったとな」

ミシュダルがその左手を天へと向ける。

「灰色名詠の創造者《そうぞうしゃ》が何をそこまで怖《おそ》れたのか。どうだ、誰だって気になるだろう？　俺はそれが知りたい！　あの老いぼれた賢人《けんじん》は、六年前に何を見た！」

敗者の詩章・三『未《いま》だ知られざる歌の鼓動《こどう》』

1

深緋の鐘鳴り響く
——*sheon lef ped-l-clue rien-c-soan*

その歌は、いつ誰が歌うのだろう。

彼方（あなた）の名前を讃えます
YeR be orator Lom nebbe
紅く恥（やさ）しく可憐（うつく）しい
lor besti redi ende keofi-l-lovier
微風に浮遊（ただよ）い積もる真『緋』の欠片
Hir qusi『clue』lemenet feo fulleftia sm jes gluei I

いつ誰が……誰のために詠《うた》うのだろう。
何を想い、何を望んで詠うのだろう。

melodia fo Hio,《彼方へと紡ぐ詠》 *O ect ti bear Yem*『*sophit*』《わたしの『想い』重ねて演れ》
ife I she cooka loo zo via《世界があなたを望むのならば》
Isa《さあ》 *da boemda foton doremren*《生まれ落ちた子よ》
YeR be orator Lom nebbe《あなたの名前を讃えます》 *O evo Lears*《彼方は貴方となれ》——*M*＊＊＊＊＊＊＊

それは至美《いとうつくしき》、未だ知られざる緋色《ひいろ》の旋律《せんりつ》。

2

乾《かわ》いた砂利《じゃり》が風に飛ばされ、ぱらぱらと老人の衣服を打《う》つ。
だが不思議と、そのすぐ正面に立つ女性《じょせい》には、小石は一粒《ひとつぶ》さえも当たっていなかった。

さながら、小石の方がそれを畏《おそ》れるように。自らの意志《いし》で避《さ》けているかのように。

「私があの時見たものは――」

見果てぬ荒野《こうや》の一端《いったん》で、その老賢人はゆっくりと口を開けた。

「ただの、十歳かそこらの女の子でした」

老人の手と唇《くちびる》が、微弱《びじゃく》なふるえを繰《く》り返す。

その声に混《ま》ざる、到底《とうてい》言葉にできない何か。

「そう、普《ふ》通《つう》の人間の少女。あえて特徴《とくちょう》を挙げるなら……血という血を越《こ》え、炎《ほのお》という炎を越えた、純然《じゅんぜん》たる緋色の髪《かみ》の少女でした」

緋色の髪をした少女。

だがそれでも、その老人はそれ以上のことは告げなかった。この世界に一体、何百・何千人単位でいることだろう。

「信じられますか？　その少女によって……最大最強と信じていた……いえ、信仰《しんこう》していた敗者《はいじゃ》の王が、……ラスティハイトが少女の前で跡形無く消失したなどと」

自分の顔を、皺《しわ》混じりの両手で覆《おお》う老賢者。

「あれが本当にヒトなのか。ヒトだとして、あれはどのような力なのか。ヒトの形をした真精《しんせい》なのか。真精だとして、あれは一体どこから生まれたのか」

両手で覆った顔の下、呻《うめ》きにも似《に》た嗚咽《おえつ》が洩《も》れる。

「あまりに未知、不可解《ふかかい》。既存《きそん》の五色――人の成した『*sophit*《名詠（おもい）》』を『*neckt*《否定》』する、あまりに遥《とお》くあまりに美しき『*clue*《緋色》』の存在。それと遭遇《そうぐう》した時……私は……真なる意味で敗者となったのです」

既存の五色を越えた、更《さら》なる未知の落とし子。

あれは人間なのか、それとも未だ知られざる真精なのか。

真精だとすれば、セラフェノ音語によって綴《つづ》られるべき真名があるはずだ。

そう、それはさながら――『*clue-l-sophie neckt*《緋色の背約者》』

「だからこそ……イブマリーよ、あなたの力をお貸《か》し頂《いただ》きたい。あなたの夜色名詠以外、もはやあれに対抗するための可能性が見あたらない」

終奏『夜色の卵《たまご》の孵《かえ》るとき』

0

不思議な夢《ゆめ》を見た。

真っ黒い世界。どこまで歩いても終わりの無い無限回廊《むげんかいろう》。

その場所で、音だけが鮮明《せんめい》に響《ひび》いていた。

始まりは、波の音。つい最近に聞いた覚えがある。そうだ、夏休みの臨海《りんかい》学校で、わたしは『あの子』と一緒《いっしょ》に海辺に行ったっけ。

次は、遠くから聞こえる鐘《かね》の音。これは学校の入学式かな。でも、いつのときの入学式だろう。……トレミアの入学式？

三番目は、赤ん坊《ぼう》の泣き声だった。この声、誰《だれ》の泣き声だろう。わたしの知っている赤ちゃんなのかな。でも、どれだけ聞いても思い出せない。

そして最後に——

最後に聞こえてきたのは、歌だった。

男の子と女の子。二人で一緒に歌ってる。

女の子の方は……わたし？

でも男の子の方は誰だろう。すごく近くにいる気がするのに、不思議と思い出せない。

思い出せないまま、歌は次第《しだい》に霞《かす》んでいった。


……寝《ね》てちゃだめだ。

無意識《むいしき》と夢の狭間《はざま》で、クルーエルはその拳《こぶし》を握《にぎ》りしめた。

わたし、大切な人たちを守りたいって決めたじゃないか。こんな肝心《かんじん》な時に、ちょこっとの頭痛《ずつう》くらいで倒《たお》れて、何を偉《えら》そうなこと言ってるんだろう。

〝それは、だめ〟

突然《とつぜん》響いてきた声。

だめ？

〝無理はしない方がいい。あなたが無理をして動くまでもない。あの男にとってあなたの友人は一時的な人質《ひとじち》。だから最終的には助かる。それが予定運命上に定められて……〟

相手の何気ない一言。けれど。

――その一言が、自分にとって絶対《ぜったい》に許《ゆる》せない部分に触《ふ》れた。

「うるさい、うるさい」

言い終える前に、クルーエルはその言葉を否定《ひてい》した。

〝……うるさい？〟

誰も、あなたなんかに意見を求めてない。わたしはミオを助けたいんだ。無理はしない方がいい？　動くまでもない？

そんなの絶対嫌《いや》だ。わたしはあなたの為《ため》を想《おも》って〟

〝……クルーエル、わたしはあなたの為を想って〟

――誰だか知らないけど。

「少し、黙《だま》りなさい」

声が沈黙《ちんもく》する。そう、それでいい。

わたしの友人はわたしが助ける。それだけは絶対誰にも譲《ゆず》らない。わたしにできること。

それがたとえ本当に些細《ささい》なことでもいい。わたしにできることをやって……後のことは誰かに任《まか》せればいい。

――信じてる。

わたしがそれを託《たく》す人は、きっとすぐ近くにいるはずだから。

1

にわかに、自分の隣《となり》のソファーが軋《きし》んだ音を立てた。汗《あせ》ばんだ髪を張《は》りつかせ、上半身を起き上がらせる少女の姿《すがた》。

「――クルーエルさんっ？」

焦点《しょうてん》の定まらぬ瞳《ひとみ》をゆらせ、少女がふらりと起き上がる。

再度《さいど》倒《たお》れかけたその身体《からだ》を、あわやというところでネイトは支《ささ》えた。

「だめです、寝《ね》ててください！　体調悪いの分かってますから」

「……うん。頭……すごく痛《いた》い、割れそうなくらい痛い。……目眩《めまい》がして吐《は》き気もあるの」

「なら、なおさら――」

「だめだよ。ミオが捕《つか》まってる」

弱々しく、彼女が唇《くちびる》をふるわせる。

――なぜそれを。

「……あれだけ頭痛ければ寝れるわけないもん。さっきまで意識がぼうっとして動けなかったけど、それでも――みんなの声、聞こえてた」

確かに、当初と比《くら》べれば症状《しょうじょう》は治まったかもしれない。だけどそれでも顔色は真っ青で、呼吸《こきゅう》も荒《あら》い。全身が寒気と激痛《げきつう》に襲《おそ》われているのが嫌でも伝わってくる。顔色は真っ青で、呼吸《こきゅう》も荒《あら》い。本当は立ち上がることだって辛《つら》いだろうに。

「――ネイト、お願いがあるの」

ふるえる両手を、彼女は自分の肩《かた》にのせてきた。

……クルーエルさん？

動けなかった。言葉も発することができなかった。目の前、鼻先が触れるほど近いところに、彼女の顔があったから。

熱を帯びた彼女の吐《と》息《いき》が、自分の前髪をゆらすほどの距離《きょり》。

朱《しゅ》を帯びた唇《くちびる》が、あと少しで重なるくらいの距離。

「わたしを……わたしを……」

＝＝

「仮《かり》に事実だとすれば、確かに世界中の知識人《ちしきじん》がひっくり返るだろうな」

ミシュダルへと向け、サリナルヴァは大げさな素《そ》振《ぶ》りで腕《うで》を組んだ。なぜこの男が、こうも重大な秘《ひ》密《みつ》をぺらぺらと喋《しゃべ》るのか。ようやく思い当たったからだ。

「なあミシュダル。お前は今まで、一体いくつの研究所や名詠学校でその話をした？」

「──気づいたか」

にやりと、狂気《きょうき》じみた笑みがなお一層《いっそう》深くなる。

この男の話は、おそらく大部分が真実。たとえ少々の偽装《ぎそう》が含《ふく》まれているとしても、相対的に見た報告価値《ほうこくかち》は揺《ゆ》るぎもしない。それだけの内容《ないよう》だ。

──だが、それがこの男の罠《わな》だったのだ。

「恐《おそ》ろしい計画だな。最低でも数年がかりの計画だっただろう？」

「そうでもない。ヨシュアが姿《すがた》を消したのが三年前。あの男の消息を掴《つか》む為《ため》がむしゃらに計画を練って、せいぜい二年半。種を蒔《ま》いたのが二年前といったところだ」

「……どういうことです」

隣の教師《きょうし》が耳打ちしてくる。

「今回こいつが襲撃《しゅうげき》した研究所や名詠学校《めいえいがっこう》。それらは全《すべ》て、今私たちが聞かされた情報を、こいつから前もって聞かされていたということさ」

この男の手順はこうだ。

まずは今の話の全容、あるいは一部をめぼしい研究所や名詠学校に流す。

なにせこれだけの情報だ。極秘《ごくひ》という指定をつけておけば、研究所や名詠学校も手柄《てがら》を独占《どくせん》しようと他の関連機関にはばらすまい。功《こう》に目がくらんだ各機関は必死で〈孵石《エッグ》〉の分析《ぶんせき》、触媒《カタリスト》の分析、そしてヨシュアとやらが告げた「人智《じんち》を越《こ》えた不可解《ふかかい》な存在《そんざい》」の調査《ちょうさ》に我先《われさき》にと取りかかるだろう。

——ここまでが種蒔き。

そして二年後。各機関においてその調査の報告書が大方出揃《でそろ》った。二年前に蒔いた種が一斉《いっせい》に大きな実をつけた。それを今回、この男は一気に刈《か》り取ったのだ。それを裏付《うらづ》けるのが大特異点《ネシリス》からの情報。事実、襲撃された機関において奪《うば》われていたのは触媒《カタリスト》ではなく、全て実験報告書だった。

自分一人で動き回るより圧倒的《あっとうてき》に効率《こうりつ》が良い。〈孵石《エッグ》〉を量産するためヨシュアが研究所の助手になったこと。それを悪意的に応用したようなものだ。

「そして今、あわよくば私の研究所でも同じ事をと企《たくら》んでいたのだろう？」

この男の弁《べん》を信じて他の研究所同様に〈孵石《エッグ》〉を研究すれば、ケルベルク研究所本部もいずれこの男の侵入《しんにゅう》を受けていた。

「……ははっ。やはりお前は大した奴《やつ》だよ。小者が土壇場《どたんば》でぺらぺら喋《しゃべ》る——そう思ってくれるとばかり期待していたんだがな」

己《おのれ》の狙《ねら》いを暴露《ばくろ》されたにもかかわらず、男の余裕《よゆう》は揺るぎない。それが示《しめ》すのは唯《ただ》一つ。

今まで刈り取った情報で、この男は既《すで》に何かを摑《つか》んでいるのだ。

「──下らん脚本劇《きゃくほんげき》はここで終わらせたいところだな」

「俺《おれ》をどうにかしてか？　その前に生徒の身を案じた方がいいぞ」

灰色《はいいろ》の小型精命《せいめい》が、その腕《うで》に抱《かか》えた少女をこれ見よがしに持ち上げてみせる。

吹《ふ》き抜《ぬ》けの設計《せっけい》──小型精命がミオを摑んでいる真下に床《ゆか》はなかった。手を離《はな》せば一階のフロアまで一気に転落する。

……内部空洞型《くうどうがた》の棟《とう》。この土壇場でよもや、その何気ない設計が仇《あだ》になるとは。

舌打《したう》ち。ふとそれに混《ま》じり、誰かの足音が聞こえた。誰かの、今にも途切《とぎ》れそうなほどか細い呼吸《こきゅう》と共に。

「──クルーエルっ？」

ケイト教師の声に、反射《はんしゃ》的に振《ふ》り向く。

……クルーエル？　あの子は寝《ね》ているはずでは。

サリナルヴァは我《わ》が目を疑《うたが》った。階段《かいだん》の手すりに寄《よ》りかかるようにして、さながら死人が蠢《うごめ》くように昇《のぼ》ってくる少女がいた。

〝ネイト、お願いがあるの〟

〝お願い？〟

〝そう。ここにいて。何があっても一階のこの場所にいて〟

そっと、ネイトは目を閉《と》じた。

うつむくことはしなかった。

両手を握《にぎ》りしめ、瞳《ひとみ》を閉《と》じたまま頭上を見上げる。

吹き抜けの棟の最上部——それすら越えた、遥《はる》かな空の彼方《かなた》を見上げて。

〝ど、どうしてですか〟

〝わたしは……わたしにできることをしたいの……でもそれだと、ミオを助けるだけで精一杯だと思う。だから——〟

〝……だから？〟

〝わたしも、キミに頼《たよ》って良いかな〟

〝……僕に？〟

黄昏（はじまり）の鐘を鳴らせましょう
sheon lef dimi-l-shadi rien-c-soan

〝ねえ、ネイト。競演会《コンクール》のこと覚えてる〟

忘《わす》れるはずがない。アーマ、虹色《にじいろ》名詠士。沢山《たくさん》の人に助けられて、沢山の想《おも》いに支《ささ》えられたあの時――自分の隣《となり》にこの人がいてくれて、ミオさんが触媒《カタリスト》のための材料を持ってきてくれた。

〝あの時できたんだから、今回だってきっとできる。できることを、信じてほしいの〟

嬉《うれ》しかった。

……初めてだったから。

〝わたしがミオを助ける。そして、そのミオがきっと触媒《カタリスト》を用意してくれる〟

〝ミオさんが……触媒《カタリスト》を？〟

〝そう。だから――だからキミは、わたしたちを信じてここにいて。ここでキミの歌を詠《うた》っててほしいの〟

――初めてだった。

歌を詠って欲《ほ》しい。誰かからそう言われたのは。

〝ずっと夏休み一緒《いっしょ》にいたけど、気づいてた？　わたし……キミから時々、わざと目を離してたんだよ？〟

〝……そうだったんですか？〟

〝ふふ。でもね、その時だってキミは名詠ができてたよ。だから平気。今は見てあげられないけど、わたしはキミを信じてる〟

──初めてだった。

誰かに頼られること。

誰かのために、何かができるかもしれないと思えたこと。

全ての色たちは　黄昏の鐘と共に鳴ることを嫌い
elma Ies nexe riena peg twispeli kei

それでもなお　全ての子供たちがあなたの名を忘れることのないために
O la sia, yupa elma dremre neckt listasia U Sem pheno

だから、詠う。

今この場で紡《つむ》ぎ上げる。自分の詠を。

今は──名詠詩《ことば》は不完全でいい。その旋律《せんりつ》だって不格好《ぶかっこう》でいい。だけど、それでも──

これは誰に教わったわけでもない、僕が紡ぐ詠。

名詠するものは決まっていた。

もたらされる触媒《カタリスト》はきっと夜色の炎《ほのお》ではない。ならば約束の真精《しんせい》は詠《よ》べないだろう。な

shron lef dimi-l-shadl

shron lu xen-en sena peg twispel kei

ish Sen pheno

zette stuele U artirea lisya

Sem gin phaon denica sm m

jes kless qusi shaz lef sorbit , hyne lef zurabil
Hir siraka I peg amei xei   lipus Hir qusi ce:r

らばそれを除《のぞ》いて、僕の最も信頼《しんらい》するものを詠べばいい。

〝言いたいことは山ほど、それこそ伝言にしきれないくらいある〟

〝だから、それを言わせるためにも我《われ》をもう一度詠べ〟

『それ』を詠んで、その名詠生物に何ができるかは分からない。ただ、きっと何とかしてくれる。不思議とそう思う。

だから——夜色の旋律をあなたの下《もと》へ。

2

頭を穿《うが》つ激痛《げきつう》に、意識《いしき》すら霞《かす》んでいく。

身体《からだ》がひどく寒い。おそらくは熱も相当あるのだろう。熱を帯びたせいで自然と溢《あふ》れる涙《なみだ》。朧気《おぼろげ》な視界《しかい》のせいで階段を昇ることすら満足にできない。いや、たとえ視界が晴れていたとしても同じ事だ。

全身、腐《くさ》ってしまったかのように自由がきかない。激痛と、ふるえ。言い様もない気怠《けだる》さと怖気《おぞけ》。その苦痛に歯を食いしばり、クルーエルは前へ前へと進み続けた。

〝だから、あなたの名詠はまだ全部で三回。であると同時に——既《すで》に三回も、と言うこともできる〟

黎明の神鳥《フェニックス》を詠んだ数。これが、その代償《だいしょう》とでも言うの？

……だけど、構《かま》わない。

わたしは、黎明の神鳥《フェニックス》を詠んだことを後悔《こうかい》していない。どの場面だって、わたしは自分の意志《いし》で詠んだ。自分の大切な一欠片《ひとかけら》を守るために。

……だから、ミオ待ってて。

もうすぐ、もうすぐ行くから。

═

今まで、頭の悪い人間や愚《おろ》かな人間は腐るほど見てきた。むしろそれを眺《なが》め、嘲笑《ちょうしょう》することが自分の人生であったと思えるほどに。だが——理解《りかい》はおろか、その意味すら分からない行動をとる人間。

それは、ミシュダルには初めてだった。

……何なんだ、この娘《むすめ》。

緋色《ひいろ》の髪《かみ》をした女子生徒。昨夜黎明の神鳥《フェニックス》を詠んだ女のはず。それが何たる様だ。

顔は土気色。荒《あら》く不連続な吐息、熱を帯びた双眸《そうぼう》は赤く腫《は》れ上がっている。身体は凍《こご》えるようにふるえっぱなし。目線は下を向いたまま。意識すらろくにないのかもしれない。

膝《ひざ》がまるで動かないのか、手すりに寄りかかるように、だがなお階段《かいだん》を一段昇《のぼ》るのに数十秒を要す。身体が腐っているのでは、本気でそう思えた。

昨夜の威勢《いせい》は微塵《みじん》と消え、今はまるで半死人ではないか。

……おい、そんな見苦しい姿《すがた》を俺の前にさらけ出すな。サリナルヴァ、この気味が悪い娘を止めろ——そう声に出そうとして、だが出なかった。

少女の異様《いよう》な雰囲気《ふんいき》に、喉《のど》が凍《こお》りついていた。そしてそれを間近で目撃しているはずの教師《きょうし》や〈イ短調〉すら、自分同様に固まっていた。

「……は……な……」

ぼそりと、呪詛《じゅそ》のように少女が洩《も》らした。

——なんだ。いまこの娘は何と言った。

「ミ、オ……を放して」

おい。お前、まさかそれだけのために——

「クルーエルだったか。お前、まさか俺からこの人質《むすめ》を取り返そうとしてるのか」

「ミオを……返……して。決め……たんだ」

ずるりと、腐りかけの身体を押すように、這《は》いずるような姿勢で上がってくる。

「わた……し、わ……たしにでき……ること、するって」

――狂ってる。

形容《けいよう》しがたい悪寒《おかん》に駆《か》られ、ミシュダルは一歩だけ後ずさった。

その状態《じょうたい》で何ができる。名詠《めいえい》はおろか、階段すら登れない、会話すら満足にできない、いや――そもそも意識すら無いのではないのか？

ちょっと手で押してやれば、この娘は階段から楽に転落していくだろう。そしてそうすれば、もはや二度と起き上がれまい。むしろ、そうしてやった方がこの娘には良いとすら思えてしまう。

……だが、それならなぜ、俺の方が退《ひ》いている。

相手は――間違《まちが》いなく重病人か半死人。いや、万全であったとしても自分が臆《おく》する相手ではないはずなのに。

なのに、なぜこうも背中《せなか》に冷たい汗《あせ》が噴《ふ》き出る。


……やだ……もうやめて……もういいよ……

怖《こわ》い。見るのが辛《つら》い。

あんなクルルの姿見るのやだ。さっきいきなり気を失ったんだ。平気なはずがない。今だってものすごく辛そうじゃないか。

「クルル、もうやめてっ！　おねがい、クルルの方がどうにかなっちゃうよ！」

灰色《はいいろ》の名詠生物に捕《と》らえられたまま、ミオは声の限《かぎ》り叫《さけ》んだ。

「──違うな」

答えたのは、隣《となり》に佇《たたず》む敗者《はいじゃ》。

「あの娘は既《すで》に狂っている。もはやお前の声も届《とど》くまい」

「……そんなことないっ！　クルルはクルルだ！」

目が霞《かす》む。頬《ほお》を伝う涙《なみだ》が止まらなかった。頬を伝い、顎先《あごさき》を伝い、制服《せいふく》の襟《えり》を濡《ぬ》らし続ける。──クルルがあたしのためにここまでしてくれているのに。

こんなひどいことを言われっぱなしで、あたしはクルルのために何もできないの。

にわかに、とうとう友人が階段半ばでくずおれた。

……お願い、もう立たないで。……立っちゃ、だめだよクルル。

「──平気、だよ」

両足だけじゃない。両手まで使って四つん這《ば》いになってまで、あまりに滑稽《こっけい》な姿で立ち上がろうとする友人。

「……ここまでこれれば……いいの。ここでいいの」

その場所は、階段途中《とちゅう》の踊《おど》り場だった。

敷《し》かれた真紅《しんく》のカーペットに、ほとんど横たわるようにクルーエルが腰《こし》をつく。

「ミオ……競演会《コンクール》のこと、覚えてるかな。今、あの時とすごく似《に》てるよね」

競演会《コンクール》そのものは勿論《もちろん》覚えてる。だけど、競演会《コンクール》の中でも一体何の部分を言ってるんだろう。

「娘、何のことだ」

男のそれには応《こた》えぬまま、友人はただ深々と、あたしだけに告げてきた。

「元素番号《げんそ》27……だっけ」

たった一言。

だけど、その一言だけで伝わった。彼女が何を言っているか。何を意図しているのか。

「……クルルのばか……27じゃなくて、37だよ」

流れる雫《しずく》が、ほんのちょっとだけ少なくなった。

分かった。彼女がその言葉に何を込《こ》めたのか。これで伝わらなければ友達じゃない。だいじょうぶ。伝わったよ。だから……その後は、あたしに任《まか》せて。

触媒《カタリスト》は、あたしが必ず届けるから。

——なら、もう泣いてなんかいられない。

かろうじて自由がきく右手で、ミオは制服の襟の一部を引きちぎるように無理やり引っ張った。

zette sm《だからこそ》 *cele U arma da lisya*《わたしは彼方を夢みます》
Sem girisi qhaon《あなたの誇り高き翼は》 *denca sm mihbya lef hid,*《頭上の至高きまでも舞い上がる》 *ravience branous*《最も雄々しき者よ》

〝お前の母でさえ我《われ》を詠《よ》び出すのに幾年月《いくとしつき》をかけたのか、忘《わす》れたわけではないだろう。現《げん》状《じょう》のお前が適《かな》うものではないだろうに〟

――一番最初から知っていた。

母と自分の、どうしようもない差。

だからこそ、ずっとずっと練習してきた。どこまでも深い溝《みぞ》を埋《う》めるために。

〝我が認《みと》めた唯一《ゆいいつ》の名詠《めいえい》者だ。少なくとも、才能《さいのう》という点に関してはお前の遥《はる》か上を行っていたな〟

アーマ……僕は、認めてもらいたい。今ここで。

そうじゃなきゃいけない。クルーエルさんもミオさんも、それを信じてくれているから。

「──状況《じょうきょう》を理解《りかい》しているとは思えないな」

上段から見下すように告げてくる男。名前は……なんと言ったか。

「……状況って……なにそれ」

寒気で青ざめた唇《くちびる》で、クルーエルは精一杯《せいいっぱい》言葉を紡《つむ》ぎ返した。状況なんて、それがどんなであっても構《かま》わない。わたしはただ、ミオを助けたい。その目的だけがあればいい。

そっと、足下《あしもと》の絨毯《じゅうたん》に手を触《ふ》れる。

学園長室の物と同じ、真紅《しんく》の絨毯。

「呆《あき》れたな。その絨毯を触媒《カタリスト》にでも使う気か。仮《かり》にも名詠を学ぶ生徒でありながら後罪《クライム》も知らないのか」

──クライム。そうだ、それはクライムと言うんだっけ。

「名詠学校内にある備品《びひん》は、通常全《つうじょうすべ》て後罪《クライム》がかかっている物が使用される。万一にも生徒がそれで名詠を行って暴走《ぼうそう》させないようにな──その絨毯も言うまでもなく。な」

「名詠……できないと……思っ、てるの」

「お前がどこの誰《だれ》だか知らんが、不可能《ふかのう》だな。後罪《クライム》によって施錠《せじょう》された名詠門《チャネル》をこじ開けるのは困難《こんなん》を極《きわ》める。歴史上あらゆる名詠士も、〈讃来歌《オラトリオ》〉を用いて第三音階名詠《プライムアリア》が限界《げんかい》だった」

——やっぱりそうだ。

さっきからこの男の話を聞いていて、どこか腑《ふ》に落ちなかった。

何が変だったのか、今ようやく分かった。この男も、ヨシュアという人も、〈孵石《エッグ》〉とやらを精製《せいせい》しようとした他の研究所も。

みんなみんな、一番大事なことを忘《わす》れてる。

〈孵石《エッグ》〉？　究極の触媒《カタリスト》？

くだらない。なんてくだらないことで、みんな大騒《おおさわ》ぎしているんだろう。

拳《こぶし》を握《にぎ》る。爪《つめ》が自分の手のひらに食い込むくらい。痛《いた》みに、朧気《おぼろげ》な意識《いしき》が一瞬《いっしゅん》だけ覚醒《かくせい》した。唇を噛《か》み切る。声が、出るように。

そして——クルーエルは全身のふるえを無理やり押さえつけた。

「あなたは、いいえ、『大人』は大事なことを忘れてる！」

声を振り絞《しぼ》った。一人でも多くの人に届《とど》くように。

この男に、ヨシュアという老人に、学園にいる全ての人に。

全ての、名詠を扱《あつか》う者たちに届くように。

「名詠に必要なものは凄《すご》い触媒《カタリスト》じゃない。名詠式は、自分が望むものを詠《よ》び招《まね》くものだもの。その願いがあれば、気持ちがあれば――名詠式には十分なんだから！」

「……もういい、時間の無駄《むだ》だ」

小型精命を従《したが》え、男がさらにフロアの奥《おく》へと歩を進める。緊急《きんきゅう》用の非常《ひじょう》通路から脱出《だっしゅつ》する気なのか。

……あなたのことなんかどうでもいい。逃《に》げたければ逃げていい。

だけど、だけどミオだけは今すぐ――返せ！

そっと、クルーエルは真紅の絨毯に触れた。

一度は詠ばれ、そして還《かえ》っていった『子供』たち。

……お願い、わたしに力を貸《か》して。大切なものを守りたいの！

〝あなたが普段名詠式と思っているものは、本来のあなたの名詠とは似《に》て非なるものだもの。本当のあなたの名詠は――〟

〈□□□□□《その約束に牙剝く者》の真言《しんごん》・大母旧約篇奏《きゅうやくへんそう》――『全ての目覚める子供《こども》たち』〉

Isa sia《さあ起きて》 *clue-l-sophie pheno*《緋色の子供たち》
O la ecta ris,《だいじょうぶ》 *beckt shoul dowa*《怖がらないで》
Se wi lu riria Lom ilis pheno《わたしが素敵な名前をつけてあげるから》

虚飾《きよしよく》も華美《かび》な修辞《しゅうじ》も要《い》らない。
ただ胸《むね》の奥に湧《わ》き上がるものを言葉にするだけ。

O via《安らぎ》 *fel hypne,*《そしてもう一度》 *ende O la ele heren*《ここにおいでなさい》
bekwist jes《いつまでも》 *xin lef hypne*《いつまでも》 *muas defea zayixuy-c-olfey*《ここは憩いの場所だから》

指先の触れた部分から、真紅の絨毯から緋色《ひいろ》の輝《かがや》きが生まれた。初めは小さな光の粒子《りゅうし》。
その一粒《ひとつぶ》一粒が急速に大きさを増《ま》していく。

自分を包み込み、周囲の教師《きようし》たちを包み込み、図書管理棟《とう》全《すべ》てを抱擁《ほうよう》するように。

「――馬鹿《ばか》なっ」

ミシュダルが洩《も》らす驚愕《きようがく》の吐息《といき》。

Isa《さあ》 *da boema foton*《生まれ落ちた子よ》 *doremren Se wi*《わたしの歌を》 *lisya Sem memori*《聴かせてあげる》

Se wi fisa-c-lisya Sem riris,《わたしの名前とわたしの約束を》 *la Ser pheno*《聴かせてあげる》*―*

「〈讃来歌《オラトリオ》〉……いや、違う？　小娘《こむすめ》、お前は――」

光は急速に強さを増し、図書管理棟全体が、眩《まぶ》しいまでの緋色の光に包まれた。

そして。

ネイト、ミオ。あとは……信じ……て、いいよ……ね。

踊《おど》り場。絨毯に腰《こし》を下ろし手をついていた彼女が、糸が切れたかのように脱力《だつりょく》し、そのまま絨毯にくずおれる。

「クルルっ！」

友人に向かって声を張《は》り上げる。今度こそ本当に昏倒《こんとう》したのか、その友人は床《ゆか》に身を伏《ふ》せたまま微動《びどう》だにしなかった。だがそれでも、ミオは彼女からの返事を聞いた。

獣《けもの》の咆吼《ほうこう》。彼女の代弁者《だいべんしゃ》であるかのように、真っ赤な獅子《しし》が雄叫《おたけ》びを上げたのだ。

燃《も》え上がる尾《お》、琥珀色《こはくいろ》の瞳《ひとみ》をもった赤獅子《マンティコア》。

そしてもう一種。真っ赤な鱗《うろこ》、炎を宿した瞳の炎鱗の蜥蜴《サラマンデス》。

倒《たお》れたクルーエルの隣に、二体の生物が同時に名詠されていた。

「——別種の名詠生物を同時に？」

「……ありえん。後罪《クライム》で第二音階名詠《ノーブルアリア》の名詠だと」

ケイト教師、女性研究者が声を上げる。それは驚きを越《こ》えた、畏怖《いふ》の発露《はつろ》。

確かに、それは同じ生徒であるミオの目からも異様な現象だった。

一種類の生物を複数《ふくすう》ならともかく、他種の生物を同時に名詠。それがどれだけの集中力、そして想像構築《そうぞうこうちく》を要するか。さらにそれを後罪《クライム》によって施錠《せじょう》された触媒《カタリスト》で。

——だけど、今はそんなことに驚いてちゃいけない。あたしは、あたしのやるべきことをやらないと。

「……ただの小娘かと思えば、とんだ化け物か！」

纏《まと》う装束《しょうぞく》をひるがえし、自分目がけて飛びかかる赤獅子《マンティコア》をミシュダルが迎《むか》え撃《う》つ。だが赤獅子《マンティコア》に注意がいくあまり、この男は気づいていなかった。

炎鱗《サラマンデス》の蜥蜴の炎が灰色の小型精命を炙《あぶ》る。よろめく灰色の名詠生物。そこを、狙《ねら》いをミシュダルから急遽《きゅうきょ》その名詠生物へと変更《へんこう》した獅子《しし》が噛《か》みついた。

自分を縛めて《いまし》いた腕《うで》の力がほどけ、ミオは三階フロアに投げ出された。

「――最初からその娘の解放《かいほう》狙い。はっ、選択《せんたく》を誤《あやま》ったな。今同時に飛びかかってくれば、あるいは俺もどうにかできただろうに！」

笑みを強め、左手に握《にぎ》った〈孵石《エッグ》〉をミシュダルが持ち上げる。呼応《こおう》するように、触媒《カタリスト》が銀光を放ち出す。

――そう、それが必要なんだ。

そしてミオもまた同時に、〈讃来歌《オラトリオ》〉の終詩を紡《つむ》ぎ終えていた。

選択を誤ったのは、そっちの方だ！

――『Beorc』《緑の歌》――

碧《みどり》の光の奔流《ほんりゅう》。熱も威力《いりょく》も無い。ただ眩《まばゆ》く輝く光。昨夜名詠したのとまるで同じものだ。

だが今回は、応援《おうえん》を呼ぶためではない。

眩い光線がミシュダルの目を灼《や》いた。あまりの光量に、一瞬その男が視力《しりょく》を失う。

「小娘《こむすめ》っ！」

瞼《まぶた》を押《お》さえ、〈孵石《エッグ》〉を携《たずさ》えたまま男が怒号《どごう》を上げた。

そう、今回はミシュダルの名詠を阻止《そし》するための目潰《めつぶ》し。名詠に必要な触媒《カタリスト》は――

〝制服《せいふく》の襟色《えりいろ》で生徒の専攻色《せんこうしょく》を区別する、か。中々に有用な発想だな〟

専攻識別色《しきべつしょく》を示す、緑色に引かれた襟の線。ミオはそれを触媒《カタリスト》にした。

「お願い！」

自分の叫《さけ》びに応《こた》え、赤獅子《マンティコア》がミシュダルの左手を蹴《け》り上げる。

ミシュダルの苦悶《くもん》の声が響《ひび》く。その手から弾《はじ》かれ、ふわりと宙《ちゅう》を舞《ま》う〈孵石《エッグ》〉。

それを誰《だれ》よりも先に摑《つか》んだのは、ミオだった。

――クルル、だいじょうぶ、きっと上手《うま》くいく。

はやる鼓動《こどう》を抑《おさ》え、ミオは部屋の中央部に歩いていった。吹《ふ》き抜《ぬ》けの中央部。転落防止《ぼうし》用の柵《さく》ぎりぎりまで近づく。

「……これは驚《おどろ》いた。俄仕込《にわかじこ》みにしては最上の策《さく》だ。たかだか小娘二人、まさか俺が〈孵石《エッグ》〉を奪《うば》われるとはな。いや、これぱかりは手放しで称賛《しょうさん》に値《あたい》する」

どうせこの娘には大した名詠などできまい。それを悟《さと》っているのか、この場面においてもミシュダルは平静を取り戻していた。

「――だが、それもここまでだ」

灰色《はいいろ》の小型精命《せいめい》と相打ちに還《かえ》っていく炎鱗《サラマンデス》の蜥蜴。赤獅子《マンティコア》も既《すで》に消えていた。腕を蹴りつけ〈孵石《エッグ》〉を奪った時、赤獅子《マンティコア》もまたこの男に反唱《はんしょう》を喰《く》らっていたのだろう。

「足がふるえてるぞ。声も、さっきから無理して絞《しぼ》り出しているんじゃないか？　どうせお前には使いこなせんよ。無駄《むだ》だ」

じわりじわりと、重圧《じゅうあつ》を与《あた》えるように近づいてくる男。

「――違《ちが》う」

「何が違う？」

「……あたしね、すごい怖《こわ》がりなの。子供《こども》の頃《ころ》、夜中に一人でトイレにも行けなかった」

にこりと、いまだ涙《なみだ》の乾《かわ》かない顔でミオは笑顔を作った。

「ずっとそれを治そうと思ってた。この学校来てミステリー調査会《ちょうさかい》っていうサークル入ったのもそれが原因《げんいん》だったの。夜の学校に探検《たんけん》に行ったりとかして、色々試《ため》してみた。でも、治らないみたい。一度ふるえ出しちゃうと止まらないんだ」

「今もそうなんだろう？」

その嘲《あざけ》りに答えぬまま。

「ねえ、これってどんな色の名詠にも使えるって本当？」

「ラスティハイトの名にかけて誓《ちか》うとも。もっともお前に『Beorc《緑》』以外が使えないと意味はないだろうがな」

——それだけ聞けば十分だ。

「あたしが怖がりだっていうさっきの話だけどね……うん、昨日はすごく怖かった。本当に、夜の間中、あたしはソファーの上でふるえてた。でもね、ふしぎ。今は——」

〈孵石《エッグ》〉を持ち上げる。

あたしは——今は——

「あたしは、お前なんか怖くないっ！」

だから安心して、クルル。

そうだ。怖《おそ》れてない。怖がってなんかいられない。

クルーエルから受け取ったものを、渡《わた》さなくちゃいけない。

「娘、それをどうする気だ」

息を吸《す》う。そして、ミオは精一杯《せいいっぱい》叫《さけ》んだ。

「こうするのっ！」

〈孵石《エッグ》〉を、吹き抜けの空間へと放《ほう》り投げた。

jes kless qusi《その旋律は》 *sbaz lef sophit,*《心の紡ぎ》 *byne lef zarabel*《涙の調べ》
Hir sinka I peg ilmei《それは世界を濡らす》 *rei lipps Hir qusi celena poe lef wearne spil*《素敵な夜の一雫（ひとしずく）なのだから》

……だいじょうぶ、聞こえてるよ。
〝ミオ……競演会《コンクール》のこと、覚えてるかな。今、あの時とすごく似《に》てるよね〟
かつて、夜色の少年は校庭で〈讃来歌《オラトリオ》〉を詠《うた》った。
いま、彼は一階で〈讃来歌《オラトリオ》〉を詠っている。
かつて。燃《も》えさかる炎の中、彼女は夜色の少年の隣《となり》まで辿《たど》り着いた。
いま、彼女はあたしを助けてくれた。
そして。
あの時、あたしは校舎《こうしゃ》の屋上から触媒《カタリスト》に必要な物を投げ入れた。
――クルル、見てくれた？　つなげたよ、彼のところまで。
三階から、真下へ。
吹き抜けの設計《せっけい》。そこへ投げ落とされた触媒《カタリスト》はどこまでも下へ下へと落ちていく。
下へ、下へ、下へ。

一階でその時を待つ、彼の手元まで。


〝わたしがミオを助ける。そして、そのミオがきっと触媒《カタリスト》を用意してくれる〟

……ミオさん、クルーエルさん。

〝だからキミは、わたしたちを信じてここにいて。ここでキミの歌を詠っていてほしいの〟

卵形の触媒《カタリスト》を両手に抱《だ》きかかえ、ネイトは頭上を見上げた。


〈孵石《エッグ》〉を放り投げただと？

少女の理解《りかい》できぬ行動に、ミシュダルは瞬間《しゅんかん》的に思考が停止しかけた。

……なぜ、この娘は平然としていられる。

〈孵石《エッグ》〉を下に投げ入れることに絶対《ぜったい》の自信を持っているかのような。

——そして、歌が聞こえたのはその時だった。

Isa《ほら》 *O la bea*《小さな夜の》 *yu getie*《ささやきに》 *xeoi hyne*《耳を傾けて》
dis xeoi reive,《一欠片の祈りは》 *xshao lementi cele leya*《夜の真極へ遥かに残響（とどき）》
O la laspha,《いま一度》 *Wer le yeble mihas lef veiz, jes arma, jes qhaon*《その爪、その牙、その翼の絆を結ぶのです》
Isa《さあ》 *da boema foton doremren*《生まれ落ちた子よ》

……なんだ、この歌は。

今まで聴《き》いたどんな色の旋律《せんりつ》とも異《こと》なる音色。

この上なく寂《さび》しく悲しい音色。本来ならそれは、黒一色のイメージ。だが違った。この旋律はただ寂しいだけではない。悲しいだけではなかった。

寂々《じゃくじゃく》たる音の中に美しさがあり、凍《こご》える音の中にすら愛《いと》おしみがある。

凍《し》みいった夜の帳《とばり》に輝《かがや》く星の瞬《また》きがあるように、清廉《せいれん》な月影《つきかげ》があるように。

黒一色に塗《ぬ》りつぶされた画布《キャンバス》と一線を画すその音色。この詠《うた》は、さながら真冬の夜そのものではないか。この旋律は、一体？

「……下かっ！」

娘が〈孵石《エッグ》〉を放り投げた方向。三階から、遥《はる》か真下の一階フロアを覗《のぞ》き見た。

〈孵石《エッグ》〉を両手で抱《かか》える、夜色の少年。

灰色の触媒《カタリスト》が放つ名詠光。それは既存《きそん》の五色の光でも、自分の灰色の光でもない。

──夜色の光。そして夜色の名詠門《チャネル》。

謎《なぞ》の名詠色。ただ、一つだけ直感的に分かった。

い、い、いあの名詠はまずい。

名詠が完成する前に、何としても潰《つぶ》さなくては。


「ケイト！」

サリナルヴァは階段《かいだん》を駆《か》け上がった。背後《はいご》に教師《きょうし》を従《したが》え、ミオのすぐ手前にいるミシュダルへと一息に距離《きょり》を詰《つ》める。奴《やつ》が〈孵石《エッグ》〉を失った今この時、一挙《いっきょ》に叩《たた》く。

が、それよりも早く。

「あいにく、お前らより優先《ゆうせん》させる相手がいるんでな」

懐中《かいちゅう》から灰燼《かいじん》の詰《つ》まったボトルを取り出し、ミシュダルが床《ゆか》に叩きつける。ガラスの砕《くだ》けた音と共に、一面に舞う灰色の濃霧《のうむ》。

——『*Isa*《灰の歌》』——

濃霧の中、二体の灰色名詠生物が現《あらわ》れる。

翼《つばさ》を生やし細長い鎗《やり》を構《かま》えた、鳥人を模《も》した石像《せきぞう》。

「っ！」

反射的《はんしゃ》に身構《みがま》える。が、名詠生物は自分に対して見向きもしなかった。その照準《しょうじゅん》は、緋《ひ》色《いろ》の髪《かみ》の少女と夜色の少年。——まずい。ネイトの方は一階にただ一人。かたやクルーエルにいたっては踊《おど》り場で気を失ったまま。

その中で。

「——きっと平気」

……ミオ？

金髪《きんぱつ》童顔の少女だけは、奇妙《きみよう》なほどに落ち着き払《はら》っていた。昨夜、そして今朝あれほど怯《おび》えていたのが嘘《うそ》のように。

「——だって、あの時だって上手《うま》くいったもの」

遥かな頭上から、その少女は少年の奏《かな》でる詠《うた》を聴《き》いていた。

＝＝＝

浮《ふ》遊《ゆう》する灰色の名詠生物が、頭上から轟音《ごうおん》を従え飛来する。その方向は、踊り場に倒《たお》れたままの少女。その手に、灰燼を押《お》し固めて造《つく》ったかのような灰色の鎗《やり》。

もう一体。これは自分に目がけ、頭上から高速で落下してくる。

——焦《あせ》っちゃだめだ。意識《いしき》が欠けたら、この名詠は絶対《ぜったい》に成功しないのだから。

だいじょうぶ、きっと間に合う。

O la laspha, ife I she cooka Loo zo via《いま一度、世界があなたを望むのならば》

Isa personie pheno, she evoia-ol-ele pah milloe laspha《仮初めの子よ　彼方は、もう一つの主となる》

触媒《カタリスト》の外殻《がいかく》が剝《は》がれ落ち、内部から夜色の輝きがあふれ出す。

今手元にあるのは灰色の触媒《カタリスト》ではない。

夜色に輝く、小さな卵《たまご》。望む者への帰りを果たす、孵《かえ》るべき卵。

生まれた光の筋《すじ》が幾重《いくえ》にも集まり奔流《ほんりゅう》を成し、立体的な夜色の円を形どる。——名詠門《チャネル》の完全開放。同時、鋭《するど》い風鳴りがすぐ目の前で響《ひび》いた。

——アーマ……信じて、いいよね。

終詩を越え、最後に残ったのは、その名前を詠《よ》み上げること。もしかしたら、もっとも数多く詠んだ名は、これかもしれない。

灰色の名詠生物の鎗が自分に、そして自分の大切な人目がけ打ち下ろされる。

——だからお願い、みんなを守って！

最後まで名詠門《チャネル》から目を放さぬまま、ネイトはその名を詠んだ。

Arma《あなたは》——*elmei pheno sis sia univ lef orbie clar*《全ての歌と約束を謳えるために》

名詠門《チャネル》が、淡《あわ》い光の粒子《りゅうし》となって砕け散る。

キィィン……

乾《かわ》いた金属音《きんぞくおん》が、図書管理棟《とう》の隅々《すみずみ》まで響《ひび》き渡《わた》った。

翼《つばさ》の風圧《ふうあつ》を感じるほど迫《せま》った鳥人の石像。その手に携《たずさ》えた灰色の鎗が、漆黒《しっこく》の鎗によって弾《はじ》かれたのだ。続けざまに、灰色の名詠生物本体までも棟の壁《かべ》まで吹《ふ》き飛ばされる。

——これは。

消滅《しょうめつ》した名詠門《チャネル》。最後まで、名詠門《チャネル》からは何も生まれなかった。それは、他《ほか》ならぬ自分の影《かげ》から浮かび上がってきたからだ。

『――ネイト、一度それと思いこむと最後まで後先考えなくなる悪癖《あくへき》は直らんな。我《われ》があれほど言っておいたのに』

乾いた金属音の残響《ざんきょう》が、馬の嘶《いなな》きによって消し飛んだ。

『そもそもだ、こんな狭苦《せまくる》しい棟で我《われ》を詠び出しても、お前の肩《かた》に乗るか棟を崩《くず》すかのどちらかだけだろう。名詠は状況《じょうきょう》に応《おう》じて使い分けろ。さもなくば、まだまだ母親の域《いき》には及《およ》ばんぞ』

荒《あら》ぶる黒馬を従えた、頭部からつま先までを漆黒の甲冑《かっちゅう》で纏《まと》った騎士《きし》。

現れたのは、自分の想像したものではなかった。

返事などあるわけない。そう思っていたが、騎士はゆっくりと自分を見下ろしてきた。

「ど、どういうこと……」

『主《あるじ》からの伝言を伝えよう』

一拍《いっぱく》おいて。

『だが……まあ、なんだ……〈讃来歌《オラトリオ》〉は悪くなかった……お前にしてはな。多少色をつけて何とか及第点《きゅうだいてん》。だから、我の代わりに使いをくれてやる。好きに使え――だそうだ』

アーマからの、伝言？

『我が主は、いつになく機嫌《きげん》が良かったぞ』

霞《かすみ》がかった低い声で、騎士は愉快《ゆかい》そうに言ってきた。
有翼《ゆうよく》の石像、その一体が床に伏《ふ》せた少女へと襲《おそ》いかかる。
「クルーエルっ！」
少女の下《もと》へ全力で走る。が、間に合わないことはサリナルヴァ自身にも明白だった。
石像が少女に触《ふ》れる。その瞬間、悲鳴を上げたのは灰色の名詠生物の方だった。
絶叫《ぜっきょう》を上げ石像が吹き飛んだ。
――あれは。
目を疑《うたが》った。少女の影が突然伸《の》びて、石像を叩き落としたのだ。
「……なんだ、あれは」
少女の真下。少女の影から浮かび上がったものが、少女を背《せ》に乗せて羽ばたいた。
……なんだろう。この音。
クルーエルはまぶたを開けた。
鳥の羽ばたき？　ううん、もっと大きい。それもすぐ近くで。
『失態《しったい》を詫《わ》びよう。起こすつもりはなかったのだが』

濡《ぬ》れ羽《ば》色のグリフォン。自分がその背に乗っていることにようやく気づいた。

「——あなたは……夜色名詠《めいえい》の？」

『だが、言付けを伝える分には良いか。主からの言付けを預《あず》かっていたのでな』

主。それって誰《だれ》だろう。

首を傾《かし》げる前に、その怪鳥《かいちょう》は言ってきた。

『小娘《こむすめ》、貸《か》し一つだな』

…………

伝言の相手が一発で分かった。

……なにが主だ、あの夜色羽つき飛びトカゲめ。

でも——

「あは、……あはは……」

心の底から、クルーエルは笑った。割《わ》れるような頭の痛《いた》みは残ったまま。熱も、身体《からだ》のふるえだって。本当に弱々しい笑顔。けれど、それは紛《まぎ》れもなく普段《ふだん》の自分の笑顔だった。

不思議。たった一言で、張《は》り詰《つ》めていたはずの空気がこんなにやわらぐなんて。

小娘。あのトカゲに言われるのはすごく久《ひさ》しぶりのような気がした。どこか、懐《なつ》かしい。

『……主からの伝言、喜ばしい報《しら》せか？』

不思議そうにこちらを覗《のぞ》きこんでくる相手に、クルーエルは力一杯《いっぱい》首を横に振《ふ》った。

「いいえ、全然!」

━━━━

灰色《はいいろ》の煙《けむり》を上げて還《かえ》っていく二体の有翼石像《ガーゴイル》。

何もできず、一瞬で。

……俺《おれ》の灰色名詠をここまで容易《たやす》く?

こちらは第三音階名詠《プライムアリア》。相手は第二音階名詠《ノーブルアリア》か、それ以上。その差は確《たし》かにあるが、それを抜《ぬ》きにしても、あの謎《なぞ》の名詠は圧倒《あっとう》的だった。

あの小僧《こぞう》の制服《せいふく》の襟《えり》……あれは、黒? いや、先のあの詠《うた》からして──あれは──

「……っく、ふはは、ははははははっ! そうか、そういうことか!」

今、ミシュダルは全《すべ》てを理解《りかい》した。

自分は負けたのではない。こと今回に関しては、〈孵石《エッグ》〉があの少年を選んだのだ。

そして同じく──

「そうかヨシュア! つまりお前が選んだのもまた、あの夜色名詠ということなのか!」

「──戯《ざ》れ言《ごと》はそこまでだ」

すぐ背後《はいご》に〈イ短調〉、そして触媒《カタリスト》を携《たずさ》えた教師《きょうし》。

「……やあ、ご両人」

尊大《そんだい》な仕草と共に振り返る。

「この学園は実に好《い》いな、異端《いたん》と化け物の双方《そうほう》を飼《か》い慣《な》らしているとは。競闘宮《コロセウム》の学生決《けっ》闘《とう》に出してみないか。実に愉快《ゆかい》じゃないか。あの緋色《ひいろ》の髪《かみ》の娘、あの化け物一人で名門校の自称《じしょう》エリート共を蹴散《けち》らす様が目に浮《う》かぶ」

「年端《としは》もいかない少女を指して化け物、か。お前も十分狂犬《きょうけん》だろう？」

「……まったくだ、俺《おれ》なんか所詮《しょせん》その程度《ていど》さ。二人《アレ》に比《くら》べれば霞《かす》んでしまう」

大仰《おおぎょう》に、ミシュダルは左手を頭上に翳《かざ》した。天を仰《あお》ぐように。

「——だが、それでいいのさ。俺にもともと勝利は無い。どれだけ葡萄酒《ワイン》を注いでも洩《も》れてしまう、穴《あな》だらけの器《うつわ》だからな！」

そして、ミシュダルは左手を勢《いきお》いよく振り下ろした。

風を切り裂《さ》く音を立て、突如《とつじょ》降りそそぐ銀の剣《けん》。

「——っ！」

「俺の真精《しんせい》の守護剣《しゅごけん》は十二。そのうち三本を主たる俺の守護につかせただけだ。子供騙《こどもだま》しだが、俺が姿を消すくらいの時間稼《かせ》ぎにはなりそうだな……では、いずれまた会おうじゃないか」

浮遊する銀の守護剣に背中を預け、ミシュダルはその場を後にした。

化け物じみた緋色の髪の少女、そして夜色名詠の歌い手となる少年――はっ、なるほど。

……これからが楽しみだ。なあ、ヨシュア？

剣を振り上げたまま動きを止めた真精。

灰色の煙を上げ、徐々《じょじょ》に光の粒《つぶ》となって消えていく。

「……最っ悪、決着つける前にそれですか」

同じく祓戈《ジル》を構《かま》えた姿勢で、エイダはぼそりと口にした。

「あーあ、引き分けってやだね。気持ちが煮《に》え切らないんだもん。これじゃあ何のために傷《きず》だらけになったんだかわかりゃしないって」

祓戈《ジル》を降《お》ろし、エイダは自分の姿をざっと確認《かくにん》した。身体《からだ》の至《いた》る所に無数の擦傷《すりきず》。中には服を朱《しゅ》に染《そ》める傷もある。

「……医療費《いりょうひ》と服代、それに祓名民《ジルシエ》としての請負《うけおい》代金もだな、あたしは位が祓戈の到極者《ジルシュヴェッサー》だから三割増《わりま》しだ。絶対《ぜったい》、請求《せいきゅう》してやるんだから！」

ぶつくさと呟《つぶや》き、エイダは腕組《うでぐ》みしつつ、図書管理棟へと向かって行った。
――でもさ、これどこに請求すればいいわけよ。

3

図書管理棟、一階。
陽《ひ》の光に溶《と》けていくように、姿が朧気《おぼろげ》になっていく漆黒《しっこく》の騎士《きし》。
夜色の名詠生物を、ネイトは懇願《こんがん》するような心境《しんきょう》で見上げた。
「あ、あの！」
「アーマは……やっぱり……来てくれないんですか」
『主の代わりに使いが来た、それが答だ』
淡々《たんたん》と騎士が告げてくる。
〈讃来歌《オラトリオ》〉は悪くなかった。それはアーマの言。だけど、来てくれなかった……
『……そう言えば、一つ伝え残していたことがあったな』
再度《さいど》、騎士がこちらを見下ろしてきた。
『ネイト、〈讃来歌《オラトリオ》〉は悪くない。悪くないが、触媒《カタリスト》がだめだ』
〈孵石《エッグ》〉が？　でもあれは、ミシュダルという男が言うには究極《きゅうきょく》の触媒《カタリスト》だって。

『ネイト、我《われ》をあんなちっぽけな卵如《ごと》きで詠《よ》び出すなど一万年早い。あんな不格好《ぶかっこう》な触媒《カタリスト》で詠び出されてたまるか。もっと気の利《き》いた物を用意しろ――だ、そうだ』

……あの、それももしかして。

アーマが来なかった本当の理由って、何も棟の中だったからじゃなくて単に、小さな卵の形をした触媒《カタリスト》が気にくわなかったから？

『……それは、主《あるじ》に直接訊《ちょくせつき》くといい。我々の口からはどうとも言えん』

どこか答えづらそうに呟《つぶや》く騎士。見ると、隣《となり》にいた濡《ぬ》れ羽《ば》色のグリフォンもまた、同じように顔を明後日《あさって》の方向に向けていた。

「あの羽トカゲ……なぁにを偉《えら》そうなことを」

それは、ソファーに寝《ね》かされている少女のものだった。

「ね、これわたしからだって、自称《じしょう》『主』の夜色羽つきトカゲに伝えておいて」

『なんだ？』

すると、彼女はしてやったりといった表情で。

「『トカゲはトカゲなんだから、は虫類らしく卵から孵《かえ》ってればいいのよ』――ってね」

騎士、そしてグリフォンが驚《おどろ》いたように動きを止める。

が、それもほどほどに。

『……伝えておこう』
どこか愉《たの》しげに、その騎士とグリフォンは頷《うなず》いた。

敗者の詩章・四　『Deus《なぜ》——Arma Riris《約束に牙を剝く》』

「あれは、到底《とうてい》この世にいてはならない。もしあれが人のように成長を遂《と》げるなら……近いうち、あれは必ずこの世に崩壊《ほうかい》を招《まね》くに違《ちが》いない」

そう言って、老人が自らの懐《ふところ》に手を伸《の》ばす。

「今お話ししたこと全《すべ》てをこの一冊《さつ》に書き留《と》めてあります。どうか、お役立てください」

しかし、彼女はそれを受け取ろうとはしなかった。

「それはカインツにあげて」

「……カインツ？　——カインツ・アーウィンケル。まさか、あの男ですか！」

訝《いぶか》しげな声を上げる老人に女性が頷く。

「たぶん、あなたの思っている通り」

「とんでもない！　あの男こそまさに勝者の中の勝者！　陽《ひ》という陽を受け、栄光の風に祝福を受けた者。我々と真逆《まぎやく》の存在《そんざい》ではないですか！」

「不適格《ふてきかく》ということ？」

「彼の才能《さいのう》は認《みと》めます。しかし我々とは住《す》み処《か》が違《ちが》う、拠《よ》り所が違うのです」

「……そうね。それは確《たし》かにそうかもしれない。あいつは、すごく眩《まぶ》しい」

老人と出会って初めて、その女性は表情《ひょうじょう》をやわらげた。

「本当に眩しい……こんな独《ひと》りぼっちのわたしを、あの時照らしてくれたんだもの」

彼女の表情。それは小さな小さな、微笑《ほほえ》みだった。思いもよらぬ女性の反応《はんのう》に、老人が動揺《どうよう》したように押《お》し黙《だま》る。

「……ではイブマリーよ、あなたはこの先どうなさるつもりですか」

「わたしは、もうあまり生きられない。あなたと同じでね」

自らの胸元《むなもと》に手をあて、その女性が目を閉《と》じる。

「まさか病をお持ちで？」

「だから、わたしは――」

ふと荒野《こうや》に響《ひび》く子供《こども》の泣き声。

老人が振《ふ》り向くそこに、夜色の髪《かみ》をした子供が、とてとてと荒野を走ってくる。

「おかーさん！」

泣きつく子供をその女性が抱《いだ》く。いつの間にか巨大《きょだい》な竜《りゅう》は姿《すがた》を消し、小さな夜色のトカゲが足下《あしもと》に隠《かく》れるように潜《ひそ》んでいた。

「……なんと」

まだ二十代中頃《なかごろ》の女性が、十歳《さい》近くの子供。彼女が一人でこんな荒野にいたことも鑑《かんが》みて、夫となる人物がいるとは考えにくい。おそらくは孤児《こじ》を拾ったのだろう。

「そうか……それならば確かに、あなたにこれを背負《せお》わせる訳《わけ》にはいかないでしょうな」

既《すで》に彼女は、あまりに重いものを背負っているのだから。

彼女は、残された命を、この子のために使うことを決意しているのだ。

「その子の名を、お聞きしてよろしいかな」

「――ネイト」

……なんという皮肉か。

Neight――セラフェノ音語における『夜明け』。

夜色名詠の歌い手の子が、よもやそのような名を授《さず》かるとは。

「実は私も一人、孫のような弟子《でし》がおりまして。この場で紹介《しょうかい》できないのが残念です」

「たとえ今じゃなくても、わたしたちがお膳立《ぜんだ》てせずとも、いつか出会うかもしれない」

「はい」

しばらくの間その老人は、母親が子供をあやすのを見守っていた。

——良い頃合《ころあ》いだ。

柔和《にゅうわ》な笑顔を浮《う》かべ、ヨシュアは女性に背を向けた。

「行くの？」

「ええ。年老いた足でどれほどかかるかわかりませんが、必ずや届《とど》けましょう。この本を、虹色《にじいろ》名詠士に」

「まだ虹色名詠士にはなってないわ」

公式な認定《にんてい》はなされていない。現在《げんざい》彼が公式に習得したと認《みと》められているのは四色。その最後の色の認定試験が、あと一月後に迫《せま》っている。

珍《めずら》しくも細かい点を指摘《してき》する女性に、ヨシュアは内心苦笑《くしょう》した。

「おや、信じていないのですか？」

むっ、と妙に子供っぽい仕草で表情《かお》をしかめる女性。

その幼《おさな》げな反応《はんのう》に、横顔を向けたままヨシュアもまた微笑んだ。

「彼ならば成し遂《と》げるでしょう。それがこの世の流れ。私とあなたが出会えたことも含《ふく》めてね。では……おそらくこれが、今生《こんじょう》の別れとなるでしょう」

そして——

老人が去ったその場所で。

イブマリーはただ独《ひと》り、荒野《こうや》に吹く風にその身を委《ゆだ》ねていた。

彼女の肩《かた》には、夜色のトカゲが身を縮《ちぢ》めるように留《と》まっていた。

再《ふたた》び強さを増《ま》す砂埃《すなぼこり》が巻《ま》き上がる中。

「こんな寂《さび》れた場所に、緋色の花《アマリリス》はひどく目立つわよ」

夜の冷たさを含《ふく》んだ声で、イブマリーは口早に告げた。

独り言ではない、明確に相手を意識《いしき》した言の葉。

そしてその言葉と共に――

砂埃が、止《や》んだ。

その背後。どこを見ても草、花の一本すら生えていない死の荒野のはずが――乾《かわ》いた灰《はい》色《いろ》の地に、なぜか落ちている一輪の花。

――それは緋《ひ》色《いろ》の花弁《かべん》を持つ、アマリリス。

「覗《のぞ》き見？　それとも、今さらわたしへの挑発《ちょうはつ》？」

どこからも答えはない。

数秒、数分、数時間の静寂《せいじゃく》を隔《へだ》て。

「……さあ、それはどうかしら」

イブマリーは、わずかにその口元をつり上げた。まるで、今の今まで誰《だれ》かと会話をしていたかのように。

それと同時、その花が風に吹かれて何処《どこ》かへと飛んでいく。

「ねえ、アマデウス？」

『……その名は、今はお前のものだろうに』

飛んでいく花に興味《きょうみ》が無いとでも言いたげに、トカゲはそっぽを向いたまま。

「わたし、どうすればいいのかな」

夜色のトカゲは黙《もく》し、答えない。

「……〈全《すべ》ての約束された子供たち〉、か」

泣き疲《つか》れて寝《ね》ている我《わ》が子を背負い、イブマリーはいつまでもいつまでも、風になびく自分の黒髪《くろかみ》を見つめていた。

「……わたし、どうすればいいんだろう」

贈奏『いつまでも、ここは憩《いこ》いの場所だから』

学園閉鎖《へいさ》から四日後——

……明後日《あさって》から学校か。

うっすらと部屋に差し込む光の筋《すじ》にまぶたを照らされ、クルーエルは目を開けた。

ミシュダル、そう名乗った男が学園内から逃走《とうそう》したという結論《けつろん》と共に、トレミア・アカデミーにおける閉鎖は解除《かいじょ》になった。

昨日までが学園の哨戒及《しょうかいおよ》び調査《ちょうさ》。それを踏《ふ》まえ今日が教師《きょうし》たちの一斉《いっせい》ミーティング。明後日、全校集会を含《ふく》めた始業式になるらしい。

ふと、遠慮《えんりょ》がちに扉《とびら》がノックされた。この控《ひか》えめなノックだけで誰が来たか分かってしまう。

「あの……クルーエルさん、起きてます？」

「うん、どうぞ」

入室してくる夜色の少年。

医務室《いむしつ》のベッドの上で、クルーエルは上半身を起こした。

「あ、寝《ね》ててください！　僕《ぼく》すぐ帰りますので」

「ううん。今は気分が良いの」

首を振《ふ》り、腕《うで》を持ち上げて伸《の》びをする。

「体調は……どうですか」

医務室の椅子《いす》に腰掛《こしか》けるネイト。

普段《ふだん》と少しだけ違う彼の表情——丁度《ちょうど》、今の彼と自分の目線は同じくらいの高さだった。

普段見下ろすように見る彼の表情より、心なしか男の子っぽく見えた。

「昨日も言ったじゃない。だいぶ良くなったよ。明後日の始業式には出られると思うから」

原因《げんいん》不明の体調不良で倒《たお》れた日の夜から。自分の寮《りょう》で療養《りょうよう》するよりはと、学園閉鎖の時期だけクルーエルは医務室のベッドを貸《か》してもらっていた。きちんとした医療薬品等も調《ととの》っているため、こうして体調の回復《かいふく》に専念《せんねん》できている。

「そうだ、サリナルヴァさんがさっき帰ったそうです。〈イ短調〉でしたっけ、そちらでの会議に出席するとか言ってました。また何かあればトレミア・アカデミーにも連絡《れんらく》するって」

「……そう」

彼女は、その場でどのような報告《ほうこく》をするのだろう。灰色名詠《はいいろめいえい》、〈孵石《エッグ》〉、そしてミシュダルという男。いずれにせよ早くあの男を捕《つか》まえて欲《ほ》しいというのが正直なところだ。

……だけど、他に関《かか》わった子はどうしたんだろう。

「ネイト、ミオとエイダは？」

医務室に寝泊《ねと》まりする自分に、あの二人は頻繁《ひんぱん》に見舞《みま》いに来てくれた。

ただ、今日に限《かぎ》っては姿が見えないのだ。

「……えっと、大ピンチです」

大ピンチとは、そう訊《たず》ねる前に。

何を思ったか、ネイトは医務室の窓《まど》に向かって歩きだした。

「ちょっと窓開けますね」

揺《ゆ》れるカーテン。しばらくして——

「エイダ、ミオ！　待ちなさい！」

『違うの！　先生誤解《ごかい》です！　あたしらはただ、あんまりあれが可愛《かわい》かったから！』

「問答無用！　これを知られたからには——」

普段もの静かなケイト教師の、らしからぬ怒声《どせい》。

続けて聞こえてくるミオとエイダの悲鳴。

「……なに、これ」

「えっと、ケイト先生が着てたピンク色のシャツが可愛いって、二人して寮内の友達に言いふらしたとか。僕が聞いたのはサージェスさんからですけど」

〝……先生。あたし、ケイト先生の私服《しふく》姿初めて見た。先生が薄紅《ピンク》色のシャツを着ると、なんか可愛いらしいね〟

〝ミオ、恥《は》ずかしいから他の生徒《こ》には他言無用よ〟

今思えば、そんな会話もあったっけ。

「……いま、追いかけっこしてるの？」

「追いかけっこというか、捕まったら生きて帰れないというか……二人が逃げた道のそこかしこが氷漬《こおりづ》けになってますから」

――ケイト先生、そんなにあの格好《かっこう》恥《は》ずかしかったんだ。

「ふっふっふ。二人とも、追い詰《つ》めたわよ」

『せ、先生っ！　あたしらが悪かっ……きゃぁぁあっ……っ……！』

悲鳴が聞こえ……そして、突然《とつぜん》静かになった。

「──ネイト、もう窓閉《し》めていいわよ」

「……はい」

何かを見てしまったのか、やや青ざめた表情《ひょうじょう》でネイトが窓をぴっちり閉める。

ふと、そこで会話が一旦途切《いったんとぎ》れた。

互《たが》いにかける言葉を探《さが》す間の、その小さな静寂《せいじゃく》。

部屋が沈黙《ちんもく》で染《そ》まりきる、その前に。

「──ありがとう」

前髪《まえがみ》をはらい、クルーエルはそっと表情をやわらげた。

「え？」

ぽかんと、呆気《あっけ》にとられたように口を開けるネイト。

「そう言えば、まだ面と向かって言ってなかったからね」

「……えっと、僕何かしましたっけ」

「うん。今回はキミにとことん助けられちゃったね──キミの名詠に、だけじゃないよ」

消えかけた意識《いしき》の中、それでもわたしは覚えてる。

わたしが図書管理棟《とう》の前で倒《たお》れた時、背負《せお》ってくれたのはこの少年だった。

ソファーに寝かされてから、それを見守ってくれたのも。わたしが管理棟の階段《かいだん》を昇《のぼ》る前、階段の場所まで肩《かた》を貸《か》してくれたのも。

それこそが、嬉《うれ》しかった。

「——だから、ありがとう」

「そ……そんな」

もじもじと、顔を下に向けてしまう彼。その仕草にこっそり呆《あき》れ笑《わら》い。……やれやれ、あいにく恥ずかしがり屋なところは、まだまだ直すのに時間がかかりそうだ。

「ぼ、僕、一度自分の寮《りょう》に戻《もど》りますね」

よほど恥ずかしかったのだろう。そわそわと彼が立ち上がる。

「……うん。わたしも、また少し寝るよ」

——あ、そうだ。

ふと浮《う》かんだ出来心。それをそのまま、クルーエルは口にした。

「ねえ、ネイト」

「はい、何ですか」

彼に向け、クルーエルはにこりと微笑《ほほえ》んだ。

「──おやすみのキス、して」

数十秒ほどだろうか。

「…………………………はい？」

時間が止まっていたかのように、ゆっくりと彼が瞬《まばた》きを繰《く》り返す。

「おやすみのキス、知らない？」

今度は、更《さら》に一分ほど返事が無かった。

「……え、ええと……その……意味が」

「ん、いいよ。なら教えてあげようか？」

おいでおいでと手招《てまね》き。けれど、ここまでが限界《げんかい》だったらしい。ふらりと、意識を失ったかのように彼がばたんと倒れてしまった。

──あ、さすがにやりすぎたか。

「……おーい、ネイト？」

「あっ、あ……あの、ま、待ってください！」

顔を真っ赤にするネイトを見て、クルーエルは彼にばれない程度《ていど》に苦笑《くしよう》した。

「あ、あのですね！　ぼ、僕は、えっと、あの、その……だから……」

「冗談《じようだん》よ。少し悪戯《いたずら》したくなっただけ」

気楽に手を振《ふ》ってみせる。

「……今のはあんまりですよぅ」

「ふふ、ごめんなさい」

素直《すなお》に謝《あやま》り、クルーエルは医務室《いむ》のベッドに横たわった。

「また、夕ご飯の前ぐらいに来てもいいですか」

どこか遠慮《えんりょ》がちに言ってくるネイト。

……えっと。

布団《ふとん》を口元まで引っ張《ぱ》りながら、クルーエルはその少年を見上げた。

「――あのさ。キミが良ければ、またすぐ来てほしいな」

そんな遅《おそ》くまで待たなくていい。すぐにでも、また来てほしい。病気で寝《ね》ている時は、不思議と寂《さび》しい気持ちになるから。

「わかりました、じゃあ、三時間くらいしたらまた来ますね」

「うん」

……ありがとう。

「おやすみなさい、クルーエルさん。早く良くなってくださいね」

「うん。またね」

そっと目《と》を閉じる。

——おやすみのキス、して。

ちょっとした悪戯《いたずら》。だけど……

あの時にもし彼がうんと頷《うなず》いていたら、わたしは……どうしてたのかな。

慌《あわ》てて嘘《うそ》と言い張るのかな。

笑いながら彼をからかうのかな。

それとも——あるいは——

……ううん。わたし、馬鹿《ばか》みたい。

こんなこと考えてるなんて、誰《だれ》かに知られたらどうしよう。

早く寝て、体調治さなくちゃ。

急に気恥《きは》ずかしくなり、クルーエルは布団を頭までかぶりなおした。

……良い夢《ゆめ》、見れるといいな。

……おやすみなさい、ネイト。

追奏『異端《いたん》の長たち』

とある小さな部屋で。

「──時間だな」

円卓《えんたく》に座《すわ》る九人を眺《なが》め、クラウスもまた腰掛《こしか》けた。

〈イ短調十一旋律《せんりつ》〉。わずか十人強の集団《しゅうだん》ながら、世界中の名詠士《めいえいし》・祓名民《ジルシエ》・学者たちから畏《おそ》れられる超越《ちようえつ》者の会。

「『可及的《かきゆう》速《すみ》やかに集まることとしたし』……お前らしくもない号令だったな、クラウス」

腕《うで》を組んだまま、名詠士らしき男が口を開く。

「それなりに、楽しいことが起きているわけだからでしょう」

続けて、その隣《となり》に腰掛けた女性《じよせい》が歌うように。

「……しかし、あの虹色《にじいろ》名詠士の姿《すがた》が見えないようだが」

円卓の一人が放った言葉に、周囲の人間の表情《ひようじよう》がわずかに変わる。

「シャンテ、虹色《カインンツ》から何か聞いてないか」

「……『確《たし》かめなきゃいけないことが出てきたので遅《おく》れます』ですって」

周囲から洩《も》れる、苦笑《くしょう》にも似《に》た嘆息《たんそく》。

「——あいつのことだ、少々の遅刻《ちこく》では済《す》まないだろう」

がたりと音を立て、席から立ち上がったのは研究服を羽織《はお》った女性。薄暗《うすくら》がりの部屋の中でも、その紅《あか》いハイヒールは人目に立つ。

「事態《じたい》が事態だ、先に始めるとしよう。クラウス、今回は私が進めても構《かま》わないな」

頷く。それを見て、サリナルヴァが資料《しりょう》を各人に手渡《てわた》していく。

「既《すで》に、灰色《はいいろ》名詠とも言うべき名詠が確認《かくにん》されていることは皆《みんな》も承知《しょうち》だろう。我《わ》がケルベルク研究所支部《しぶ》で見られた灰色名詠、および先日トレミア・アカデミーで見られた灰色名詠について、今判明《はんめい》している事実はこれだけになる」

「……これはまた、随分《ずいぶん》とタチが悪い色とみえる」

祓戈《ジル》を背《せ》に結《ゆ》わえた老人が、溜息《ためいき》。

「私も身を以《もっ》て味わったよ『Arzus《白》』から派生《はせい》したというのが今のところ有力だが、その攻撃性《こうげきせい》からは、もはや別種と思った方がいい。不意を突《つ》かれれば、今ここにいる者とて容易《ようい》に落ちる代物《しろもの》だ」

〈孵石《エッグ》〉、そしてミシュダルという名の男。

サリナルヴァを中心に議事が進められ、およそ一刻《いっこく》——

トン。小さく、一度だけ扉《とびら》がノックされた。

……珍《めずら》しいな。

よほどのことが無い限り、会議中には入室・ノックの類は控《ひか》えるよう伝えてあるのに。

「どうかしたか？」

「あの……ご令嬢《れいじょう》からです。クラウス様を出せと」

しずしずと、雇《やと》いの秘書が入室してくる。

——エイダが？

思いきや、部屋の窓《まど》に数羽の音響鳥《おんきょう》。窓を開けてやると、円卓に次々と留《と》まり、緑色の翼《つばさ》を大きく広げる。

「学園の教師《きょうし》に頼《たの》み込《こ》んだとのことです」

……よりによってこんな時にか。

「別に私は構わんぞ。どうせここの連中だってお前の娘《むすめ》とは顔見知りだしな」

腕《うで》を組み、どこか楽しげに言ってくる進行役。

「それに——どうも、訳《わけ》ありのようだ」

サリナルヴァの視線《しせん》はあくまで音響鳥へ。その翼が小刻《こきざ》みに振動《しんどう》、既に相手の会話を受信しつつあった。

『……親父《おやじ》か』

距離《きより》が離《はな》れているからだろう。数匹《ひき》の音響鳥を用いても声が遠い。

「どうした、今多少取り込んで――」

『灰色名詠の対策《たいさく》か？』

通話先から聞こえる、弱々しい声。普段《ふだん》の娘にしては、あまりにか細い。

「エイダ、何かあったのか」

『……親父、危険《きけん》なのは灰色名詠じゃない』

「――どういうことだ？」

『ミシュダルとかいう奴《やつ》の名詠をサリナからも聞いて、ようやくあたしも灰色名詠の概要《がいよう》が摑《つか》めてきた。だけどその分、アレの正体がますます分からなくなった――今この世界には、何か分からないけど……もっとやばいのがいる』

エイダの告げてきた言葉に、円卓を囲む者たちの眼差《まなざ》しが一変した。誰もが知っているからだ。娘は、こういった場面において決して嘘《うそ》や冗談《じょうだん》の類を言わない。

「やばい、とは？」

『あたしが出くわしたのは――まるで姿《すがた》の見えない奴だった』

姿が、見えない？

『そのままの意味さ。不可視《ふかし》の生き物、それがあたしたちの女子寮《りょう》にまで入り込んでいた。最初は灰色名詠の別種かと思っていたから、サリナにもその程度しか言ってなかった。……でも、あれはやっぱり灰色名詠なんかじゃなかった』

「……話が見えん。そんなのが万一実際《じっさい》にいたとして、なぜお前の女子寮に」

いや、そもそもなぜトレミア・アカデミーにいたのか。その時点で誰もが疑問《ぎもん》を抱《いだ》く。

『まだあたしにも掴めてない。ただ一つ言えるのは、灰色名詠の事件と思われてる中のいくつかが、まったく別の事件の可能性があるということだ』

灰色名詠の襲撃《しゅうげき》を受けたと思《おぼ》しき研究所や学校は複数《ふくすう》に上る。それら全《すべ》てがミシュダルという男の仕業《しわざ》ではなく――さらなる第三者が？

『そう考えて動いた方がいい。だけど……それは、今まであたしたちが知っている常識《じょうしき》を覆《くつがえ》すような奴かもしれない。はっきり言って、何をどうすればいいのか分からない』

沈黙《ちんもく》する円卓《えんたく》。その中で――

『親父、この世界にはまだ、あたしたちの知らない何かがいる』

音響鳥が羽を振動させる微《かす》かな音だけが、いつまでも部屋にざわめきを残していた。

時、同じくして——

ザァァァッ……

途切《とぎ》れる事なき波飛沫《なみしぶき》の音。そして波の飛沫《ひまつ》に混《ま》じる、わずかに香《かお》る潮《しお》の匂《にお》い。

それは大陸の端《はし》、地図にすら載《の》っていない、小さな孤島《ことう》だった。

見上げるだけで気の遠くなるような蒼《あお》い上天《じょうてん》に、視界を埋《う》め尽《つ》くすほど大きな、白亜《はくあ》の積乱雲《せきらんうん》。一方では——蒼と白の対称《コントラスト》に彩《いろど》られた頭上とまるで真逆《まぎゃく》であるかのように、燃《も》え滓《かす》のような灰と、黒炭のような石が混じり合った奇妙《きみょう》な地肌《じはだ》。一本の木も、一本の草さえ生えることのない澱《よど》んだ地。

だがそこに、不自然なほど辺《あた》り一面に咲き乱れるのは緋色《ひいろ》の花だった。

〝わたしがソレと出くわした場所は……涙《なみだ》の島でした〟

『zarabel《ツァラベル》』——セラフェノ音語にて『涙』と呼ばれる島。世界地図にすらその存在を忘却《ぼうきゃく》された、もはや訪れる者すら皆無《かいむ》であった孤島。

「……会議には間に合いそうにないか。また先輩《せんぱい》に怒《おこ》られるかな」

波飛沫に濡《ぬ》れるのを嫌《いや》がるかのように、枯《か》れ草色《くさいろ》のコートがふわりと揺《ゆ》れる。

カインツ・アーウィンケル、虹色名詠士《にじいろめいえいし》はそこにいた。

「三年前……ここで何かが起きた？」

足下の花を踏《ふ》まぬよう、カインツはゆっくりと周囲を見回した。

島全体に咲き誇《ほこ》る緋色の花。目に映《うつ》るのはそれだけだ。草も木も、鳥も、他の生物の影《かげ》はまるでない。


〝『*clue-l-sophie neckt*』《緋色の背約者》に、お気をつけなさい〟


かつて、灰色《はいいろ》の老人に告げられた言葉。

あの時は、その意味が分からずただ聞き流すだけだった。それがふと、今になって突如《とつじょ》記憶《きおく》の奥底《おくそこ》から浮上《ふじょう》してきた。

同じ〈イ短調〉たるサリナルヴァの誘《さそ》いを断ってまで、自分が別行動した本当の理由。

「*clue-l-sophie neckt*《クルーエ・ル・ソフィ・ネクト》、……か」

老人が告げた――緋色の髪《かみ》をした、一見少女の姿をした何か。

その名前、容姿《ようし》。

それは嫌でも、あの学園で、夜色の少年の隣《となり》にいた少女を思わせる。

競演会《コンクール》で彼女が口ずさんだ詠《うた》を、自分もまた確かに聴《き》いていた。

Hir qusi 『clue』 lemenet feo fulleftia sm jes gluei I《微風に浮遊(ただよ)い積もる真『緋』の欠片》
melodia fo Hio, O ect ti bear Yem 『sophit』《彼方へと紡ぐ詠わたしの『想い』重ねて演れ》

……けれど、分からない。

学園で聴いた彼女の詠は、だが――。

「あの子の詠には、『*neckt*《否定》』は入っていなかったはずだ」

緋色の花を見つめたまま、吐《と》息《いき》をこぼす。

少女の詠にあったのは、あくまで『*clue-l-sophie*《緋色の約束》』まで。

欠落《けつらく》した『*neckt*《否定》』。老人の言うそれは何処《どこ》にあり、何を意味する？

彼女の詠を『*neckt*《否定》』するのは一体何だ。

「……ボクの考えすぎなのかな」

ふっと、カインツは表情をやわらげた。

たまたま、自分の知る少女の名と老人の告《つ》げるソレの発音が一致《いっち》していた。ただそれだけかもしれない。

「ねえイブマリー、僕たちは——」

ふと、気まぐれな突風《とっぷう》が吹いた。

緋色の花弁《かべん》を、風がどこか遠くへと運んでいく。言いかけた言葉も、攫《さら》われた。

波飛沫の飛沫を、音を、そして匂いを運ぶ風。

「風の生まれる場所、か」

独《ひと》り言《ごと》。返事など返ってくるはずもない。だが——

「そう、そして始まりの場所でもある」

声は、突然に聞こえてきた。

自分の、よりによって真っ正面から。

「君は……」

いつからそこにいたのだろう。

十三歳ほどの少女が、自分から数メートル離《はな》れた場所に立っていた。

足下に咲き乱れる花とまるで同じ色、緋色の髪をした少女。

「——三年ぶりだけど、初めまして、虹色の詠使い」

少女は、何の衣服も身につけていなかった。衣服の代わり、風にそよぐ緋色の長髪《ちょうはつ》が、さながら外套《がいとう》であるかのように少女の周囲を覆《おお》うようになびいていた。

「カインツ・アーウィンケル。あなたを——」

くすりと、微笑《ほほえ》むように、懐《なつ》かしむように少女が目を細める。

「あなたをずっと待っていた……〈始まりの女《イヴ》〉よりも、誰《だれ》よりも」

あとがき

まずは、この本を手にとって頂《いただ》き、本当にありがとうございます。

今この後書きを書いている時期はまだ温《あたた》かな春という陽気《ようき》ですが、実際この本が刊行される頃には夏真《なつま》っ盛《さか》りになっていることでしょう。……多分、自分は溶《と》けてます。

さて『黄昏色《たそがれいろ》の詠使《うたつか》いIII　アマデウスの詩《うた》、謳《うた》え敗者《はいじゃ》の王』、いかがでしたでしょうか。

お読み下さった方はご承知《しょうち》のことかと思いますが、この巻からようやく物語の背景《はいけい》が明らかになっていきます。(後書きから読まれている方は、さあ是非《ぜひ》そのままレジへ！)

物語全体のキーになるお話ということで自分自身悩《なや》みに悩んでいるうちに刊行に至《いた》ったわけですが、それでも自分にできる最大限の努力をしてきたつもりです。気に入って頂けたのなら幸いです。

とはいえ刊行の合間が、一巻から二巻までは四ヶ月。二巻から三巻まではその半分。

編集K様「隔月《かくげつ》刊行でいきましょう」

細音《さざね》「問題ありません（……いや、どうでしょう）」

自分自身どうなるかなと半信半疑《はんしんはんぎ》で進めてみましたが、どうにかこうにか間に合ったようです。

けれど実を言えば、自分以上に大変だったのが担当編集様とイラストレーターの竹岡美《たけおかみ》穂《ほ》さんでした。竹岡美穂さんには、細音の相変わらずの無理難題《わがまま》を押しつけ、担当編集様には平日《へいじつ》は夜遅《よるおそ》くまで打ち合わせ、休日出勤までしてもらっていました。お二方とも過酷《かこく》なスケジュールの中、こうしてお力添《ちからぞ》え頂きまして、本当にありがとうございます。この物語は本当に、お二方《ふたかた》がいなければ成り立っていないと実感しました。

◆近況

やつれてます。痩《や》せる、ではなくやつれてます。

この前、同期《どうき》のデビュー作家の人達とお会いしたのですが、自分を見るなりまず真《ま》っ先《さき》に「細音さん、痩せましたね」と言われたのは割と新しい思い出です。

現在、栄養剤《えいようざい》とオロ■ミンCと胃腸薬《いちょうやく》のおかげで生きてます。……とか書いたら余計《よけい》にご心配かけてしまいそうなのですが、平気です、問題ありません、元気です。

……うわ、なんか衰弱《すいじゃく》しきった感じの近況報告に。

◆舞台、トレミア・アカデミーについて
そう言えば、今回のメイン舞台《ぶたい》となる図書管理棟《としょかんりとう》ですが、実は自分の母校を参考にさせて頂きました。絵の資料と思って図書館の内部を撮《と》らせて頂いたわけですが、もちろん無《む》断《だん》で撮るわけにはいきません。卒業生といえど外部の人間ですから、事前《じぜん》の許可《きょか》が必要です。

細音「すいません、図書館の内部を撮らせて頂いてよろしいでしょうか」
司書《ししょ》さん「分かりました。確認して、来週中にはご連絡《れんらく》いたします」
細音「いえ、明日行きたいんですが」
司書さん「…………明日ですか（苦笑）」
細音「そこを何とか。恐らく午後一時から二時の間には行けると思います」
司書さん「……分かりました」

ちなみにこの会話、金曜日の夜二十一時半過ぎの会話です。通常のビジネスでこのようなアポイントメントの取り方したら怒《おこ》られます。我《われ》ながら無茶《むちゃ》したものだと反省《はんせい》。

さて当日は土曜日だったので学生も少なく、自分の母校は割と緑《みどり》が多い学校なので歩き回っているだけで楽しい一時でした。なんかこう、久々《ひさびさ》にリフレッシュした感じで。司書の方、あの時は本当にありがとうございました。（図書館についたのも余裕で二時を過ぎていたのは秘密）

ちなみに、トレミア・アカデミーの校舎設計《こうしゃせっけい》や実験室、学生服などは竹岡美穂さんのアイデアです。この前資料を参考に拝見したのですが……あの資料の揃《そろ》え方、質《しつ》と量《りょう》が半端《はんぱ》じゃないのです。あの繊細《せんさい》なイラストの背後には、やはりそれだけの下調べと労力があることを再認識しました。本当に感謝です。

◆短編について

前の巻でもお知らせしておりますが、二〇〇七年七月現在、月刊ドラゴンマガジン誌上にて『黄昏色の詠使い』が短期集中連載として掲載《けいさい》されています。

ブログやメール等で「読みました」というご報告を頂いた時は本当に嬉《うれ》しかったです。

五月分六月分は既に発表済みで、最後の七月分（ドラゴンマガジン九月号）も今月末に発表予定。最後の短編も、どうか気に入って頂けるようアレコレと作業中です。もしお読

みいただける方は、どうか宜《よろ》しくお願いします。（そして、是非《ぜひ》応援のおハガキを〜）

◆世界設定について

これは本来、一巻の後書きに入れるべきだったことですが……

既《すで》にある程度お気づきの方もいらっしゃるようですが、この『黄昏色の詠使い』に関しては、表向きには出ていない隠《かく》し要素《ようそ》が割と多く存在します。

物語が進んでいく上で最低限必要な情報はもちろんこれから徐々《じょじょ》に浮かび上がっていきますが、もしその隠し要素までお知りになられたいという方がいましたら、細音のホームページの『novel』というページに解説欄《かいせつらん》を設けてありますので、そちらを御覧《ごらん》頂けると「へえ、こうなってたんだ」的な情報が載っているかもしれません。

もちろん物語を読む上で必須《ひっす》なものではないのですが、もし宜しければちょこっと覗《のぞ》いてみてください。

そしてもう一つ。セラフェノ音語《おんご》の解読、これも興味がある方には是非試して頂きたいことだったりします。

三巻のエピローグ、そして途中《とちゅう》の間奏《かんそう》でそれを示唆《しさ》する出来事がありましたが、この物語のちょっとした謎《なぞ》や疑問《ぎもん》。そしてそれに対する答はほぼ全て、セラフェノ音語に綴《つづ》られた〈讃来歌《オラトリオ》〉に隠されています。

重要なのは文法ではなく、セラフェノ音語の単語。そして主要な登場人物と、主要な名詠生物の名前。セラフェノ音語の中でなぜか■■■になっている部分。一巻から今までに出てきていた〈讃来歌〉のセラフェノ音語を（短編含《ふく》める）もし解読されたなら、色々と面白い秘密が分かるかも？

お時間ある方は、こちらもお試し頂けると幸いです。

◆お手紙・メール、応援など

二巻の刊行から三巻まであまり間がありませんでしたが、その中でも本当にたくさんのお手紙やメールを頂きました。一つ一つのご感想、大切にしています。悩んだり落ち込みそうになった時、皆様の応援に助けられていることを本当に身に染《し》みて感じました。

身近にいる家族、普段から様々な面でお世話になっている職場《しょくば》の方々、作品についての悩みを相談させてもらった友人、作品について鋭《するど》い意見を送ってくれる友人。

そして日本全国からたくさんのお手紙やエールを送って下さる方々、本当にありがとうございます。
多くの声援《せいえん》、期待《きたい》に応《こた》えられるよう一層頑張《がんば》っていきたいと思っていますので、どうかこれからも宜しくお願い致します。

それでは、また、四巻でお会いできることを願いつつ——
（恐らく年内には出せると思います。確信はないので、是非とも本屋さんでご確認を！
細音のブログ等でも、逐一ご報告致します）

二〇〇七年　六月初旬　　細音　啓
ホームページ『細やかな音の部屋』　http://members2.jcom.home.ne.jp/0445901901/

細音啓先生と竹岡美穂先生に応援のお便り、お待ちしてます！

〒一〇八―八一四四
東京都千代田区富士見一―十二―十四
富士見ファンタジア文庫編集部　気付
細音啓（様）
竹岡美穂（様）

富士見ファンタジア文庫

黄昏色の詠使いⅢ
アマデウスの詩《うた》、謳《うた》え敗者《はいじゃ》の王《おう》

平成19年7月25日　初版発行

著者——細音《さざね》　啓《けい》

発行者——小川　洋

発行所——富士見書房
〒102-8144
東京都千代田区富士見1-12-14
電話　営業　03(3238)8531
　　　編集　03(3238)8585
振替　00170-5-86044

印刷所——暁印刷
製本所——BBC

落丁乱丁本はおとりかえいたします
定価はカバーに明記してあります
2007 Fujimishobo, Printed in Japan
ISBN978-4-8291-1941-9 C0193

富士見ファンタジア文庫

黄昏色の詠使い

イヴは夜明けに微笑んで

細音 啓

名前を讃美し、詠うことで招き寄せる召喚術・名詠式。その専修学校に通うクルーエルは、年下の転校生で、異端の夜色名詠を学ぶネイトに興味を抱く。時を同じくして、学校を訪れた著名な虹色名詠士・カインツ。彼もまた、ある目的のために夜色名詠の使い手を探していて……!?“君のもとへ続く詠。それを探す”召喚ファンタジー。第18回ファンタジア長編小説大賞佳作受賞作。

富士見ファンタジア文庫

黄昏色の詠使いⅡ

奏でる少女の道行きは

細音 啓

心に思い描いた世界を招き寄せる召喚術・名詠式。その専修学校トレミア・アカデミーの移動教室で、人が石化する事件が発生した。類希な名詠式の力を持つクルーエルは、級友たちの危機に直面し、ある選択を迫られる。さらに名詠式を学びながら、名詠士ならざる才能を秘めたエイダも、事件を通して己の生い立ちと向き合うことに……。自分の進むべき道を探す、召喚ファンタジー第2弾！

戦鬼

―イクサオニ―

川口 士

白みはじめた空に咆哮が響き渡る。突如として邑を襲った狗の群れは、一匹の犬の妖――怪物に統率されていた。「――お前……あのときの犬か？」。その妖は、仇の片割れ。家族や、仲間、穏やかで平和な日々を一夜にして崩壊させたあの男の従者。囚われの鬼・温羅《うら》は地を蹴って、妖に襲いかかる！

第18回ファンタジア長編小説大賞受賞作、堂々登場!!

富士見ファンタジア文庫

太陽戦士サンササン

坂照鉄平

「守るべき者がいる。ならば男は剣を取り、戦う義務がそこにある！」警視庁零課のテツに語りかけたのは、髑髏マークの族メットだった。異世界の騎士を自称するそいつ、ジャバは自分を装着し、伝説の勇者【太陽戦士サンササン】となることを強要する。「カッコ悪いわ！」拒絶するテツだが、実はこれこそ未来を変える運命の出会いだったのだ!!

第18回ファンタジア長編小説大賞準入選作。